Wolfgang Popp

Ich müsste lügen

Wolfgang Popp

Ich müsste lügen

Roman

TransferBibliothek
FolioVerlag

TransferBibliothek CXVIII

Lektorat: Joe Rabl
Umschlagfoto: Getty Images

Graphische Gestaltung: Dall'O & Freunde
Druckvorbereitung: Typoplus, Frangart
Printed in Austria

ISBN 978-3-85256-603-0

www.folioverlag.com

Man kann doch nicht dauernd
kommen und gehen
und einfach schweigen.

Kenneth White

Vermisstenanzeige Manuel Schall

Helga Schall gibt an, dass ihr Sohn, der 23-jährige Manuel Schall, seit vergangener Woche abgängig ist. Manuel Schall war seit etwa fünf Monaten bei dem 50-jährigen Schriftsteller Herbert Will wohnhaft, ist dabei aber in regelmäßigem Kontakt mit seiner Mutter gestanden. Ein- bis zweimal pro Woche habe Helga Schall mit ihrem Sohn telefoniert und an jedem Wochenende habe er sie zum Essen in ein Restaurant eingeladen. Am 12. Juni, einem Samstag, hat Helga Schall ihren Sohn zum letzten Mal gesehen. Das Treffen habe um die Mittagszeit im Gasthaus *Alserhof* in der Porzellangasse stattgefunden. Bei dem gemeinsamen Essen habe es keine besonderen Vorkommnisse gegeben. Weder sei es zu einem Streit gekommen, noch habe ihr Sohn angedeutet, eine Reise machen zu wollen. Auch einen Umzug habe Manuel Schall nicht geplant. Das Treffen sei so gewöhnlich verlaufen, dass Helga Schall keine genaueren Angaben zu ihren Gesprächsthemen machen kann. Helga Schall gibt weiters an, dass auch der Abschied sehr harmonisch verlaufen sei. In den darauffolgenden Tagen habe Helga Schall nichts von ihrem Sohn gehört, sich darüber aber keine Gedanken gemacht. Sie habe dann auch ihrerseits versucht, ihren Sohn zu erreichen, es habe sich aber immer sofort die Mailbox gemeldet. Das Mobiltelefon muss also abgeschaltet gewesen sein, was ganz entgegen den Gewohnheiten ihres Sohnes sei, weshalb sie auch begonnen habe, sich Sorgen zu machen. Als sich ihr Sohn Manuel Schall auch bis zum darauffolgenden Samstag, den 19. Juni, nicht bei ihr meldete, habe Helga Schall versucht, Herbert Will zu erreichen. Da sie seine Telefonnummer nicht herausfinden konnte, habe sie sich schließlich an die Polizei gewandt.

Kommissarin Eva Rauch öffnete das Kuvert, das mit einer Büroklammer an dem Akt befestigt war. Es enthielt drei Fotos des Vermissten. Manuel Schall war ein blasser, hagerer Jugendlicher. Auf einem Bild trug er eine Baseballkappe schräg auf dem Kopf und eine schwere silberne Kette um den Hals. Ein viel zu weites T-Shirt hing schlaff wie zum Trocknen an seinem schmächtigen Oberkörper und der Bund einer Jeans, die auch mindestens zwei Nummern zu groß zu sein schien, wurde wie von unsichtbarer Hand auf Oberschenkelhöhe gehalten. Die Arme hatte er vor dem Körper ausgestreckt, Zeigefinger und kleine Finger zeigten auf Rauch. Dazu machte er ein Gesicht, das wohl Wut ausdrücken sollte, Rauch sah aber nur die Unsicherheit dahinter. Dieser Schall war ihr nicht sympathisch. Was sie nicht weiter störte. Ihr war es sogar lieber, wenn sie die Menschen, die sie suchte, nicht mochte.

Rauch lehnte sich zurück und sah zum Fenster hinaus. Die graue Gründerzeitfassade des gegenüberliegenden Hauses mit dem Fenster, dessen Jalousie immer halb zugezogen war, die Tauben, die gleich darüber unter dem First nisteten, ja sogar der Himmel, alles wirkte ein wenig anders als sonst. Jedes Mal war es so bei einem neuen Fall. Jemand legte eine Mappe vor sie hin, mit der Beschreibung eines ihr bis dahin unbekannten Menschen. Der Mensch war tot, verletzt oder, so wie dieser Manuel Schall, verschwunden. Er hatte aber, genau wie sie, in dieser Stadt gelebt, womöglich keinen Kilometer von ihr entfernt. Vielleicht waren sie sich regelmäßig begegnet, hatten sogar denselben Friseur oder gingen im selben Supermarkt einkaufen. Und trotzdem lebte er ein völlig anderes Leben und sah seine Umgebung mit völlig anderen Augen. Deshalb war jeder neue Fall für Rauch wie das Aufwachen in einer fremden Stadt.

Sie nahm den Akt noch einmal in die Hand und überflog die Zeilen. Sie kannte diesen Herbert Will, bei dem der junge Schall aus irgendeinem Grund untergekommen war. An Will führte ja auch kein Weg vorbei. Keine Buchhandlung, die nicht mindestens eines seiner Werke im Schaufenster oder auf einem Büchertisch stehen hatte, keine Zeitung, die nicht ausführlich berichtete, wenn ein neuer Roman von ihm erschien. Trotzdem konnte Rauch sich nicht erinnern, schon einmal ein Buch von Will gelesen zu haben. Dabei war sie eine leidenschaftliche Leserin. Oft las sie die halbe Nacht. Wenn sie nicht einschlafen konnte, die erste, oder wenn sie um drei oder vier Uhr morgens von einer Erinnerung aus dem Schlaf gerissen wurde, die zweite Nachthälfte. Es gefiel ihr, dass sie es erstmals in ihrer Karriere mit einem Schriftsteller zu tun hatte.

Rauch holte ein Blatt Papier aus ihrer Schreibtischschublade. In die Mitte schrieb sie den Namen Manuel Schalls, an den linken Blattrand den Namen Wills und an den rechten den von Schalls Mutter. Dann ringelte sie die Namen ein und verband sie mit Linien. Die von Schall hinüber zu seiner Mutter war dünn, die andere, die in die Gegenrichtung zu Will führte, zog sie gedankenverloren so lange nach, dass sie sich in den darunter liegenden Akt durchdrückte. Schließlich legte sie den durchsichtigen BIC-Kugelschreiber zur Seite, stand auf und ging hinaus ins Sekretariat.

An der Espressomaschine drückte sie die Taste für den doppelten Mokka.

„Elf Uhr und … siebenundzwanzig Minuten – der dritte."

Greta sah nicht von ihrem Monitor auf, nahm stattdessen einen Schluck von ihrem Kräutertee und bröselte mit einem staubtrockenen Vollkornkeks zwischen die Tasten ihres Computers. Greta war die gemeinsame Sekretärin von Rauch und ihrem Kollegen Kurt Krantz. Als chronische Hypochonderin achtete sie ungefragt auf die Gesundheit ihrer beiden Chefs. Bei Krantz hatte sie da weniger zu tun, bei Eva Rauch mehr.

Rauch verschwand wortlos in ihrem Büro und drückte die Tür hinter sich zu. Die Sonne fiel jetzt auf die Scheiben, die schmutzig waren vom nächtlichen Regen. Tropfen aus Staub klebten am Glas. Sie stellte sich mit ihrem Kaffee ans Fenster und sah auf die Straße hinunter. Ein junger Mann ging vorbei, vielleicht Anfang, Mitte zwanzig. Theoretisch hätte das Manuel Schall sein können, der einfach ein paar Nächte bei Freunden verbracht hatte, besoffen und eingeraucht und deshalb nicht in der Stimmung, sich bei seiner Mutter oder bei Will zu melden. Genauso gut konnte er aber auch mit einigen Messerstichen in Brust und Bauch in einem Waldstück am Stadtrand liegen. Es gab eine Unzahl an Möglichkeiten und Rauchs Job war es, eine nach der anderen auszuschließen. Was den Fall Schall neu und anders machte, war das seltsame Verhältnis, das dieser Will zu dem jungen Mann unterhalten hatte. Das machte ihn verdächtig, was Rauch aber keineswegs unangenehm war. Sie sah sich schon mit Will bei der Einvernahme sitzen, die typische Duellsituation, bei der der kühlere Kopf, die besseren Nerven oder der längere Atem darüber entschieden, wessen Wahrheit die Oberhand behielt. Stichwort Nerven. Rauch sah hinüber zu ihrem Blumentischchen, auf dem mehrere Zigaretten lagen, angeordnet in Form eines Zifferblatts, das von zwölf Uhr mittags bis fünf Uhr nachmittags ging. Nicht mehr als eine Zigarette pro Stunde hatte sich Rauch auch heute Morgen wieder vorgenommen und sich den ganzen Vormittag über daran gehalten. Jetzt steckte sie sich aber, eine halbe Stunde zu früh, ihre Zwölfuhrzigarette an, weil ein Mokka ohne eine Zigarette nur das halbe Vergnügen war und Rauch eine Abneigung gegen halbe Sachen hatte.

Bis gestern Abend war auf ihrem Blumentischchen noch eine langsam vor sich hin faulende Orchidee gestanden. Greta hatte der Pflanze den Gnadenstoß versetzt und sie im Müll versenkt. Eva Rauch liebte Blumen, hatte aber keine Hand dafür. Fast pedantisch folgte sie bei jeder neuen Pflanze den Ratschlägen des Blumenhändlers, goss viel, sparsam oder nur einmal in der Woche und rückte das Tischchen je nach Sonnenbedarf der Pflanze näher ans Fenster oder weiter ins Zimmer hinein. Nichts half. Dass es eine Pflanze bei ihr länger als zwei Wochen machte, gehörte zur Ausnahme. Greta nannte Rauchs Blumentischchen *Zimmerpflanzenschafott* und quittierte es jedes Mal mit einem zynischen Grinsen, wenn Rauch stolz einen neuen Blumenstock anbrachte.

Zeugenaussage Herbert Will

Herbert Will gibt an, dass Manuel Schall am Dienstag, den 15. Juni, um etwa 9 Uhr morgens mit einer Umhängetasche das Haus verlassen habe. Die Größe der Tasche habe allerdings nicht darauf schließen lassen, dass Manuel Schall länger wegbleiben wolle. Bevor Manuel Schall die Wohnung verlassen habe, soll es beim Frühstück zu Meinungsverschiedenheiten gekommen sein, in deren Folge Manuel Schall auch laut geworden sei. (Das bestätigen auch die Nachbarn, die zudem angeben, dass nur Manuel Schalls Stimme, nicht aber die Stimme von Herbert Will zu hören gewesen sei.) Grund des Streits sei die Wahl des Radiosenders gewesen. Schall habe die Hitparade gehört und Will auf den Klassiksender umgeschaltet. Darauf habe Schall verärgert die Wohnung verlassen, was aber schon des Öfteren vorgekommen sei. Herbert Will habe deshalb auch nicht mit einem längeren Fernbleiben Manuel Schalls gerechnet. Seit dem Weggang von Schall habe er jedoch nichts mehr von ihm gehört.
Auf die Frage, warum er nach drei Tagen keine Anzeige erstattet habe, gibt Herbert Will an, dass er angenommen habe, Manuel Schall sei zu seiner Mutter zurückgekehrt, bei der er vor seinem Umzug gewohnt habe.
Auf die Frage nach der Art ihrer Beziehung gibt Herbert Will an, mit Manuel Schall kein sexuelles Verhältnis unterhalten zu haben. Vielmehr habe er mit Unterstützung des Vermissten an einem Romanprojekt gearbeitet. Dieses Projekt hätte einen dauernden und intensiven Kontakt zwischen ihm und Schall notwendig gemacht und stelle auch den Grund dafür dar, dass Manuel Schall in der Wohnung Herbert Wills wohnhaft und dort auch ordnungsgemäß gemeldet sei.
Bei der Untersuchung des Gästezimmers und des von Manuel Schall benutzten Bettes haben die Beamten der Spurensicherung Haare auf dem Kopfpolster und Blut-

spuren auf dem Leintuch sichergestellt. Auf die Existenz des Blutes angesprochen, gibt Herbert Will an, dass er an Manuel Schall am Morgen seines Verschwindens keine Verletzungen beobachtet habe. Herbert Will möchte aber im Protokoll festgehalten wissen, dass die auf dem Leintuch gefundene Blutmenge auf eine äußerst geringfügige Verletzung hinweise, auf einen Kratzer höchstens, so Herbert Will wörtlich, wie man ihn sich im Schlaf selbst zufügen könne.

Will gibt" stand in dem kleinen braunen Ring, den Rauchs Espressotasse auf dem Akt hinterlassen hatte. Sie schmunzelte. Wenn jemand die Karten in der Hand hielt, dann war das sie. Sie rief in der Asservatenkammer an und fragte, ob die in der Wohnung Wills sichergestellten Sachen von Manuel Schall noch im Haus seien.

„Die Untersuchungen sind abgeschlossen. Die sichergestellten Gegenstände werden gerade für den Transport zu Schalls Mutter verpackt."

Rauch wies den Beamten an, ihr die Sachen ins Büro bringen zu lassen. Zwanzig Minuten später klopfte es und der Hausarbeiter in seinem grauen Arbeitsmantel schob auf einem Rollwagen drei Umzugskartons in ihr Zimmer.

Als der Mann gegangen war, leerte Rauch ihren Schreibtisch und begann Schalls Besitz auf der freien Fläche zu verteilen. Schon bald begann sie sich zu wundern. Es war, als hätte sie hier die Sachen zweier völlig unterschiedlicher Personen vor sich. Zum einen gab es da Kleidungsstücke wie jene, die sie auf den Fotos von Schall gesehen hatte. Ein halbes Dutzend T-Shirts mit graffitiähnlichen Schriftzügen und weite, fast sackartige Hosen. Daneben holte Rauch aber auch drei schwarze Hemden, einen dunklen Anzug und mehrere beige und braune Cordhosen aus dem ersten Karton. Im zweiten fand sie japanische Comichefte neben einer Werkausgabe von Dostojewski. Und im dritten Karton stapelten sich Dutzende Rap-CDs neben Johann Sebastian Bachs *Wohltemperiertem Klavier* in einer Einspielung von Glenn Gould. Rauch sah sich die Sachen genauer an. Die T-Shirts waren abgetragen, die Hemden so gut wie neu. Die Mangas waren zerfleddert, die Dostojewski-Bände schienen unberührt. Rauch klappte einige der CD-Hüllen auf. Als sie die Rap-CDs schräg gegen das Licht hielt, zeigten sich zahlreiche Fingertapser und Kratzer, die Gould-Aufnahmen hingegen sahen aus, als wären sie noch nie abgespielt worden. Rauch zog aus einer ihrer Schubladen drei kleine Spielfiguren heraus. Es waren Playmobilmännchen, schon so abgegriffen, dass Augen und Mund kaum noch zu erkennen waren. Eine stellte sie in der Mitte, die beiden anderen an den gegenüberliegenden Rändern ihres Tisches auf. Anschließend begann sie die Sachen zuzuordnen. Skaterkluft, Mangas und Rap-CDs zur Figur Helga Schalls, Hemden, Anzug, Dostojewski und Gould zur Will-Figur. Was hatte der Erfolgsschriftsteller mit diesem unbedarften Schall vorgehabt?

Sie setzte sich an den Computer und gab im Internet Wills Namen ein und den Zusatz *Biografie*, um zu vermeiden, dass zuerst die Verkaufsseiten der Buchgroßhandlungen angezeigt wurden. Es half natürlich nichts. Sie musste an ihnen vorbeiscrollen, bis sie endlich, am Fuß der Seite, auf den Wikipedia-Eintrag und zwei Rezensionen von Wills Büchern stieß. „Ein Roman wie ein Unbehagen, das Ihnen langsam den Rücken hinaufkriecht. Ein neuer großer Wurf vom Meister des Abgründigen", hatte der Kritiker über einen Roman mit dem Titel *Flüchten vor Godot* geschrieben.

Eine gute Stunde sprang sie von Link zu Link und las sich durch biografische Notizen und Buchbesprechungen. Danach beschäftigte sie sich eingehend mit Wills Verlag. Schließlich griff sie zum Telefon.

„Eva Rauch hier, Kriminalpolizei. Herr Eisner?"

„Am Apparat, guten Tag, Frau Rauch."

„Sie scheinen über meinen Anruf nicht überrascht zu sein."

„Bin ich auch nicht. Herbert Will hat uns schon von der Sache verständigt."

Simon Eisner war, wie Rauch gerade recherchiert hatte, der Gründer und Leiter des Simon-Eisner-Verlags, eines kleinen, aber überaus erfolgreichen Unternehmens. Vor kurzem hatte der Verlag sein fünfundzwanzigjähriges Jubiläum gefeiert, und zu diesem Anlass waren einige Zeitungsartikel erschienen. Aus allen war Bewunderung für Simon Eisner herauszulesen gewesen. Wie er mit spielerischer Leichtigkeit den Spagat zwischen dem leidenschaftlichen Literaturliebhaber und dem gewieften Geschäftsmann schaffte, das schien ihm so schnell keiner nachzumachen. Allerdings war er nicht mehr der Jüngste und es war unwahrscheinlich, dass sich für ihn ein würdiger Nachfolger finden ließ. Der Verlag würde seinen Abgang wahrscheinlich nicht lange überleben.

„Will hat Sie verständigt?", wiederholte Rauch.

„Ja, er hat mir gesagt, dass der junge Bursche verschwunden ist, der bei ihm gewohnt hat. Und er hat auch gemeint, dass wir Sie unterstützen sollen."

„In welcher Form?"

„Wir sollen Ihnen bereitwillig Auskunft über seine Person erteilen und auch sonst auf Ihre Wünsche eingehen. Wenn Sie etwa Einblick in sein Archiv nehmen wollen."

Rauch stutzte. Daran, sich durch Wills Archiv zu lesen, hatte sie gar nicht gedacht. Eigentlich hatte sie Simon Eisner treffen wollen, um von ihm etwas über Will zu erfahren. In den Zeitungsartikeln war nämlich von einem besonderen Naheverhältnis die Rede gewesen, das Eisner zu seinen Autoren unterhielt. Aber ihr gefiel die Idee, sich diesem Will über seine Bücher anzunähern.

„Wenn Sie mir Material bereitstellen können, sage ich natürlich nicht nein. Hätten Sie denn darüber hinaus auch noch Zeit für ein kurzes Gespräch?"

„Wenn Sie gleich kommen können, ja, später habe ich dann leider einen Termin außer Haus."

Der Verlag war in einer Altbauwohnung untergebracht. Der Lift, der Eva Rauch in den zweiten Stock brachte, war altertümlich. Mit einer schmiedeeisernen Tür und einer holzgetäfelten Kabine, in der es noch einen Klappsitz und einen Handlauf aus Messing gab. Der Lift setzte sich mit einem kräftigen Ruck in Bewegung, dann ging es aber so endlos langsam nach oben, dass Rauch während der Fahrt zweimal auf die Uhr sah.

Sollte Eisner in Eile gewesen sein, ließ er sich davon nichts anmerken. Ganz Kavalier der alten Schule, gab er Rauch nicht das Gefühl zu stören, obwohl genau das sehr wahrscheinlich der Fall war. Er führte sie in sein Büro und bat seine Sekretärin um zwei Tassen Kaffee.

„Mit Milch und Zucker?"

„Nein, schwarz bitte", sagte Rauch und hörte in ihrer Vorstellung Greta vorwurfsvoll *vier* sagen.

Simon Eisner trug ein grün-braun kariertes Tweedsakko mit erdfarbenen Raulederovalen an den Ellbogen. Er bot ihr einen Platz auf dem Sofa an, dann holte er den Aschenbecher von seinem Schreibtisch und ließ sich selbst in einen mit grünem Samt bezogenen, schon völlig durchgesessenen Lehnstuhl sinken. Aus seiner Sakkotasche zog er eine Packung filterloser Gitanes und bot Rauch eine an. Die wäre ihm dafür am liebsten um den Hals gefallen. Gleich darauf kam auch noch ein wunderbar duftender Mokka, und so schwebte Rauch kurz im siebten Himmel und hätte fast vergessen, warum sie hier war.

„Wie Sie sich vorstellen können, interessiert mich dieses seltsame Verhältnis, das Will zu Manuel Schall unterhalten hat."

Eisner schmunzelte stolz, so als wäre Herbert Will sein Sohn, der etwas Geniales geleistet hatte.

„Will weiß einfach, wie man Spannung erzeugt. Nicht nur in seinen Büchern."

„Herr Eisner, es geht hier nicht um eine Romanfigur, sondern um einen Menschen. Der jetzt gerade vielleicht tot in irgendeinem Keller liegt."

„Entschuldigen Sie, Frau Rauch. Sie haben natürlich recht. Nur kann ich Ihnen sagen, dass es sich dabei mit Sicherheit nicht um Wills Keller handelt."

„Das behauptet ja keiner. Haben Sie Manuel Schall jemals kennengelernt, Herr Eisner?"

„Selbstverständlich. Will hat ihn ja überallhin mitgenommen. Zu Verlagsfeiern, Lesungen und zu gemeinsamen Abendessen."

„Und?"

„Sie wollen wissen, was ich von Schall halte? Nichts. Gar nichts. Ein völlig primitiver Kerl. Ungebildet und dumm."

„Und was wollte Will mit so einem?"

„Will ist ein Autor, der die Wirklichkeit braucht, um schreiben zu können. Und er hat sich immer am meisten für diejenigen interessiert, die ihm absolut fremd waren. Sein ganzer Ehrgeiz scheint darauf gerichtet zu sein, diesen Menschen ihre Abgründe und Geheimnisse zu entlocken."

„Schall war also so etwas wie eine Figurenvorlage für Will?"

„Das nehme ich an. Genaueres fragen Sie aber bitte Will selbst."

Eisner sah auf die Uhr. Ein höfliches, aber deutliches Zeichen, dass er zum nächsten Termin weitermusste.

„Ach ja, das Archivmaterial?", sagte Rauch, die schon aufgestanden und Richtung Tür gegangen war.

„Hat ein Mitarbeiter schon für Sie zusammengesucht. Auch wenn ich nicht weiß, wie Ihnen diese Unterlagen bei Ihren Ermittlungen weiterhelfen sollen."

So genau wusste Rauch das auch nicht. Obwohl, ganz abwegig war es ja nicht, sich in einen verdächtigen Schriftsteller über dessen veröffentlichte und unveröffentlichte Sachen hineinzuversetzen. Abwegig war es da eher, dass der Vorschlag von dem verdächtigen Schriftsteller selbst gekommen war.

„Noch etwas, Herr Eisner. Diese Beziehung von Will zu Schall, das war wirklich ein reines Arbeitsverhältnis?"

„Sie meinen, ob es da etwas Sexuelles gegeben hat? Nie und nimmer. Dafür lege ich meine Hand ins Feuer."

„Warum sind Sie sich da so sicher?"

„Weil Will mir das sagen würde. Er hätte kein Problem damit zuzugeben, dass er homosexuell ist. In diesen Dingen ist er sehr offen. Lesen Sie sich ein wenig durch seine Interviews, dann wissen Sie, was ich meine."

Norddeutsche Allgemeine Zeitung, 10.10.2007

Lust auf Lust

Bestsellerautor Herbert Will erzählt Oliver Englert im Gespräch von den einsamen Nächten auf seinen Lesereisen.

Oliver Englert: Wie verbringen Sie die Abende während Ihrer Lesereisen? Immer allein in irgendwelchen Hotelzimmern, fällt einem da nicht manchmal die Decke auf den Kopf?

Herbert Will: Nein, überhaupt nicht. Entweder ich gehe auf die Straße hinunter und suche mir ein nettes Lokal, wo ich noch ein Glas Wein trinken kann, oder ich bleibe auf meinem Zimmer und lese. Oder ich schaue Pornos.

O. E.: Sie schauen Pornos?

H. W.: Ja, die meisten Hotels haben mittlerweile einen raschen und kostenlosen Internetzugang. Und ich habe auf meinen Lesereisen immer meinen Laptop dabei. Damit ist das kein Problem.

O. E.: Die Pornoindustrie gilt als ausbeuterisch und frauenverachtend. Haben Sie da keine moralischen Bedenken?

H. W.: Anders als die Allgemeinheit gehe ich anscheinend von der Mündigkeit der Frauen aus. Wenn sie sich vor laufender Kamera vögeln lassen, haben sie sich das, nehme ich an, überlegt. Außerdem sollten Sie den positiven ökonomischen Aspekt der Pornoindustrie nicht vergessen. Ich bin mir sicher, der wirtschaftliche Aufschwung in den Ländern des ehemaligen Ostblocks und deren EU-Mitgliedschaft wären ohne die Umsätze der Pornoindustrie nicht möglich gewesen.

O. E.: Ich bin jetzt kein Kenner von Pornografie. Aber gibt es da denn ästhetisch ansprechende Machwerke?

H. W.: Wem, bitteschön, geht es denn beim Pornoschauen um Ästhetik? Wenn überhaupt, geht es um eine Ästhetik der Lust, die aber definitiv eine andere ist als die Ästhetik, wegen der man, sagen wir mal, ins Museum geht. Ich kenne beide, deshalb kann ich Ihnen sagen, dass es da ganz deutliche Unterschiede gibt.

O. E.: Sie leben allein. Ist Pornografie da nicht ein trauriger, weil einsamer Ersatz für eine Beziehung?

H. W.: Ersatz ja, traurig nein. Sie müssen natürlich die richtigen Filme schauen.

O. E.: Was sind die *richtigen* Pornos?

H. W.: Da muss man sich schon ein wenig Zeit nehmen beim Surfen, bis man das Richtige für sich gefunden hat. Gerade Amateure stellen übrigens oft ungeahnte Perlen ins Netz. Ungekünstelte pralle Lust. Da gibt es unglaubliche Talente. Der Großteil sind aber natürlich Zuchthengststudien, die man vergessen kann. So was kann man sich aus wissenschaftlichem Interesse anschauen, aber nicht, wenn man Lust auf Lust hat.

Eva Rauch hatte den schweren Aktenordner mit Wills Pressespiegel aus Neugier gleich im Wagen aufgeschlagen. Beim Lesen hatte sie immer wieder schmunzeln müssen. Sie wusste jetzt, was Eisner gemeint hatte. Die Offenheit Wills gefiel ihr, auch wenn ihr der Herr Bestsellerautor keineswegs sympathisch war. Auf jeden Fall freute sie sich auf den Abend. Sie würde eine Flasche Wein aufmachen, sich aufs Sofa legen und einen von Wills Romanen lesen. Und morgen würde sie Will einen Besuch abstatten. Verpflichtet, mit ihr zu sprechen, war Will zwar nicht, aber aus irgendeinem Grund hatte Rauch das Gefühl, dass auch er auf ein Treffen aus war. Auf der Fahrt nach Hause ließ sie die Scheibe herunter, genoss die warme Luft, freute sich, dass der Sommer kam, und summte sich in ein viertelstündiges Glück.

Rauch musste zweimal gehen, um die Unterlagen und Bücher die drei Stockwerke zu ihrer Wohnung hinaufzubringen. Auch als sie ins Schwitzen kam, machte sie keine Pause. Zwar gab sich Rauch vor anderen gerne als Bewegungsmuffel, tatsächlich war sie in sportlichen Belangen äußerst ehrgeizig. Es war ihr wichtig, körperlich in Form zu bleiben. In ihrer Jugend war sie sogar Wettkampfschwimmerin gewesen und auch jetzt noch ging sie regelmäßig schwimmen, was aber niemand wusste. Nur beim Yoga, das sie gemeinsam mit einer Freundin angefangen hatte, fehlte ihr die Disziplin. Auch wenn sie spürte, wie gut ihr die Übungen taten, waren die zeitlupenhaften Bewegungen meist quälend langweilig für sie. Dass sie sich zuletzt zu einer Yoga-Stunde aufraffen konnte, war sicher mehr als einen Monat her. Alles in allem war Rauch jedenfalls, trotz der vielen Zigaretten, so fit, wie manche Vierzigjährige gern gewesen wäre. Das Alter war für sie, zum Glück, noch immer nur ein finanzielles und kein Gesundheitsproblem. Sie hatte es sich einmal ausgerechnet: Sie gab im Monat genauso viel aus, um ihren Körper in Schuss zu halten, wie für die Miete. Und so wenig sie bei der Wohnungseinrichtung gespart hatte, so wenig sparte sie, wenn es um Haarefärben, Massagen, Gesichtsmasken und Antifaltencremes ging. Man wollte es ja gemütlich haben in sich.

Rauch trug die beiden Stapel mit den Unterlagen und Büchern Wills gleich ins Wohnzimmer. Ihren Mantel warf sie auf die Couch. Die Schuhe streifte sie ab und kickte sie ins Vorzimmer zurück. Beim Händewaschen fiel ihr auf, dass sie schon wieder vergessen hatte, Seife zu kaufen, und so verwendete sie, wie schon die letzten Tage, ihr Haarshampoo. Rauch genoss die Vorteile ihres Single-Daseins. Wenn es da auch Nachteile geben sollte, waren ihr die noch nicht aufgefallen. Außerdem kannte sie gar nichts anderes. Seit sie mit zwanzig von zu Hause ausgezogen war, hatte sie immer allein gelebt. Ihre erste Wohnung war zwar winzig gewesen, mit Klo am Gang, trotzdem hatte sie nie auch nur eine Sekunde daran gedacht, sich ein Zimmer in einer komfortableren WG zu suchen oder mit einem ihrer damaligen Freunde zusammenzuziehen. Letzteres hätte sich auch nicht ausgezahlt, weil sie mit keinem von ihnen länger als ein paar Monate zusammen gewesen war.

Rauch fand in der Küche noch eine angebrochene Flasche Rotwein und ging damit ins Wohnzimmer. Wie weit lag eigentlich ihre letzte Beziehung zurück? War es im Frühling vorletzten Jahres gewesen, dass die Sache in die Brüche gegangen war, oder doch schon im Herbst davor? Zu den zwei oder drei Dingen, die sie noch von ihm wusste, gehörten ein Muttermal an der rechten Leiste und seine Vorliebe für Vanillejoghurt zum Frühstück. Bevor sich Rauch die Frage stellen konnte, ob sie ihn vermisste, schaltete sie die Stereoanlage ein. Der Song, drei-, viermal im Loop abgespielt, war ein allabendliches Ritual für sie. „… as I live and breathe, you have killed me, you have killed me …“ In dem energiegeladenen und eingängigen Refrain klang der Tod wie eine Entspannungsübung, und tatsächlich gelang es Rauch beim Hören jedes Mal, den Tag abzustreifen wie unbequeme Schuhe oder eine zu enge Hose. Beim Hören lag sie immer am Rücken und versuchte die endlos langsame Bewegung wahrzunehmen, mit der die Schattenlinien des Fensterkreuzes an der Zimmerdecke von der sinkenden Sonne Richtung Tür geschoben wurden. Ihre Ungeduld, die sie sonst durch den Tag trieb, war in diesen Momenten wie weggeblasen.

Aus „Flüchten vor Godot" (2007)

„Was jetzt?"

Die Frage brannte Laurenz Stern im Kopf, so wie einem die Lungen brennen, wenn man zu schnell gelaufen ist. Daheim konnte er nicht bleiben, so viel stand fest. Möglicherweise wartete sein Verfolger sogar schon im Eingang des Nebenhauses auf ihn. Stern sah sich ein letztes Mal um in seiner Wohnung. Da gab es den Korridor, der gleichzeitig Vorraum, Küche und Bad war, und dann noch ein Zimmer, in dem er schlief und arbeitete. Sein Schreibtisch stand am Fenster mit Blick auf den Innenhof und er hatte es immer genossen, beim Frühstück den Amseln im Wipfel der alten Kastanie zuzuhören. Jetzt verfluchte Stern allerdings, dass das Fenster nicht auf die Straße hinausging und er deshalb nicht nachsehen konnte, ob Godot vielleicht schon vor seinem Haus stand.

Eigentlich liebte Stern seine Wohnung. Seine Mönchszelle, wie er sie gerne nannte. Jetzt kam sie ihm jedoch abweisend vor. Die Wohnung selbst und all die Dinge, die sich über die Jahre in ihr angesammelt hatten. Die Gegenstände, stellte Stern fest, entfernten sich von einem in derselben Geschwindigkeit, in der man sich von ihnen entfernte. Das schien wie ein Naturgesetz, auch wenn es dazu keine Formel gab. Mit dem Schicksal war es dasselbe. Dafür gab es auch keine Formel, nicht einmal ein Formelzeichen. Dabei hätte ein griechischer Buchstabe, wie das ρ für die Dichte oder das π für die Kreiszahl, hervorragend zum Schicksal gepasst. Und eine hübsche Formel würde sich bestimmt auch finden lassen. Irgendetwas in Opposition zu Einsteins Relativitätstheorie. Denn wenn sich auch Raum und Zeit krümmten, das Schicksal krümmte sich mit Sicherheit nicht.

Stern erschrak, weil er in seinen Gedanken abgeschweift war und darüber die Gefahr vergessen hatte, in der er schwebte. Er machte sich daran, noch schnell die wichtigsten Dinge einzupacken. Sein dickes Notizbuch, seine Füllfeder und den Fotoapparat, auf dem er mehrere Tausend Bilder gespeichert hatte. Seine täglichen, peniblen Aufzeichnungen und die Fotos waren Sterns einzige Lebensversicherung. Zwar wusste er nicht genau, was es war, das Godot suchte, aber irgendwo und irgendwann musste er etwas beobachtet und auch festgehalten haben, von dem Godot nicht wollte, dass es jemand erfuhr. Solange Godot diese Informationen nicht in den Händen hielt, würde er ihn auch nicht umbringen.

Stern stand bereits in der Tür, ging dann aber noch einmal zurück zum Bücherregal. Bei seinem letzten Blick auf sein Zimmer hatte ihn ein Gegenstand angelächelt, an den er schon länger nicht mehr gedacht hatte. Es war ein graublauer Plastikhai, das Abschiedsgeschenk seiner Exfreundin. Er erinnerte sich an den gemeinsamen Spanienurlaub. Stern hatte in Valencia darauf bestanden, das dortige Aquarium zu besuchen, das eines der größten Haibecken weltweit besaß. Er hatte seiner Freundin damals alles über diese perfekt gebauten Raubfische erzählt, während die Sandhaie sich mit ihrem starren, wahnsinnigen Blick in mörderisch beklemmender Langsamkeit durchs Becken bewegt hatten. Von Valencia waren sie weiter in den Süden gefahren, an die Küste unweit von Almería. Dort am Strand hatte seine Freundin schnell bemerkt, dass ihn mit den Haien nicht nur eine große Faszination, sondern auch eine große Angst verband. Stern war nie weiter als knietief ins Wasser gegangen, was für einige Unstimmigkeiten gesorgt hatte. Tatsächlich führten diese kleinen Unstimmigkeiten nach und nach zu Grundsatzdiskussionen, die schließlich eskaliert waren. Das Ende ihres Urlaubs hatte dann auch das Ende ihrer Beziehung dargestellt. Zwei Tage nach ihrer Rückkehr fand er in seinem Postkasten ein Päckchen. Der Plastikhai darin war die überaus authentische Darstellung eines Schwarzspitzenriffhais. Im weit offenen Maul des Tiers steckte ein winzig klein zusammengefalteter Zettel mit einem Abschiedsgruß: „Sollten wir uns nicht mehr sehen, noch schöne Tage."

Der freundliche Wunsch erfüllte sich. Sie sahen sich tatsächlich nicht mehr, ohne dass seine Tage maßgeblich darunter gelitten hätten.

Stern steckte den Hai in seine Hosentasche. Dann drückte er leise die Tür hinter sich ins Schloss.

Als Eva Rauch am Morgen aufwachte, lag sie mit dem Gesicht auf *Flüchten vor Godot.* Die Nachttischlampe brannte, die Vorhänge waren nicht vorgezogen und sie hatte einen pelzigen Geschmack im Mund. Offenbar war sie gestern Abend beim Lesen eingeschlafen und hatte sich ihre Zähne nicht mehr geputzt. Jetzt in der Früh war sie wahrscheinlich aufgewacht, weil sich eine Kante des Buches in ihre Wange gedrückt hatte. Es war erst kurz nach halb sieben. Der Wecker würde erst in mehr als einer Stunde läuten.

Rauch stand trotzdem auf, machte sich in der Küche einen Espresso und nahm ihn mit ins Wohnzimmer. Während sie in Wills Roman weiterlas, rührte sie gedankenverloren in der Tasse. Nicht, dass Zucker in der Tasse gewesen wäre, sie hasste gesüßten Kaffee, aber das Rühren gehörte zum Frühstück, genauso wie der Espresso selbst, die Zigarette oder ein grüner Apfel. Manchmal fehlte der grüne Apfel aber auch.

Eigentlich hätte sich Rauch am liebsten voll und ganz auf den *Fall Schall* gestürzt, den Vormittag in aller Ruhe dazu genutzt, *Flüchten vor Godot* fertig zu lesen und danach, gut vorbereitet, Will zu treffen. Sie musste am Vormittag aber noch ins Büro, um den Abschlussbericht zu ihrem letzten Fall fertigzustellen. Ein von seinem Geschäftspartner als vermisst gemeldeter Unternehmer war von diesem im Affekt erschlagen worden. Rauch hatte den Fall in weniger als einer Woche gelöst gehabt. Über dem Bericht saß sie jetzt fast schon doppelt so lang. Staatsanwaltschaft und Verteidigung hatten den Akt auch schon mehrfach urgiert. Trotzdem kam Rauch nur quälend langsam voran, weil sie über jedem Satz endlos saß und ganze Passagen immer wieder völlig umschrieb. Ihre Kollegen hielten sich mit ihren Abschlussberichten nie lange auf. Die waren dann aber auch nicht zu lesen. Voller Wortwiederholungen, stümperhafter Formulierungen und Stilblüten. Und immer viel zu knapp. Rauch brachte hingegen jedes noch so kleine Detail in ihre

Abschlussberichte ein. Bei ihr fiel nichts unter den Tisch. Beim Lesen von Wills Roman unterstrich sie jetzt einige Formulierungen, die sie vielleicht würde verwenden können.

Aus „Flüchten vor Godot" (2007)

Als Stern über ein geeignetes Versteck nachdachte, fiel ihm der Tiergarten ein. Er musste quer durch die ganze Stadt, ging aber dennoch zu Fuß, weil Godot mit Sicherheit die U-Bahn kontrollierte. Stern vermied die großen Straßen und Verkehrsknotenpunkte und nahm dafür mehrere umständliche Umwege in Kauf. Kam ihm ein Wagen mit getönten Scheiben entgegen, bog er in eine Seitengasse ein oder drückte sich in den nächsten Hauseingang.

Als er endlich den Zoo erreichte, fühlte er sich sicherer. Tiere hatten immer diese beruhigende Wirkung auf ihn gehabt. Er wäre auch am liebsten gleich zu den Gehegen weitergegangen, musste zuerst aber unbedingt einen Abstecher zu den Schließfächern im Eingangsgebäude machen. Nachdem er sich versichert hatte, dass ihn niemand beobachtete, packte er alles, was er bei sich trug, in das Fach mit der Nummer 27. Dann sperrte er sich in einer Klokabine ein und klebte den Schlüssel mit Kaugummi in den Spalt zwischen Wand und Spülkasten. Anschließend trat er vorsichtig hinaus ins Freie. Nachdem er die Stadt in hastiger Nervosität durchquert hatte, verfiel er jetzt in ein gemütliches Schlendern. Auch um zwischen den Besuchern nicht aufzufallen. Doch das Wetter wurde schlechter. Wind kam auf, der Himmel trübte sich immer mehr ein und die Temperaturen bewegten sich langsam, aber sicher Richtung null Grad. Stern merkte, dass er zu dünn angezogen war, und steuerte das Regenwaldhaus an, wo es immer um die dreißig Grad hatte. Beim Eintreten beschlug seine Brille und Stern putzte die Gläser mit seinem T-Shirt. Als er sie wieder aufsetzte, entdeckte er neben einem künstlichen Wasserfall eine Bank, von der aus man den Eingang gut im Blick hatte. Zwei Pa-

pageien flogen mit lautem Krächzen vorbei, ein Lisztäffchen knabberte auf einem Felsen sitzend an einem Stück Karotte, und an einem Ast entdeckte er ein Faultier, das dort mit offenen Augen, aber völlig reglos hing. Die Vorfahren des Faultiers, hatte er einmal gelesen, wären riesenhafte Tiere gewesen. Fast die Größe von Bären hätten sie gehabt und äußerst agil seien sie gewesen. Mussten sie auch sein, denn ihr Kalorienbedarf war so hoch, dass sie von früh bis spät fressen mussten. Die Evolution hatte die Faultiere immer kleiner und bedürfnisloser gemacht und ihnen die derart gewonnene Zeit zum untätigen Abhängen geschenkt. *Survival of the laziest*, hatte der Autor über die Faultiere geschrieben.

Plötzlich betrat ein einzelner Mann das Regenwaldhaus. Er blieb jedoch im Eingang stehen und hielt seinem auf einem Dreirad nachkommenden Sohn die Tür auf. Wenn Stern etwas über Godot wusste, und viel wusste er nicht über ihn, dann, dass er immer und ausschließlich allein unterwegs war. Vom Alter her hätte der Mann Godot sein können, aber es war undenkbar, dass Godot ein Kind bei sich hatte. Nicht einmal zur Tarnung.

Als Rauch ins Büro kam, setzte sie sich gleich an ihren Abschlussbericht. Das Lesen von Wills Roman hatte sie in Schreiblaune versetzt und so tippte sie fast manisch in ihren Computer, ohne auch nur einmal aufzustehen, um sich einen Espresso zu holen oder eine Zigarette zu rauchen. Angezündet hatte sie sich zwar eine, gleich zu Beginn, nur war die, ohne dass Rauch einen weiteren Zug genommen hätte, langsam im Aschenbecher heruntergebrannt. Als Greta am frühen Nachmittag anklopfte, um nach ihrer Chefin zu sehen, hatte die den Abschlussbericht fast fertig. Abwesend deutete sie Greta, dass sie in Ruhe gelassen werden wollte, dann schrieb sie den letzten Absatz und lehnte sich zufrieden zurück. Rauch sah auf die Uhr und stellte mit Erstaunen fest, dass sie volle drei Stunden ohne Unterbrechung durchgeschrieben hatte. Als sie die Datei ausdruckte, hatte die auch einundzwanzig Seiten. Gewöhnlich waren Abschlussberichte höchstens halb so lang.

Rauchs Blick fiel auf ihr Blumentischchen mit der *Zigarettenuhr*. Sie hatte, was ihr noch nie passiert war, Zigaretten aufzuholen. Zusammen mit einem doppelten Espresso würden die ihr spätes Mittagessen darstellen. Beim Rauchen blätterte sie durch *Flüchten vor Godot*. Gewöhnlich fand sich in den Büchern bekannter Schriftsteller über die Jahre hinweg immer ein und dasselbe ewig junge Standardporträt. Bei Will war das anders. Rauch hatte nachgesehen. Nicht nur war in jedem seiner Bücher ein anderes Foto abgedruckt, Will sah auch auf jedem anders aus. Die Haare verschieden lang, einmal mit Brille, dann wieder ohne, einmal glatt rasiert und einmal mit Bart. Rauch hatte gestern Abend die Bücher chronologisch nebeneinander gelegt. Dabei war ihr aufgefallen, dass Will von Buch zu Buch immer jünger aussah. Ob der Mann wirklich aufblühte oder einfach nur eitel für seine jüngsten Bücher die ältesten Fotos genommen hatte, würde sie beim heutigen Treffen herausfinden.

Rauch brachte den Bericht zu Greta und nahm dann den *Schall-Akt* aus dem Regal. Bevor sie Will anrief, stand sie noch einmal auf und ließ ihren Kopf kreisen. Sie schloss die Augen, atmete dreimal tief durch und tippte dann sehr schnell seine Nummer. Beim ersten Mal verwählte sie sich und eine Tonbandstimme teilte ihr mit, dass die Nummer nicht existierte. Beim zweiten Versuch meldete sich Will dafür gleich nach dem ersten Klingeln. Er war am Telefon äußerst zuvorkommend, hatte aber diesen leicht provokanten Unterton in der Stimme. Vielleicht bildete Rauch sich das aber auch nur ein, weil sie gestern das *Porno-Interview* gelesen hatte und seitdem eine bestimmte Vorstellung von Will hatte. Ansonsten gab er sich ganz wie ein Kavalier der alten Schule, vom Typ her Simon Eisner gar nicht unähnlich, nur doppelbödiger. Sie könne jederzeit vorbeikommen, meinte Will auf ihre Frage, und dann entschuldigte er sich, weil er so kurz angebunden sei, das habe nichts mit ihr zu tun, er telefoniere einfach nicht gern.

Rauch nahm wie immer ihren Wagen. Wills Wohnung wäre vom Kommissariat aus zwar bequem mit der U-Bahn zu erreichen gewesen, aber Rauch fuhr nicht U-Bahn. Schon seit ihrer Schulzeit nicht mehr. Die Sache hatte mit sechzehn oder siebzehn angefangen. Die seltsamen Beschwerden waren damals ganz plötzlich aufgetreten. Eines Tages war sie bei der Fahrt auf der Rolltreppe in Atemnot gekommen, ganz heiß war ihr mit einem Mal geworden, und in der U-Bahn selbst hätte nicht viel gefehlt und sie wäre in Panik ausgebrochen. Zu Hause hatte sie dann noch diese seltsamen roten Flecken auf ihren Oberarmen, ihren Brüsten und ihrem Bauch entdeckt. Sie war damals beim Psychiater gewesen und der hatte bei ihr eine besondere Form der Sozialphobie diagnostiziert. Danach war es Rauch zwar möglich, sich mit ihr bekannten Personen in einem voll besetzten Raum aufzuhalten, anonyme Menschenansammlungen hielt sie jedoch nicht aus. Beim psychologischen Eignungstest für den Polizeidienst hatte sie davon natürlich nichts erwähnt. Wenn sie nicht mit öffentlichen Verkehrsmitteln fuhr und nicht zu den Stoßzeiten einkaufen ging, hatte sie auch keine Probleme damit.

Rauch fand einen Parkplatz am Beginn von Wills Straße und zählte die Hauseingänge ab. Das Haus mit der frisch geweißten Fassade musste die Nummer 7 sein. Sie blieb noch im Wagen sitzen. Der alte Irrglaube, dass der Mensch, wie der Wein, mit dem Warten besser würde. Dass ihr gerade die nächsten zwei, drei oder fünf Minuten genau die Geistesgegenwart brächten, die sie in diesem ersten Aufeinandertreffen mit Will brauchen würde.

Im Rückspiegel überprüfte sie noch einmal Lippenstift und Wimperntusche, beide hatte sie nur dezent aufgetragen, dann stieg sie entschlossen aus dem Wagen und ging die Straße zu Wills Haus hinunter. Sie zwang sich, nicht zu den Fenstern hinaufzusehen, hatte aber das Gefühl, beobachtet zu werden. Am Hauseingang fiel ihr auf, dass Wills Namensschild mit Schreibmaschine geschrieben und völlig vergilbt war. Er musste seit Ewigkeiten hier wohnen. Rauch kontrollierte im Taschenspiegel noch ein letztes

Mal ihr Aussehen, dann drückte sie den Klingelknopf. Es dauerte eine Weile und Rauch wollte gerade ein zweites Mal läuten, als Will sich meldete.

„Sie müssen in den dritten Stock."

Als Eva Rauch aus dem Lift trat, stand Will in der Tür seiner Wohnung. Er sah tatsächlich erstaunlich gut aus für seine fünfzig Jahre. Ein schönes und interessantes Gesicht, fand Rauch.

Beim Eintreten erlebte sie dann eine Überraschung. Will wohnte in einer simplen Einzimmerwohnung. Der Vorraum war gleichzeitig Küche und Garderobe, in der Ecke gab es eine Duschkabine und im Zimmer dahinter, das auf einen Hinterhof hinausging, standen ein Bett, ein Schreibtisch und eine Bücherwand. Von der Wohnung eines Bestsellerautors hatte sie sich mehr erwartet.

„Hier bin ich vor mehr als zwanzig Jahren eingezogen."

Rauch trat ans Fenster und schaute hinaus. Alles kam ihr auf seltsame Weise bekannt vor, so als wäre sie schon einmal hier gewesen. Dann fiel ihr ein, woran sie das Zimmer, die Möbel und der Blick auf die blühende Kastanie erinnerten. An die Wohnung von Laurenz Stern, der Hauptfigur aus *Flüchten vor Godot*. Rauch ließ ihren Blick über die Bücherwand schweifen.

„Suchen Sie etwas Bestimmtes?"

„Einen Schwarzspitzenriffhai."

„Schau an, Sie kennen meine Bücher", sagte Will schmunzelnd und zeigte dann auf eines der Regale.

Rauch ging hinüber und nahm das Plastiktier in die Hand.

„Ein Schriftsteller sollte seine Leser nicht in die eigenen vier Wände lassen, sonst entdecken sie noch, dass die schönsten Ideen die Realität gehabt hat."

Rauch hoffte, dass Will nicht nachhaken und sie nach anderen Details seiner Bücher fragen würde. Außer *Flüchten vor Godot* hatte sie ja nichts von ihm gelesen und selbst diesen Roman hatte sie nicht ganz fertig bekommen.

„Schauen wir weiter", sagte Will und deutete zu einer Tür, hinter der Rauch das Klo vermutet hatte. Tatsächlich fand sich dort aber eine offensichtlich nachträglich eingebaute Wendeltreppe, die nach oben führte.

„Das da unten ist nur mein kleines Privatmuseum, in dem ich meine Vergangenheit ausgestellt habe", sagte Will, als sie hintereinander die engen Stufen hinaufstiegen und in ein großes Vorzimmer gelangten. Auch die Wohnküche und die Bibliothek waren saalähnlich. Eine Wirkung, die durch die hohen Altbaudecken und die meist leeren Wände noch verstärkt wurde. Will hatte offenbar mehrere Wohnungen zusammenlegen und einige Wände niederreißen lassen.

„Ich hasse es, umzuziehen, deshalb habe ich mir einfach die Wohnungen über meiner Maisonette dazugekauft. Für meine ersten drei Bücher jeweils eine Wohnung, mit den Einnahmen für mein viertes Buch habe ich den Umbau bezahlt, das fünfte Buch hat mir die Möbel gekauft und mit dem, was mir mein sechstes hoffentlich einbringen wird, kann ich endlich einmal machen, was ich will."

Sie standen jetzt in der lichtdurchfluteten Wohnküche mit einer großen Arbeitsfläche aus Massivholz und einem chromverkleideten Herd.

„Sie kochen gerne."

„Kochen und Schreiben, Schreiben und Kochen, damit verbringe ich mein Leben."

Und dazwischen der eine oder andere Porno, dachte Rauch.

Auch das Wohnzimmer war geschmackvoll eingerichtet, es gab nur wenige Möbel, es waren aber ausnahmslos überaus edle Stücke. Eine Ablage und ein Couchtisch aus demselben dunkelbraun glänzenden Holz und ein Sofa in einem cremefarbenen Weiß. Will hatte Stil und er mochte es offensichtlich ordentlich, denn es lag kaum etwas herum. Nur ein aufgeschlagenes Buch auf dem Couchtisch und daneben ein teuer aussehender Füllhalter. Neben der Couch auf dem Boden entdeckte Rauch zwei Schachteln, die dort ganz offensichtlich nicht hingehörten. Und dann wanderte ihr Blick weiter zu einer verschlossenen Tür.

„Das Gästezimmer, in dem Manuel geschlafen hat“, sagte Will, der ihrem Blick offenbar gefolgt war, „wollen Sie hineinschauen?“

„Gern.“

Das Zimmer war zwar wesentlich kleiner als die hallenartigen Räume, die sie gerade durchquert hatten, es gab darin aber alles, was man brauchte. Ein Bett, ein Schreibtisch und ein Kasten standen da und hinter einer weiteren Tür fanden sich sogar ein eigenes Bad und ein Klo. Im Kopf verteilte Rauch Manuel Schalls Besitz, den sie gestern auf ihrem Schreibtisch ausgebreitet hatte, auf die leeren Regale. Sie stellte sich den jungen Burschen vor, wie er bei zugezogenen Vorhängen auf dem Bett lag und viel zu laut seine Rap-CDs hörte.

„Ehrlich gesagt, genieße ich die Ruhe“, sagte Will, als ob er Rauchs Gedanken gelesen hätte.

„Sie mögen keine Rap-Musik?“

„Ah, Sie wissen Bescheid, ja, natürlich, Manuels Sachen sind ja bei Ihnen. Nein, ich hasse Rap-Musik.“

„Laute Musik kann einem den letzten Nerv rauben. Da kann man sich schon mal vergessen.“

Rauch sah Will mit einem herausfordernden Lächeln an. Der stutzte kurz, ging aber nicht weiter auf ihre Andeutung ein.

„Wollen Sie einen Kaffee oder einen Tee?“

„Zu einem Kaffee würde ich nicht nein sagen.“

Will bot Rauch einen Barhocker an der Küchenzeile an, dann holte er eine Dose und eine alte Handmühle aus einem der Regale. Gleich darauf stieg Rauch der Duft frisch gemahlener Kaffeebohnen in die Nase und sie hatte plötzlich das Gefühl, Will schon seit Ewigkeiten zu kennen. Wahrscheinlich weil der Geruch sie an ihre Kaffee mahlende Großmutter erinnerte. Rauch kniff kurz die Augen zusammen, um die benebelnde Erinnerung zu vertreiben.

„Wie war denn das nun an diesem Morgen, als Manuel Schall verschwand? Sie haben meinem Kollegen erzählt, dass es da Streit gegeben hat.“

„Wir sind beim Frühstück gesessen, im Radio haben sie Klassik gespielt und als ich aufgestanden bin, um aus dem Kühlschrank frische Milch zu holen, hat Manuel das Programm gewechselt. Irgendein Privatsender mit stupider Hitparadenmusik. Ich habe nichts gesagt, sondern einfach wieder den Klassiksender eingestellt."

„Er soll daraufhin laut geworden sein."

„Ja. Manuel ist plötzlich aufgesprungen und hat mich angeschrien. Dass er genug habe von der ganzen Sache und nicht länger mitmache bei diesem Spiel. Ich habe die ganze Zeit über kein Wort gesagt."

„Nichts gesagt, aber vielleicht etwas getan. Die einen schreien nur, die anderen handeln."

„Und die Dritten schreiben darüber. Ich bin der typische Dritte. Nicht unbedingt der lachende, aber immer der schreibende Dritte."

Rauch hatte Will die ganze Zeit über genau beobachtet. Auf ihre kaum versteckte Anschuldigung hatte er keinerlei Reaktion gezeigt. Kein angespanntes Zusammenziehen der Stirn, kein kurzes Stocken im Redefluss, und auch seine Augen wanderten nicht nervös im Raum herum, sondern hielten Rauchs Blick mühelos stand.

„Und wie ging es weiter?"

„Manuel ist aus der Wohnung gestürmt. Er ist nicht in sein Zimmer gegangen und hat seine Sachen gepackt, sondern hat sich einfach nur seine Umhängetasche geschnappt, bevor er die Tür hinter sich zugeknallt hat. Deshalb war ich mir auch sicher, dass er nur für ein paar Tage zu seiner Mutter gehen würde. Gedanken habe ich mir erst gemacht, als ich gehört habe, dass die ihn als vermisst gemeldet hat."

„Das ist also schon einmal vorgekommen, dass Schall nach einem Streit ein paar Nächte in der Wohnung seiner Mutter übernachtet hat?"

„Ja, zwei oder drei Mal. Aber er ist immer nach wenigen Tagen reumütig zurückgekommen."

Will füllte Wasser und den fertig gemahlenen Kaffee in eine silberne Espressokanne und stellte sie auf den Herd.

„Wollen Sie eine Kleinigkeit essen dazu?"

Rauch brummte zwar der Magen, weil sie seit dem Frühstück nichts gegessen hatte, sie schüttelte aber den Kopf.

„Was hat Manuel Schall eigentlich genau bei Ihnen gemacht?"

„Die Sache hört sich für Außenstehende sicher merkwürdig an, aber Manuel ist Vorbild für die Hauptfigur in meinem neuen Buch. Ich kann Ihnen nicht allzu viel verraten, aber es sollte so eine Art *My-Fair-Lady*-Geschichte werden. Ich wollte versuchen, ob ich aus einem Proleten einen Geistesmenschen machen kann."

„Und?"

„Ehrlich gesagt habe ich nicht geahnt, was für eine Ausgeburt an Ignoranz Manuel ist. Ihm ging es ausschließlich um den Sitz seiner Hose und die Farbe seiner Baseballkappe. Und seine Essgewohnheiten waren eine Tragödie. Pizzaschnitten, Schnitzelsemmeln mit Pommes frites oder Kebab. Was glauben Sie, wie lange es gedauert hat, bis ich ihn so weit hatte, dass er auch nur einen Bissen von einem indischen Curry gekostet hat."

„Ich kann Ihnen folgen, mir aber nicht vorstellen, wie dieses gemeinsame Projekt in der Praxis ausgesehen hat."

„Es war eigentlich genau so wie bei Professor Higgins und Eliza Doolittle. Ich habe ihm vorgelesen, ihm gezeigt, wie man kocht, wir waren gemeinsam in Ausstellungen, bei wissenschaftlichen Vorträgen und auf klassischen Konzerten."

„Und das hat er alles über sich ergehen lassen?"

„Spaß gemacht hat Manuel mein Programm nicht, aber dafür habe ich ihn ja auch fürstlich bezahlt."

„Das heißt, Sie haben Ihr Buch aufgrund dieser ganz realen Situation geschrieben?"

„Ja, natürlich. Alle meine Bücher funktionieren so."

„Und wer war das Vorbild bei *Flüchten vor Godot*?"

„Ein Paranoiker."

„Und dem haben Sie einen Floh ins Ohr gesetzt?"

„Das war nicht nötig. Seinen Verfolgungswahn hatte der schon. Ich habe ihn nur begleitet auf seinen Fluchtwegen kreuz und quer durch die Stadt."

„Hatten Sie keine Skrupel?"

„Keineswegs. Aus irgendeinem Grund hatte der Mann Vertrauen zu mir gefasst. Ich war sogar einer der wenigen, wenn nicht der Einzige, dem er vertraut hat. Der hat mich richtig angebettelt, dass ich nicht von seiner Seite weiche. Ich habe ihm Sicherheit gegeben."

Rauch sah Will eindringlich an, weil sie wissen wollte, ob er ihr einen Bären aufband, aber der blieb ernst.

„Zurück zu Manuel Schall. Ihr Verhältnis war rein platonisch?"

„Ich weiß schon, dass alles danach aussieht, als hätte ich mir einen Lustknaben gehalten. Aber ich bin nicht schwul, das habe ich Ihren Kollegen schon gesagt."

„Darf ich neugierig sein? Was befindet sich in den Schachteln?"

„Gut, dass Sie mich daran erinnern, Frau Rauch. Das sind meine Notizbücher. Ich dachte, die könnten Sie interessieren."

Als Rauch mit den beiden Schuhkartons unterm Arm wieder auf die Straße hinaustrat, war ihr, als hätte sie sich das ganze Gespräch mit Will nur eingebildet. Zu abstrus und abgehoben kamen ihr die Dinge vor, die er ihr gerade erzählt hatte. Sie beschloss, sich eine Auszeit von Will zu nehmen und sich vorerst mehr auf Manuel Schalls Vergangenheit, auf seine Mutter und seine Freunde zu konzentrieren. Als sie abends zu Hause gerade den Fernseher einschalten wollte, fiel ihr Blick jedoch auf Wills aufgeschlagenen Roman.

Aus „Flüchten vor Godot" (2007)

Von seiner Bank im Tropenhaus aus beobachtete Stern voller Faszination die exotischen Tiere. Die Flughunde, die von der Decke hingen, die Turakos, die immer wieder vorbeiflogen, und die Lisztäffchen, die sich gegenseitig Nüsse abjagten. Er musste sich richtig dazu zwingen, daneben auch noch den Eingang im Blick zu behalten. Irgendwie behagte ihm seine Situation. Er war nur mehr ein Mann, der Tiere beobachtete. Das war alles, was sich über ihn noch sagen ließ. Andere Hinweise über seine Person gab es keine, zumindest trug er die nicht mehr am Körper. Sein Mobiltelefon hatte er schon in seiner Wohnung aus dem Fenster geworfen und seine Ausweise hatte er gleich danach im Klo hinuntergespült. Zum Lesen hatte er auch nichts mitgenommen, um Godot auch nicht die kleinste Ahnung von seinen Vorlieben und Interessen zu geben. Wäre es möglich gewesen, Stern hätte auch sein Blut austauschen lassen, um auch noch den letzten Rest seiner Identität zu tilgen. Dafür wäre er noch zu ganz anderen Dingen fähig gewesen. Auch wenn ihm bei dem Gedanken übel wurde: Sollte es darauf ankommen, würde er sogar fremden Speichel im Mund halten, nur um Godot bei einem Abstrich eine falsche DNA zu liefern.

Ein Kakadu landete auf dem hölzernen Brückengeländer und kackte ins Wasser. Dann ging die automatische Schiebetür auf und schloss sich wieder, ohne dass jemand das Tropenhaus betreten hätte.

Es läutete an der Tür. Rauch, die ganz in ihrem Buch gefangen war, zuckte vor Schreck zusammen. Sie sah auf die Uhr, gleich neun. Ihr fiel niemand ein, der sie unangemeldet besuchen würde, schon gar nicht um diese Zeit. Sie ging ins Vorzimmer und hob den Hörer der Gegensprechanlage ab.

„Ja."

Sie hörte ein Knacken, es meldete sich jedoch niemand. Sie hängte wieder auf und wollte schon zurückgehen, da läutete es noch einmal. Rauch lief ins Wohnzimmer, riss das Fenster auf und lehnte sich so weit hinaus, dass sie den Gehsteig vor ihrem Haus einsehen konnte. Nichts. Es schien auch niemand im Hauseingang zu stehen, zumindest gab es keinen Schattenwurf hinaus auf die Straße. Sie ging in die Küche, wo ihre Handtasche lag, nahm die Glock 17 aus dem schwarzen Kunststoffholster und legte sie neben sich auf die Couch, bevor sie weiterlas.

Aus „Flüchten vor Godot" (2007)

Noch zwei Mal öffnete und schloss sich die automatische Tür des Tropenhauses, ohne dass jemand hereingekommen wäre, dann war sich Stern sicher, dass Godot vor der Tür stand und nur noch auf den richtigen Moment wartete, um zuzuschlagen. Er tat, als würde er einem vorbeifliegenden Rothaubenturako nachschauen, sah sich tatsächlich aber nach einem Fluchtweg um.

Da war ein Geräusch. An der Wohnungstür. So als hätte sich jemand mit dem Kopf an ihre Tür gelehnt, um zu lauschen. Rauch griff zur Glock und entsicherte die Waffe. Dann schaltete sie das Licht der Leselampe aus, sodass sie im Dunkeln saß. Rauch war eine hervorragende Schützin, bei den jährlichen Bewerben schnitt sie immer als eine der Besten ab. Sie hatte ihre Waffe aber noch nie außerhalb des Schießkellers verwenden müssen. Geräuschlos stand sie auf und schlich an der Wand des Vorzimmers entlang zur Tür. Sie legte ihr Ohr an das Holz. Nichts. Oder doch. Da war ein kurzes, schleifendes Geräusch, als ob jemand einen der Schuhabstreifer, die vor den Wohnungen lagen, verschoben hätte.

Rauch atmete ein und führte langsam ihre linke Hand zur Türklinke. Die Finger ihrer Rechten schlossen sich enger um den schwarzen Kunststoffgriff der Waffe. Sie zwang sich, ruhig zu bleiben. Dann öffnete sie die Tür einen Spalt weit und warf einen vorsichtigen Blick ins Stiegenhaus. Nichts. Sie riss die Tür ganz auf und beugte sich kurz nach draußen. Es war niemand zu sehen und auch nichts mehr zu hören. Rauch ging vor ans Geländer und starrte die drei Stockwerke hinunter und das eine hinauf. Auch dort nichts zu entdecken. Sie ging zurück zu ihrer Wohnung, blieb aber draußen stehen und drückte von dort lautstark die Tür ins Schloss. Versteckte sich jemand im Stiegenhaus, würde er jetzt annehmen, dass sie in ihre Wohnung zurückgegangen sei, und sein Versteck verlassen. Ohne sich zu bewegen und ohne einen Laut von sich zu geben, blieb Rauch stehen und wartete. Eine, zwei, drei Minuten, die ihr wie eine Ewigkeit vorkamen. Es rührte sich aber nichts mehr.

Rauch sperrte wieder auf und ging in ihre Wohnung zurück. In der Küche schenkte sie sich ein Glas Rotwein ein und ärgerte sich, dass ihre Hand dabei zitterte. Sie hielt ihr Gesicht unter kaltes Wasser und spürte, wie die Anspannung langsam von ihr abfiel. Als sie sich abtrocknete, konnte sie schon wieder schmunzeln über sich. Ihr Blick fiel auf die alte Kindertasse, die, mit den eingetrockneten Resten vom Frühstückskaffee, neben dem Herd stand. *Catwoman* war darauf zu sehen, wie sie sich an einem Seil von einem Hochhaus herunterschwang. *Catwoman* war eine der Heldinnen ihrer Kindheit gewesen und die Tasse mit dem Aufdruck der Comicfigur hatte Rauch, obwohl sie schon abgeschlagen war, seit damals aufgehoben. Sie spülte die Tasse aus, kippte den Rotwein aus dem Glas hinein und ging damit zurück ins Wohnzimmer. War ihr das schon einmal passiert, dass sie wegen irgendwelcher seltsamer Geräusche gleich zur Waffe gegriffen hatte? Zu viel Godot, dachte Rauch, oder auch zu viel Will, schlug aber dann, kaum dass sie saß, den Roman wieder auf.

Aus „Flüchten vor Godot" (2007)

Er tat, als würde er einem vorbeifliegenden Rothaubenturako nachschauen, sah sich tatsächlich aber nach einem Fluchtweg um. Neben dem Wasserfall entdeckte er eine in die künstliche Felswand eingebaute Tür. Wenn er sich nicht täuschte, war sie nur durch ein einfaches Inbusschloss gesichert. Mit seinem Taschenmesser würde er es in Sekundenbruchteilen aufbekommen. Stern warf noch einen kurzen, prüfenden Blick zum Eingang, dann ließ er sich neben seiner Bank in die Hocke gleiten und schlich gebückt Richtung Wasserfall. Er drückte sich durchs Unterholz, vorbei an einem mächtigen Farn. Als ihn ein zurückschnalzender Zweig am Oberarm streifte, dachte er zuerst, eine Kugel hätte ihn getroffen. Dasselbe zischende Geräusche und derselbe peitschende Schlag. Er drehte sich noch einmal um. Ein Mann hatte das Tropenhaus betreten. Er war klein und untersetzt und auch schon älter und entsprach damit so gar nicht dem Bild, das Stern von Godot hatte. Was aber nichts hieß, denn Godot war ein Meister der Verstellung. Kauernd öffnete Stern mit seinem Taschenmesser die Tür, die tatsächlich kaum Widerstand leistete, dann drückte er sich in den von einem Kellerlicht schwach beleuchteten Gang. Der stechende Geruch von Vogelfutter schlug ihm entgegen, das entlang der linken Wand in Säcken aufgestapelt lag. Stern richtete sich auf und rannte los. Knapp hinter ihm trat jemand aus einem Nebenraum und rief ihm etwas hinterher. Stern kümmerte sich nicht um den Mann und rannte weiter. Der Gang bog nach rechts ab, etwa zwanzig Meter vor ihm sah Stern jetzt den Ausgang. Die Tür stand offen, Tageslicht strömte herein. Er überlegte, ob er seine Schritte verlangsamen, an der Tür kurz stehen bleiben und einen vorsichtigen Blick nach draußen werfen sollte, um die Lage abzuschätzen, entschloss sich aber dagegen und rannte mit unverminderter Geschwindigkeit hinaus ins Freie. Es schien noch kälter geworden zu sein und schon nach wenigen Schritten brannte ihm die eisige Luft in den Lungen. Die Gehege, an denen er vorbeikam, waren leer, die Tiere hatten sich in die Innenräume zurückgezogen. Er überlegte kurz, sich im Raubtierhaus zu verstecken. Es besaß jedoch nur einen Eingang und wenn Godot ihn beim Betreten beobachten sollte, würde er in der Falle sitzen, also ließ er den Plan gleich wieder fallen. Plötzlich hörte Stern jemanden hinter sich. Er drehte sich gar nicht erst um, sondern beschleunigte noch einmal seine Schritte. Dabei schlug er mehrere Haken, für den Fall, dass Godot auf ihn schoss. Es war aber kein Knall zu hören, auch nicht das dumpfe Ploppen eines Schalldämpfers. Stern drückte das Kinn nach vorne, wie ein Sprinter auf den letzten Metern vor dem Ziel. Er hatte das Gefühl, immer leichter zu werden, gleich abzuheben, seine Füße schienen kaum noch den Boden zu berühren. Sein Körper lehnte sich gegen die Erschöpfung auf, indem er Glückshormone in sein Gehirn pumpte. Eine seltsame Euphorie machte sich in ihm breit. Er rannte weiter, bis er nicht mehr konnte. Hinter dem Flusspferdhaus drückte er sich in eine Nische, stellte sich leicht gegrätscht hin und ließ seinen Oberkörper durchhängen. Es dauerte mehrere Minuten, bis sein Atem wieder gleichmäßig ging. Während er so dastand, mit den knapp über dem Boden baumelnden Armen, fragte er sich, was als Nächstes zu tun sei. Natürlich ging es zunächst einmal darum, den heutigen Tag zu überleben. Doch wenn ihm das gelingen sollte, wie sah dann der Rest seines Lebens aus? Seine Vergangenheit musste er jedenfalls vollständig hinter sich lassen. Seine Familie konnte er unmöglich kontaktieren, wollte er sie nicht in Gefahr bringen. Er musste weg von allem, was er war, wie aber entfernte man sich von sich selbst?

Rauch sah auf von Wills Roman. Ihr Blick fiel auf den Tisch, auf dem die Packung mit den Zigaretten lag. Keine Zigarette nach zwanzig Uhr, hatte sie sich vorgenommen, weil sie abends beim Rauchen immer jede Zurückhaltung verlor. Sie war schon mehrmals den Tag über mit nur acht Zigaretten ausgekommen und hatte dann kurz vor dem Schlafengehen den Rest der Packung auf einen Sitz aufgeraucht.

Rauch stand auf, ging hinüber und steckte sich eine Zigarette in den Mund. Das Feuerzeug zündete nicht. Sie schüttelte es neben ihrem Ohr. Es war fast leer. Nach drei weiteren vergeblichen Versuchen zerbrach sie wütend die Zigarette und schleuderte die beiden Hälften durchs Zimmer. Sie ging in die Küche und trank ein Glas Wasser, sie ging ins Bad und zupfte an ihren Augenbrauen herum, sie ging zurück ins Wohnzimmer und ordnete ihre Post. Dabei sah sie schon vor sich, wie sie gleich aus der Küche Streichhölzer holen und anschließend auf allen vieren unter dem Tisch nach der zerbrochenen Zigarette suchen würde. Was sie dann schließlich auch machte. Als sie die beiden Stummel gefunden hatte, stand sie gar nicht erst auf, sondern rauchte sie gleich da unten auf dem Boden sitzend. Rauch erinnerte sich an ihre ersten Zigaretten, die sie zusammen mit einer Freundin auf dem Schulklo geraucht hatte. Um sich nicht zu verraten, hatten sie den Deckel des Spülkastens leicht angehoben und den Rauch vorsichtig und mit spitzen Lippen dort hineingeblasen. Bis heute spitzte sie die Lippen leicht, wenn sie beim Rauchen ausatmete, und bis heute fühlte sie sich jung, sobald sie eine Zigarette zwischen den Fingern hielt.

Rauch kroch unter dem Esstisch hervor, stand auf und holte sich eine neue Zigarette. Die rauchte sie diesmal ganz entspannt, mit angezogenen Beinen auf dem Fensterbrett sitzend. Dabei wunderte sie sich wieder einmal darüber, wie eine Zigarette dem Denken auf die Sprünge helfen konnte. Es war wie ein plötzlicher Perspektivenwechsel, so als würde man von den billigen Plätzen in eine Loge wechseln, von wo aus man einen besseren Blick auf die Welt hatte. Ein Raucher mochte vielleicht früher aus dem Leben gehen, hatte bis dorthin aber auch mehr vom Leben gesehen, und das war letztlich ein fairer Deal, fand Rauch.

Bestens gelaunt ging sie zurück zur Couch und las in einem Zug *Flüchten vor Godot* fertig. Es war kurz nach Mitternacht, als sie sich schlafen legte. Beim Aufwachen erinnerte sie sich als Erstes an ihre lächerliche Aktion von gestern Abend. Was hatte sie nur dazu gebracht, mit gezückter Waffe durchs Vorzimmer zu schleichen und dann sogar noch ins Stiegenhaus hinauszustürmen? Zum Glück hatte sie niemand gesehen. Rauch kontrollierte, ob sie die Waffe gesichert in ihre Handtasche zurückgesteckt hatte. Danach frühstückte sie. Wieder einmal die einfache Version. Ohne den grünen Apfel.

Im Büro las Rauch noch einmal die Vermisstenanzeige durch, die Helga Schall erstattet hatte. Der Frau war offensichtlich daran gelegen, den Eindruck zu erwecken, ein ausgezeichnetes Verhältnis zu ihrem Sohn zu haben. Stolz war sie auch auf ihn, weil sie eigens erwähnt hatte, dass es jedes Mal er war, der bezahlte. Und zwischen den Zeilen las Rauch auch ein schlechtes Gewissen der Frau heraus. Wahrscheinlich, weil sie ihren Sohn zu einem wildfremden Mann hatte ziehen lassen. Dabei war dieser Manuel Schall dreiundzwanzig und konnte somit tun und lassen, was er wollte.

In den Gesprächen mit Will und Eisner hatte Rauch den Eindruck bekommen, bei Manuel Schall handle es sich um einen aufmüpfigen Proleten, wenn sie Helga Schalls Aussage las, hatte sie eher das Bild eines liebevollen und ziemlich naiven Muttersöhnchens vor Augen.

Rauch suchte sich aus dem Akt die Nummer Helga Schalls heraus. Die Frau meldete sich so schnell, als hätte sie den Apparat die ganze Zeit über in der Hand gehalten. Sie klang besorgt und wurde noch besorgter, als sie hörte, dass die Polizei dran war.

„Es gibt keine Neuigkeiten, Frau Schall, tut mir leid. Aber ich hätte da noch ein paar Fragen. Haben Sie vielleicht heute Nachmittag Zeit für ein kurzes Treffen?"

„Ich weiß zwar nicht, was ich Ihnen noch erzählen könnte, aber wenn es meinem Manuel hilft, kann ich natürlich zu Ihnen kommen. Sie müssen mir nur sagen, wo genau Ihr Büro ist."

„Das ist nicht notwendig. Wenn es Ihnen recht ist, komme ich zu Ihnen."

Rauch hielt nichts von Einvernahmen im Kommissariat. Die Menschen konnten sich in fremden Räumen nur an die Hälfte erinnern. Ganz anders in gewohnter Umgebung. Da ließen sie den Blick schweifen und nahmen all die Erinnerungen mit, die in den Gegenständen gespeichert waren. Und auch Rauch hatten diese Wohnungen eine Menge zu erzählen. Meist mehr, als ihren Gesprächspartnern lieb war. Helga Schalls Schicht würde zu Mittag enden und so vereinbarten sie, dass Rauch am Nachmittag um zwei vorbeikommen sollte.

Helga Schall wohnte in einem typischen Arbeiterbezirk voller Wettcafés, Pizzaservices und Ein-Euro-Shops. Die Kinder hier lernten mit Spraydosen schreiben. Die Fassaden waren mit krakeligen Graffitis übersät, es fand sich aber kaum ein Wort ohne Rechtschreibfehler. Zwei Jugendliche spielten mit einer leeren Bierdose Fußball. Als eine alte Frau mit ihrem Dackel vorbeiging, kickten sie dem Hund die Dose hinterher. Die Alte traute sich nicht einmal zu schimpfen. Mit gesenktem Kopf zog sie ihren Hund hinter sich her und machte, dass sie wegkam.

Helga Schalls Haus war ein heruntergekommener Altbau, die graue Fassade bröckelte an vielen Stellen ab. Die Klingelanlage am Eingang war beschmiert. Hinter den Männernamen fanden sich Bemerkungen wie *schwul* oder *Zuhälter*, hinter sämtlichen Frauennamen stand *Hure.* Außerdem hatte jemand auf die Klingelanlage gespuckt. Rauch drückte den Knopf neben dem Namen Helga Schalls mit einem Papiertaschentuch.

„Gleich im Halbstock die erste Tür links."

Im Gang war das Licht ausgefallen, aus den offenen Altpapiertonnen quollen Plastikfolien und neben den Briefkästen lag eine völlig verdreckte Schultasche, von der die Tragegurte abgerissen waren. Helga Schall stand in der Tür ihrer Wohnung. Sie sah aus, als hätte sie sich extra für Rauchs Besuch hergerichtet. Dunkelblauer Rock, eine rosa Bluse, Wimperntusche. Und irgendein billiges Parfüm, das nach Maiglöckchen oder Flieder oder, schlimmer noch, einer bösen Mischung aus beidem roch.

Rauch hatte sich Helga Schall der Stimme nach molliger vorgestellt und auch gepflegter. Tatsächlich war sie blass und ausgezehrt, das Gesicht eingefallen, auf Zeige- und Mittelfinger fanden sich tiefgelbe Nikotinflecken.

„Die Schuhe können Sie anbehalten."

Schall führte Rauch ins Wohnzimmer, das direkt hinaus auf die Straße ging. Obwohl es mitten am Nachmittag war, fiel nur wenig Tageslicht herein. Dafür war der Verkehrslärm so laut, dass man nur wenig von der Schlagermusik hörte, die im Radio spielte. Die Lampe über dem Esstisch, ein unsägliches Ding mit einem gestrickten Lampenschirm, tauchte den Raum in ein unangenehmes Zwielicht. Helga Schall hatte Kaffee vorbereitet, außerdem lag eine aufgerissene Packung mit billigen Schnitten auf dem Tisch. Der Aschenbecher war am Übergehen. In einem Wandverbau stand angestaubter Krimskrams. Gläser aus Pressglas, ein Schäferhund aus Porzellan und eine hölzerne Soldatenfigur in roter Uniform, deren Kiefer als Nussknacker diente. Zeugen einer vergangenen Zeit, die in Rauch aber keine Nostalgie weckten, sondern Erleichterung darüber, dass diese Zeit unwiederbringlich vorbei war. Rauch setzte sich noch nicht, sondern zeigte auf eine Tür neben dem Wandverbau.

„Führt die zu Manuels Zimmer?"

Helga Schall nickte und Rauch sah, dass die Frau mit den Tränen kämpfte.

„Darf ich einen Blick hineinwerfen?"

„Bitte."

Das Zimmer war winzig. Es gab ein Bett und ein Bücherregal, das einzige Fenster ging auf einen engen Lichthof hinaus. Die Luft war abgestanden, die Enge war bei jedem Atemzug zu spüren. Rauch verstand gut, dass Manuel die Abmachung mit Will eingegangen war, egal wie merkwürdig sich die auch angehört haben mochte. Alles war besser, als hier zu leben.

Rauch sah die Regale durch. Comichefte stapelten sich da, eine schwere Silberkette lag daneben und dann gab es noch drei Raumschiffmodelle, die Schall selbst zusammengebaut haben dürfte. Besonders geschickt oder geduldig konnte er nicht sein, denn überall waren die Klebestellen zu sehen.

Auf dem Bett standen drei verschlossene Umzugskartons, die Rauch gleich wiedererkannte: die Sachen von Manuel, die sie vorgestern noch auf ihrem Schreibtisch ausgebreitet hatte. Die Kollegen hatten sie bereits zurückgeschickt.

„Ich habe es nicht geschafft, die Sachen auszupacken … Entschuldigen Sie."

Helga Schall drehte sich um und ging, die Hände vors Gesicht gepresst, ins Wohnzimmer zurück. Gleich darauf hörte Rauch, wie sich die Frau schnäuzte. Während Helga Schall heulte, sah sich

Rauch weiter in der winzigen Kammer um. Die Wände waren vollgepflastert mit Postern. Es gab Superhelden, die durch Häuserschluchten flogen oder in Faustkämpfe mit Bösewichtern verstrickt waren, Rapmusiker, die mit provokantem Blick vor Mülltonnen oder in Hinterhöfen standen, und Filmplakate, auf denen Raumschiffe durch ferne Galaxien sausten. Neben den Postern fanden sich einige aus einem Notizbuch herausgerissene Seiten. Der junge Schall hatte einige der Motive mit Buntstiften abgezeichnet. Die Gesichter waren verzogen, die Häuser windschief, nirgendwo stimmten die Proportionen. So gerne dieser Schall offenbar zeichnete, Talent dazu hatte er keines. Dann entdeckte Rauch noch einige Fotos, auf denen Manuel zusammen mit Freunden zu sehen war. Rauch löste sie von der Wand und steckte sie ein.

Helga Schall kam gerade mit einer dampfenden Glaskanne ins Wohnzimmer zurück. Rauch roch billigen Filterkaffee, wie er in Fünf-Kilo-Vorratspackungen in Billigdiskontern angeboten wurde. Sie hatte eine feine Nase, was solche Dinge betraf. Ohne eine Zigarette würde sie das Zeug nicht hinunterbringen. Sie gab sich stillschweigend die Erlaubnis, solange sie hier war, so viel zu rauchen, wie sie wollte, und holte die Zigaretten gleich aus der Handtasche.

„Ich darf?"

Helga Schall nickte und Rauch bemerkte, wie die Frau fast hypnotisiert das Päckchen fixierte. Es war der Blick einer Kettenraucherin, der die Zigaretten ausgegangen waren.

„Wollen Sie auch eine?"

„Gerne, eine zum Kosten, die Marke kenne ich gar nicht."

Die Standardausrede einer Kettenraucherin, der die Zigaretten ausgegangen waren und der das peinlich war. Rauch hielt ihr das Päckchen hin und gab ihr auch gleich Feuer. Dann rauchte sie sich mit einem tiefen Lungenzug ihre eigene Zigarette an.

„Wo ist Ihr Mann, Frau Schall."

„Der ist Zigaretten holen gegangen, als Manuel drei Jahre alt war."

Rauch wunderte sich über Helga Schalls knochentrockenen Humor. Den hatte sie ihr gar nicht zugetraut.

„Sie haben Manuel ganz allein aufgezogen?"

„Als Manuel fünfzehn war, habe ich einen Mann kennengelernt. Die Sache hat eigentlich ganz gut angefangen. So gut, dass ich gefunden habe, dass er doch bei uns einziehen könnte. Das ist dann aber gründlich in die Hosen gegangen. Manuels Pubertät war voll im Gange und die Pubertät meines neuen Lebensgefährten war offenbar noch nicht vorbei. Gerade dass sich die beiden nicht erschlagen haben. Dabei war mein Freund, wenn wir unter uns waren, ganz ruhig und verständnisvoll. Das hätte echt funktionieren können."

Schall dämpfte ihre Zigarette aus. Sie hatte keine fünf Züge für sie gebraucht.

„Sind Sie damals im Streit auseinandergegangen?"

„Er hat es natürlich nicht verstanden, dass ich mich auf die Seite meines Sohnes gestellt habe. Aber welche Mutter hilft nicht zu ihrem Kind?"

„Hat Sie Ihr Freund bedroht damals?"

„Ach, natürlich hat er geschimpft wie ein Verrückter. Ich habe seit damals aber nie wieder etwas von ihm gehört."

„Als Manuel fünfzehn war, haben Sie gesagt. Das heißt, das ist jetzt acht Jahre her?"

„Acht Jahre. Ja, das könnte hinkommen."

Rauch schloss aus, dass dieser Mann etwas mit Manuels Verschwinden zu tun hatte. Wer Rache wollte, konnte nicht warten. Schon gar nicht acht Jahre lang.

Helga Schall schien jetzt in irgendwelche Erinnerungen versunken zu sein. Jedenfalls starrte sie mit leerem Blick auf die billigen Schnitten.

„Na ja, was soll's. Warum soll es mir besser gehen als dem Rest der Welt."

Helga Schall war eine Mutter, die alles für ihren Sohn tat, abgesehen davon, ihm ein positives Weltbild zu vermitteln. Will musste Manuel wie ein Engel erschienen sein, der ihn aus dieser

Hölle befreite. Und dann wie ein schwarzer Engel, der ihn gleich mit in die nächste Hölle riss.

„Was hat Ihr Sohn eigentlich beruflich gemacht?"

„Manuel hat sehr viele Interessen. Eigentlich will er ja Comiczeichner werden. Als er noch bei mir gewohnt hat, ist er stundenlang am Esstisch gesessen und hat gezeichnet. Ich war wirklich erstaunt, woher er das konnte. Keiner in meiner Familie hat jemals einen Bleistift in die Hand genommen."

Mutterliebe schien offenbar noch blinder zu machen als die Liebe zwischen Paaren, dachte Rauch und war wieder einmal froh, keine Kinder zu haben.

„Außerdem hat Manuel Englisch gelernt, weil er die Texte seiner Lieblingsbands verstehen wollte. Diese Rapper, die mehr sprechen als singen, nicht gerade meins, aber Manuel ist ganz begeistert davon. Wie Jugendliche halt so sind. Er liebt ja auch diese viel zu großen Kappen und die weiten Hosen und diese Sportschuhe, die aussehen wie Boote. Was die Sachen alle gekostet haben, daran darf ich gar nicht denken."

„In finanzieller Hinsicht kam Herbert Will mit seinem Angebot da doch gerade recht?"

„Natürlich war das angenehm, dass Manuel plötzlich sein eigenes Geld verdient hat. Trotzdem war ich dagegen. Wer bezahlt schon jemanden dafür, dass er bei einem wohnt, wenn er von dem nicht etwas will. Sie wissen schon, was ich meine."

„Manuel ist gegen Ihren Willen bei Will eingezogen?"

„Er hat mir versprechen müssen, dass er sich regelmäßig meldet und dass er sofort anruft, wenn es irgendwelche Probleme gibt."

„Und? Hat es Probleme gegeben?"

„Angerührt hat ihn dieser Will nicht. Aber Manuel hat ziemlich darunter gelitten, weil dieser Will ihm so seltsame Bücher und Musik und Kunst aufgezwungen hat. Einem jungen Menschen muss man doch seine Freiheiten lassen."

„Haben Sie Will eigentlich jemals getroffen?"

„Einmal, als er Manuel und seine Sachen abgeholt hat."

„Und? Wie war Ihr Eindruck?“

„Ich war beruhigt. Dieser Mann war so seriös und auch sehr sympathisch. Er hat mich sehr freundlich behandelt.“

Rauch zweifelte nicht daran, dass es für Will kein Problem gewesen war, Helga Schall für sich einzunehmen.

„Sie haben mir noch nicht erzählt, Frau Schall, was Manuel gearbeitet hat.“

„Ja, wo waren wir? Ach ja, bei der Rap-Musik. Jedenfalls wollte Manuel mit Freunden eine Platte aufnehmen. Die waren damals auch öfters hier, meist am Nachmittag, wenn ich noch in der Arbeit war. Nur einmal bin ich früher heimgekommen und da habe ich sie singen gehört. Nicht meine Musik, wie gesagt, aber Manuels Stimme, die hat mich doch überrascht.“

So wie sein unglaubliches Zeichentalent, dachte Rauch. Dieser Manuel Schall schien in den Augen seiner Mutter ja ein richtiges Wunderkind zu sein. Rauch entwickelte langsam, aber sicher eine gehörige Abneigung gegen diesen verwöhnten Proleten, der sich von seiner Mutter aushalten ließ, wofür die sich wahrscheinlich in den Klos irgendwelcher Großunternehmen die Seele aus dem Leib putzte. Sie wusste nicht, wer von den beiden ihr mehr auf die Nerven ging. Die Mutter oder der Sohn.

„Was genau war es denn jetzt, was Ihr Sohn gearbeitet hat, Frau Schall?“

„Er hat eine Lehre als Tischler gemacht.“

„Also hat er als Tischler gearbeitet?“

„Nein, Manuels Ohren waren zu empfindlich. Er hat den Lärm nicht ausgehalten. Die Kreissäge und die Schleifmaschine. Er musste die Lehre leider abbrechen.“

„Und was hat er danach gemacht?“

„Er ist, wie ich schon gesagt habe, sehr vielseitig. Er hat dieses und jenes gemacht.“

„Was zum Beispiel?“

„Er war dann eine Zeit lang bei einer großen Supermarktkette angestellt.“

„Als Kassier?"

„Er war für die Kühlwaren zuständig."

„Als Abteilungsleiter?"

„Gleich unter dem Abteilungsleiter. Er war verantwortlich, dass die Regale immer vollständig bestückt waren. Das ging aber auf Dauer nicht wegen der Temperatur. Er ist da ja stundenlang im Kühlregal gestanden und das hat ihm gar nicht gutgetan. Regelmäßig ist er mit Fieber und Angina im Bett gelegen. Ich habe ihn da rausholen müssen."

„Und danach?"

„Er war eine Zeit lang arbeitslos."

„Wie lange?"

„Etwa eineinhalb Jahre. Die hat er aber gut genutzt. Einen Kurs nach dem anderen hat er beim Arbeitsmarktservice belegt."

„Und trotzdem keinen Job gefunden?"

„Es sind schlimme Zeiten, Frau Rauch. Ein fleißiger und gescheiter junger Mann will nichts als eine vernünftige Arbeit und man gibt ihm keine."

Rauch merkte, wie ihr das Gerede, diese Mischung aus Hoffnungslosigkeit und Selbstmitleid, zu viel wurde.

„Ist Ihr Sohn jemals straffällig geworden?"

„Nein, nie. Ich würde jetzt nicht für alle seine Freunde die Hand ins Feuer legen, vor allem die zwei, mit denen er diese Musik gemacht hat, sind mir sehr aggressiv vorgekommen, aber Manuel hat da bestimmt nicht mitgemacht."

„Wie können Sie sich da so sicher sein."

„Manuel ist unglaublich schreckhaft. Der kann sich im Fernsehen keinen Krimi anschauen, ohne dass er anschließend Albträume hat. Mein Manuel ist vieles, aber nicht gefährlich."

Ein Sensibelchen, auch das noch, dachte Rauch. Dann legte sie die Fotos, die sie vorhin von der Wand genommen hatte, vor Helga Schall auf.

„Die zwei Freunde, die Sie gerade angesprochen haben. Sind das diese beiden?"

„Ja, genau. Warten Sie. Ich weiß auch noch die Namen. Der eine hat auf jeden Fall Sheriff geheißen und der andere … Desperado, ja genau, Desperado, so hat sich der mit dem großen, goldenen Ohrring genannt."

„Wie die beiden mit richtigem Namen geheißen haben oder wo Manuel sie kennengelernt hat, wissen Sie nicht zufällig?"

„Andere Namen weiß ich keine, aber kennengelernt hat er sie beim Arbeitsmarktservice. Und das Lokal, in das sie immer gemeinsam gegangen sind, heißt *Bronx*."

Rauch schrieb sich die Namen der Männer und des Lokals auf.

„Darf ich die Fotos mitnehmen?"

„Wenn es hilft, Manuel wiederzufinden."

„Hatte Ihr Sohn darüber hinaus noch andere Freunde. Oder eine Freundin?"

Rauch merkte, dass Helga Schall die Frage unangenehm war.

„Manuel hatte kein großes Glück mit Mädchen."

„Also hat er keine Freundin gehabt?"

„Nein."

„Und wann ist seine letzte Beziehung in die Brüche gegangen?"

Helga Schall nahm einen Schluck von ihrem Kaffee. Dabei schüttelte sie kaum sichtbar den Kopf.

Rauch schaute sie fragend an.

„Manuel hatte noch nie eine Freundin?"

„Nein."

Helga Schall war die Sache offensichtlich überaus peinlich. Rauch ließ sich davon nicht abhalten, weiter nachzuhaken.

„War Ihr Sohn mehr an Männern als an Frauen interessiert."

Helga Schall schien sich mit einem Mal gefangen zu haben und sah Rauch verärgert an.

„Mein Sohn ist ganz normal. Sein Problem ist einfach, dass er viel zu nett ist. Und die Mädchen heutzutage interessieren sich nicht für Männer, die sie gut behandeln. Aber Manuel wird die Richtige schon noch finden."

„Und sonst?"

„Was sonst?“

„Freunde, Bekannte, Arbeitskollegen?“

„Dieser Will wollte nicht, dass er seine früheren Freunde weiterhin trifft. Das war ein Teil der Abmachung.“

„Das heißt, Manuel hat in den letzten fünf Monaten außer zu Ihnen keinen engeren Kontakt zu seinem früheren Umfeld gehabt?“

„Nicht, dass ich wüsste. Nach dem, was er mir erzählt hat, waren es ausschließlich Freunde oder Bekannte von Will, mit denen er länger gesprochen hat. Er hat mir erzählt, wie langweilig er diese Leute fand, aber wegen des Geldes hat er das alles mit sich geschehen lassen.“

„Wissen Sie, wie viel Will ihm gezahlt hat?“

„Nicht genau, aber es war mehr, als ich im Monat verdiene.“

„Haben Sie eigentlich noch Kontakt zu Manuels leiblichem Vater? Oder hat Manuel einmal versucht, mit ihm Kontakt aufzunehmen?“

„Nein, den hat der Erdboden verschluckt. Ich glaube, der ist damals ausgewandert. Der hat irgendwo versucht, ein neues Leben anzufangen.“

Rauch konnte den Mann verstehen.

Als Rauch zurück ins Büro kam, flog eine Tür. Krantz war gerade in sein Zimmer verschwunden. Von drinnen hörte man ihn schimpfen. Greta schlüpfte davon völlig unberührt in ihren Mantel. Rauch sah sie fragend an.

„Ich muss wegen meiner geschwollenen Drüsen zum HNO. Und dass die Gesundheit wichtiger ist als ein sauber abgetippter Bericht, geht manchen Menschen einfach nicht in den Kopf. Bis morgen, Eva. Und drück mir bitte die Daumen, dass es nichts Ernstes ist.“

„Alles Gute, Greta.“

Rauch hatte sich damit abgefunden, dass Greta nur bedingt als Sekretärin zur Verfügung stand. Und auch damit, dass man dagegen nichts tun konnte, weil sie als pragmatisierte Beamtin praktisch unkündbar war. Greta hatte aber schon angekündigt, dass sie wegen ihres „ramponierten Gesundheitszustands“ in Frühpension gehen würde. Krantz würde also vielleicht bald die junge, agile und gut aussehende Sekretärin bekommen, die er sich schon immer wünschte. Rauch erhoffte sich von der Neuen eigentlich nur, dass sie von ihr genauso in Ruhe gelassen würde wie von Greta.

Jetzt noch den Tagesbericht, dann war Rauch fertig für heute. Der Nachmittag mit Helga Schall war zwar quälend gewesen, aber auch ziemlich aufschlussreich. Rauch hatte jetzt ein recht plastisches Bild von Manuel Schall, und das galt es schriftlich festzuhalten. Als sie am Computer ein neues Dokument öffnete und auf die weiße Seite sah, fiel ihr Will ein, der jetzt wahrscheinlich auch an seinem Schreibtisch saß. Im Gegensatz zu ihm durfte sie aber nichts dazuerfinden, was nicht immer ganz einfach war. Schon zehn Minuten nach einer Einvernahme wusste sie manchmal nicht mehr, was der Zeuge tatsächlich gesagt und was sie sich nur gedacht hatte. Da sie mit ihren Gedanken aber meistens richtig lag, war das bisher noch nie sonderlich ins Gewicht gefallen.

Beim Schreiben verfiel Rauch wieder in einen richtiggehenden Rausch. Es kam ihr vor, als würde sie mit Will um die Wette schreiben. Dabei ging es darum, wer Manuel Schall mit seiner Schilderung am nächsten kam. Obwohl Rauch ihm noch nie begegnet war, sah sie Schall genau vor sich. In den Szenen, die seine Mutter erwähnt hatte, aber auch in anderen, die spontan in ihrer Vorstellung aufgetaucht waren. Als sie an diesem Abend von ihrem Schreibtisch aufstand und das Licht in ihrem Büro löschte, hatte sie jedenfalls das Gefühl, Schall persönlich zu kennen.

Auf der Heimfahrt nahm sich Rauch bei ihrem Stammitaliener eine Pizza mit. Die aß sie daheim auf der Couch direkt aus dem Karton, während sie ein neues Buch von Will begann, eine Art Memoirenband.

Aus „Abgelegte Seiten“ (2003)

Lisa lernte ich während des Studiums kennen. Sie war jünger, schöner und ehrgeiziger als ich. Und intelligenter. Es ist mir bis heute unverständlich, warum sie sich damals ausgerechnet in mich verliebt hat. Ich hatte zu jener Zeit keinerlei Selbstvertrauen und lebte entsprechend geistlos in meine Tage hinein, und ohne dass sich dort etwas Wesentliches getan hätte, auch wieder aus ihnen heraus. Dass wir überhaupt zusammenkamen, war einzig und allein ihr zu verdanken. Ich hätte nie den Mut gehabt, sie anzusprechen.

„So und jetzt einen Kaffee!“

Sie sagte den Satz wie zu sich selbst. Die Vorlesung war gerade zu Ende gegangen und sie räumte ihren Notizblock, eine blaue Füllfeder und zwei Bücher in ihre Umhängetasche. Nur einen kurzen und beiläufigen Moment sah sie dabei herüber zu mir. Dann schaute sie wieder hinunter auf ihre Tasche, ließ dabei aber ein so zufriedenes Lächeln über ihre Lippen tanzen, dass ich ihr wie selbstverständlich aus dem Hörsaal und in das kleine Café am Eingang des Institutsgebäudes folgte. Als wir uns dort gegenüber an einen Tisch setzten und sie mich nach meinem Namen fragte, war ihr Blick auch weiterhin so ungezwungen, dass ich nicht einmal rot wurde – und ich wurde damals bei jeder Gelegenheit rot, sogar, wenn ich die Bibliothekarin bat, mir Münzen für den Kopierer zu wechseln.

Um zwei Uhr bestellten wir unseren ersten Kaffee, zwei Stunden später kannten wir unsere naiven Zukunftspläne, weitere drei Stunden später auch die tragischsten Punkte aus unserer Vergangenheit. Abends um sieben wechselten wir in ein billiges Restaurant und aßen eine Kleinigkeit, anschließend tranken wir gemeinsam sieben Flaschen Bier. Um elf sperrte sie die Tür zu ihrer Wohnung auf, eine Minute später lagen wir auf ihrem Bett. Dieser Tag hatte eine Geradlinigkeit gehabt, die ich aus meinem sonstigen Leben nicht kannte. Die kürzeste Verbindung zwischen zwei

Punkten war für mich bis zu diesem Zeitpunkt immer der Umweg gewesen. Dass die Linie vom Hörsaal ins Café, dann weiter zum Restaurant und schließlich direkt in Lisas Bett einer fast geometrisch exakten Geraden glich, war typisch für ihre Lebenseinstellung. Und so lernte ich gleich in diesen ersten zehn Stunden mit ihr, dass Wollen und Handeln etwas miteinander zu tun haben konnten. Vorstellungen ließen sich tatsächlich auch verwirklichen. Es gab da einen roten Faden von jeder noch so unglaublichen Idee Richtung Wirklichkeit und es ging einzig und allein darum, diesen Faden gut festzuhalten, damit er einem nicht durch die Finger glitt.

Das klang wie eine Aufforderung. Rauch sah auf die Uhr. Es war kurz nach elf. Wahrscheinlich eine gute Zeit, um ins *Bronx* zu gehen. Sie hatte auf dem Stadtplan nachgesehen. Das Lokal befand sich in Gersthof, zufällig also genau in der Gegend, in der Rauch aufgewachsen war. Ihre ehemalige Volksschule lag nur zwei Straßen vom *Bronx* entfernt. Es musste rund um ihren zehnten Geburtstag gewesen sein, dass sie von dort weggezogen waren. Rauch war seit einer Ewigkeit nicht mehr in der Gegend gewesen.

Es herrschte kaum noch Verkehr auf den Straßen und so brauchte sie keine fünfzehn Minuten dorthin. Als sie auf der Suche nach einem Parkplatz ihre Runden durch die früher vertrauten Straßen drehte, tauchte in ihrer Vorstellung eine Erinnerung nach der anderen auf. Und das in erstaunlich lebendigen Bildern. Ihre Kindheit war die ganze Zeit über nur eine Viertelstunde von ihrer Gegenwart entfernt gewesen und Rauch war sich nicht sicher, ob sie das angenehm oder beängstigend finden sollte. Sie bog in die Gasse ein, in der sie damals gewohnt hatte, und entdeckte zufällig eine freie Parklücke unmittelbar vor ihrem ehemaligen Wohnhaus. Beim Aussteigen aus dem Wagen sah sie die Fassade hinauf und spürte ein flaues Gefühl im Magen. Ähnlich wie bei Reisekrankheit. Als ob sie die Kurven zwischen heute und damals zu schnell genommen hätte. Sie strich sich in einer vergessenen Geste ihre

Haare hinters Ohr, dann riss sie sich los aus ihrer Erinnerung, indem sie sich eine Zigarette anzündete und entgegen ihrer Gewohnheit im Gehen rauchte. Zigaretten waren verlässlicher als Blindenhunde. Sie brachten einen jedes Mal genau dorthin, wo man hinwollte. In die Erinnerung hinein oder auch aus ihr heraus.

Als Rauch zum *Bronx* kam, erkannte sie das Lokal gleich wieder. In ihrer Kindheit hatte sich hier die *Gemischtwarenhandlung Heinz* befunden. Auf dem Weg in die Schule hatte sich Rauch bei der unglaublich dicken Frau Heinz ihre Wurstbrote geholt und auf dem Heimweg mit den letzten zusammengekratzten Groschen Süßigkeiten gekauft. Jetzt ging sie zum ersten Mal seit vierzig Jahren wieder durch diese Tür. Nur freute sie sich heute nicht auf einen rosa Kaugummi oder einen Schokoriegel, sondern auf zwei junge Burschen, die sich *Sheriff* und *Desperado* nannten.

Das Lokal war gut besucht, ein DJ legte auf, die Luft fühlte sich klebrig an und roch nach süßen Alkopops. Bei ihrem Blick in die Runde konnte Rauch sich ein Lächeln kaum verkneifen. Es schien da einen Wettbewerb zu geben, wer seine Baseballkappe am schrägsten auf dem Kopf halten konnte, ohne dass sie herunterfiel, und wer seine Hose am tiefsten tragen konnte, ohne dass sie vollends herunterrutschte. Rauch hatte schon erwartet, dass sie wegen ihres Alters auffallen würde, und tatsächlich wurde man nach und nach auf sie aufmerksam. Einige der Tänzer stießen sich gegenseitig an, einer deutete mit dem Kinn auf sie, ein anderer, ein Bursche mit einem gelben T-Shirt, schien eine ordinäre Bemerkung gemacht zu haben, jedenfalls gab es rund um ihn einige dreckige Lacher. Rauch hatte keine Probleme mit den Blicken, die sie aus allen Richtungen trafen. Vielmehr nutzte sie die Situation, um in aller Ruhe die Gesichter der Umstehenden zu taxieren. Sie hatte sich die Fotos daheim so gründlich eingeprägt, dass sie überzeugt war, *Sheriff* und *Desperado* auf Anhieb identifizieren zu können. Jetzt sah auch der DJ, der bisher tief über sein Mischpult gebeugt gewesen war, zu ihr herüber und für Rauch bestand vom ersten Augenblick an kein Zweifel, dass er *Desperado* sein musste. Nur einen Sekundenbruchteil hatte er zu ihr herübergesehen, doch Rauch war in diesem kurzen Moment etwas aufgefallen in seinem Ausdruck. Der Mann war nervös. Es war aber nicht das typische Verhalten, mit dem Kleinkriminelle auf das Auftauchen der Polizei reagierten. Dass sich der Typ mit Sicherheit etwas dazuverdiente, indem er die Tänzer neben Musik wahrscheinlich auch mit dem einen oder anderen Joint versorgte, diese Lappalien interessierten sie nicht. Was Rauch in den Augen des jungen Mannes entdeckt hatte, war eine tiefe Verunsicherung, und sie wollte wissen, wovor dieser Bursche Angst hatte.

Rauch fixierte ihn mit einem Lächeln. Freundlich, aber trocken. *Desperado* tat, als würde er ihren Blick nicht bemerken, Rauch sah aber an seinen fahrig gewordenen Bewegungen, dass er ganz genau spürte, wie sie ihn beobachtete. Den nächsten Übergang bekam er auch nicht richtig hin, zwei Beats kamen sich kurz in die Quere, aus dem Publikum waren zwei, drei Pfiffe zu hören. Rauch bahnte sich mit entschlossenen Schritten einen Weg nach vorn. Die meisten Tänzer machten Platz, nur zwei versuchten sie zu provozieren, indem sie nicht auswichen, sondern direkt vor ihren Füßen weitertanzten. Rauch wartete in aller Ruhe ab, bis die beiden ihr kindisches Spiel von allein aufgaben, was dann auch nur wenige Sekunden dauerte. Als sie am DJ-Pult ankam, beugte sie sich zu *Desperado.* Der setzte einen ganz schlecht gespielten erstaunten Blick auf, lehnte sich dann ein wenig nach vor und hob den Kopfhörer von seinem linken Ohr.

„Ja bitte?“

„Sie haben sich eine Pause verdient“, sagte Rauch. „Nach der nächsten Nummer. Ich sitze dort drüben.“

Rauch deutete zu einem freien Tisch an der Wand mit dem großen Graffiti. *Grassland statt Graceland* hatte dort jemand mit fluoreszierender Farbe hingesprüht, zusammen mit einer Cartoon-Figur, die einen Joint rauchte, der größer war als sie selbst. Die Figur saß mit dem Rücken an einen Grabstein gelehnt, auf dem *Elvis* stand.

Rauch setzte sich, zündete sich eine Zigarette an und begann mit ihrem Daumennagel einen Wachsfleck von der Tischplatte zu kratzen. Keine zwei Minuten später kam *Desperado* an ihren Tisch.

„Wer sind Sie und was wollen Sie von mir?“

„Zu Frage eins: Das Wort beginnt mit P und wenn du einen Fehler machst, nehme ich dich mit. Zu Frage zwei: Kennst du einen Manuel Schall? Nein, warte. Kürzen wir die Sache ab. Du kennst einen Manuel Schall. Wann hast du ihn zum letzten Mal gesehen?“

Rauch hatte *Desperado* richtig eingeschätzt. Mit einem einzigen forschen Satz war alle Gegenwehr gebrochen. Er versuchte gar nicht erst, seine Bekanntschaft mit dem jungen Schall zu leugnen.

„Wir sind eine Zeit lang mit ihm herumgehangen.“

„Mit *wir* meinst du *Sheriff* und dich?“

Er nickte.

„Ihr habt gemeinsam Musik gemacht.“

Desperado setzte ein zynisches Grinsen auf.

„Dieser Schall ist eine Niete. Der hat beim Rappen keine Worte gefunden, der hat keine Wut in sich gehabt, von Rhythmusgefühl ganz zu schweigen.“

„Warum habt ihr euch dann mit ihm abgegeben, du und *Sheriff*?“

„Wegen seiner spendablen Mama. Die hat ihrem Bubi jeden Wunsch erfüllt. Wir haben damals null Kohle gehabt für Equipment. Und als wir ihm erzählt haben, dass wir unbedingt eine Beat-Box brauchen, ist er ab zu seiner Mama, und am nächsten Tag ist sie dagestanden, die Beat-Box. Von da an war sein Zimmer unser Proberaum und wir haben dort an unserer Musik gebastelt. Damit er Ruhe gab, haben wir ihn ab und zu singen oder ein Cover zeichnen lassen. Aber der hat nur Schrott produziert. Vor ein paar Monaten hat er uns dann gesagt, dass er umziehen würde und uns nicht mehr so oft sehen könne.“

„Du hast ihn aber vor kurzem gesehen?“

Desperado blickte Rauch erstaunt an.

„Woher wissen Sie das?“

„Wann war das?“

„Das ist vielleicht eine Woche her. Worum geht es überhaupt. Ist etwas mit Schall?“

„Versuch dich zu erinnern. Wann genau hast du Schall gesehen und wo war das?“

„Das war hier im *Bronx* und es ist …“

Desperado schien nachzudenken. Er zählte mit seinen Fingern die Tage herunter.

„Es ist sechs Tage her. Ich habe damals auch aufgelegt und hatte deshalb nicht wirklich Zeit und auch keine große Lust, mit ihm zu reden. Aber er war durcheinander, total nervös, und hat sich immer wieder zur Tür gedreht. So als ob er verfolgt würde.“

„Was wollte er von dir?“

„Ich sollte ihm helfen. Er brauche einen Platz zum Schlafen. Es schien irgendetwas mit einem Mann zu tun zu haben, dessen Namen ich aber nicht behalten habe. Irgendetwas Kurzes?“

„Denk nach. War es etwas mit i?“

„Mit i. Ja, warten Sie. Will, so hat der Mann geheißen.“

„Ist er vor ihm geflohen?“

„Das habe ich in dem Trubel nicht genau verstanden. Ich musste einen ziemlich komplizierten Übergang hinbekommen. Als ich wieder aufgeschaut habe, war Manuel weg. Und seitdem habe ich ihn nicht mehr gesehen.“

Rauch schob *Desperado* einen Fünfzigeuroschein über den Tisch zu. Der schaute sie kurz fragend an, steckte ihn dann aber schnell ein. Rauch wollte gerade aufstehen, da zog *Desperado* sie an ihrem Ärmel zu sich.

„Gestern war auch schon einer da. Ein Mann. Vielleicht dieser Will. Er hat sich aber nicht vorgestellt. Er hat mich auch gefragt, ob Manuel hier gewesen ist. Ich habe ihn aber angelogen und gesagt, dass ich Manuel schon seit einem halben Jahr nicht mehr gesehen habe. Er hat nicht ausgesehen, als ob er mir glauben würde, hat aber nicht weiter nachgefragt.“

„Wie hat der Mann ausgesehen?"

Desperados Beschreibung passte genau auf Herbert Will.

„Und dann ist er wieder gegangen?"

„Nein. Er hat sich genau an diesen Tisch gesetzt und mich nicht mehr aus den Augen gelassen. Vor sich hat er einen Notizblock liegen gehabt, da hat er fortwährend etwas hineingeschrieben. Ich bin mir vorgekommen, als könnte der Mann durch mich hindurchsehen. Als ich nach einiger Zeit wieder einmal zu ihm hinübergeschaut habe, war er plötzlich verschwunden. Aber diese eine Stunde, die der Mann hier gesessen ist, war die unheimlichste in meinem ganzen Leben. So wie ihn stelle ich mir den Teufel vor."

Als Eva Rauch um zwei Uhr früh nach Hause kam, war sie todmüde. Trotzdem gelang es ihr nicht einzuschlafen. Sie war sich nicht sicher, ob sie Will morgen Vormittag anrufen und um ein Treffen bitten, oder ob sie einfach unangemeldet bei ihm vorbeischauen sollte. Eine Frage, die sie bei Tag nicht weiter beschäftigt hätte, wand sich jetzt in einer Endlosschleife in ihrem Kopf. Sie wälzte sich eine Stunde im Bett herum, dann drehte sie das Licht wieder an und nahm Wills Buch zur Hand. Sie suchte die richtige Seite. Wie der damals noch völlig unbedarfte Will und die freche Lisa zusammengekommen waren.

Aus „Abgelegte Seiten" (2003)

Bis heute bezeichne ich diesen Nachmittag als meine zweite Geburt, bei zehn Stunden Dauer nicht unbedingt eine leichte Geburt, allerdings auch keineswegs traumatisch, ich schwebte gleichsam in mein neues Leben hinüber. Ein halbes Jahr später kamen Lisa und ich einmal auf den Beginn unserer Beziehung zu sprechen. Es war zufällig wieder Mitternacht, wir hatten gerade miteinander geschlafen und lagen jetzt da, verschwitzt und aufgedeckt, ihr rechter Fuß unter meinem linken Knie und meine Hand auf ihrem Bauch.

„Warum?“

Ich starrte an die Decke, als hätte ich meine Frage von dort oben abgelesen.

„Warum was?“

„Warum hast du mich angesprochen damals? Ich war verklemmt und peinlich und …“

„Kennst du das Märchen vom Froschkönig?“

Ich drehte mich hinüber zu Lisa. Sie hatte die Augen geschlossen und schmunzelte.

„Der Vergleich hinkt“, sagte ich, „im Froschkönig muss der Frosch die Prinzessin lang und breit überreden, dass sie ihn küsst, in unserem Fall hat die Prinzessin den Frosch überredet. Und woher hat die Prinzessin überhaupt gewusst, dass der Frosch aus dem Hörsaal nur böser Zauber war?“

„Habe ich gar nicht gewusst. Ich wollte nur einmal im Leben mit einer Jungfrau schlafen.“

Ich hatte keine Ahnung gehabt, dass Lisa das gemerkt hatte, und wurde noch ein letztes Mal in meinem Leben so richtig rot. So war Lisa damals, eine Ausgeburt an Energie mit einer gehörigen Portion Frechheit.

Für mich stand damals übrigens schon fest, dass ich schreiben wollte, nur hatte ich zunehmend das Gefühl, dass mir die Uni dabei mehr schadete als nützte. Schließlich brach ich mein Komparatistik-Studium ab und begann, neben meinem Schreiben zu arbeiten. Bei der Auswahl meiner Jobs zeigte ich keinerlei Ehrgeiz oder Ambitionen. Ganz im Gegenteil. Je banaler und einfacher die Arbeit, umso lieber war es mir. So konnte ich meine ganze Energie ins Schreiben stecken, einen Ruf hatte ich ja nicht zu verlieren. Ich war also Nachtportier im Hotel, Garderobiere im Theater und im Sommer sogar kurz einmal Hilfsarbeiter auf dem Bau. Lisa war das gar nicht so unrecht. Sie wollte ihr Studium beenden und war deshalb ganz froh darüber, dass wir durch mich ein regelmäßiges, wenn auch geringes Einkommen hatten. Ihre Magisterprüfung bestand sie dann auch mit Auszeichnung und schon kurz nach ihrer

Sponsion fand sie eine Anstellung als Assistentin am Institut. Damals verlobten wir uns sogar. Unser gemeinsames Leben schien weiterhin Lisas rotem Faden und damit einer unzweifelhaften Logik zu folgen. Dann aber redeten die Monate mit in unserer Beziehung und schließlich die Jahre. Und die führten zu einer schleichenden und seltsamen Veränderung. Wäre eine Beziehung ein physikalischer Vorgang – dass sie auch ein chemischer Vorgang ist, bezweifelt ohnehin niemand –, wäre sie also ein physikalischer Vorgang, würde ich das, was da zwischen uns stattfand, als Fluss zwischen kommunizierenden Gefäßen bezeichnen. Während in denen die Flüssigkeit am Ende aber auf einem Niveau steht, schwappte die Energie bei uns mehr und mehr zu mir herüber. Lisa wurde in zunehmendem Maße bequemer, verlor mit der Zeit ihre Spritzigkeit und ihre manchmal vielleicht ein wenig verletzende, letztendlich aber immer aufrüttelnde Frechheit. Nicht dass ihre Eigenschaften verschwunden wären, sie waren nur auf wundersame Weise nach und nach auf mich übergegangen. Leider waren das aber genau die Eigenschaften, wegen derer ich mich in Lisa verliebt hatte. Es war fast pervers. Je mehr ich mich lieben lernte, umso mehr entliebte ich mich von Lisa. Ich saß ihr gegenüber, hielt ihre Hand oder schlief mit ihr, und vermisste sie gleichzeitig von Tag zu Tag mehr.

Die Zimmer unserer Wohnung kamen mir immer enger vor, als ob die Wände unendlich langsam zusammenrücken und gleichzeitig in die Höhe wachsen würden. Die Luft wirkte abgestanden. Ich konnte daheim nicht mehr arbeiten und wanderte durch die Stadt auf der Suche nach neuen Schreiborten. Ich schrieb in Gaststätten und Kaffeehäusern, im Wartesaal des Hauptbahnhofs und im Leseraum der Stadtbücherei. Daheim war ich kaum noch. Lisa schien es zwar aufzufallen, aber nichts auszumachen. Sie fragte weder in der Früh, wohin ich ging, noch am Abend, wo ich gewesen war. Und dann passierte es eines Abends, dass ich, obwohl ich einen Schlüssel dabeihatte, anläutete, weil ich mir wie ein Besucher vorkam. Es war der Tag, an dem ich Judith kennengelernt hatte. Eine Woche später zog ich aus. Ich war damals siebenundzwanzig. Judith war jünger, schöner und ehrgeiziger als ich. Und intelligenter.

Rauch hatte sich keinen Wecker gestellt. Trotzdem wachte sie um acht schon wieder auf. Gerade fünf Stunden hatte sie geschlafen, fühlte sich dafür aber erstaunlich frisch. Die Aussicht auf das Treffen mit Will schien ähnlich zu wirken wie ein starker Kaffee. Unter der Dusche beschloss sie, nicht vorher anzurufen, sondern unangekündigt bei Will aufzutauchen. Vor dem Spiegel im Schlafzimmer zog sie sich mehrmals um, bis sie zufrieden war mit dem, was sie sah, und auch fürs Schminken brauchte sie länger als sonst. Und dann läutete, gerade als sie sich ihre Handtasche über die Schulter hängen wollte, das Telefon. Auf dem Display sah Rauch, dass es Will war. Warum kam ihr dieser Mensch immer zuvor? Sie ließ es fünf Mal klingeln, bevor sie abhob.

„Sie haben gemeint, ich könne mich jederzeit bei Ihnen melden."

„Ich habe nicht gesagt, Sie *können* sich melden, ich habe gesagt, Sie *sollen* sich melden, wenn Ihnen irgendetwas einfällt, was für die Ermittlungen von Nutzen sein könnte."

„Wie auch immer. Haben Sie heute Abend um, sagen wir, sieben Uhr Zeit?"

„Sagen Sie mir doch erst einmal, worum es geht?"

„Mir ist etwas eingefallen. Vielleicht hat die Sache ja nichts zu bedeuten. Vielleicht ist es aber auch eine Spur!"

„Geht es etwas genauer?"

„Ich bin leider auf einem Symposion, das den ganzen Tag dauern wird. Ich muss jetzt auch gleich auflegen, weil ich auf dem Podium erwartet werde, aber wenn Sie heute Abend Zeit haben, dann kommen Sie doch um sieben ins *Agra*. Das ist ein indisches Restaurant in der Burggasse. Von außen ein ganz unscheinbares Lokal, innen äußerst geschmacklos eingerichtet, aber mit einer vorzüglichen Küche. Ich bestelle einen Tisch auf meinen Namen."

Rauch wollte gerade ablehnen, da fiel ihr Will ins Wort.

„Der Moderator hat mir gerade ein Zeichen gegeben. Die Diskussion beginnt. Ich muss jetzt leider Schluss machen. Wir sehen uns dann heute Abend im *Agra*."

Damit legte Will auf. Rauch versuchte zurückzurufen, kam aber direkt in die Mailbox. Will musste sein Telefon abgeschaltet haben. Sie versuchte es daraufhin bei Simon Eisner, der wusste aber nichts von einem Symposion und konnte ihr deshalb auch keine Adresse nennen. Später im Büro sah Rauch noch die Veranstaltungskalender der Tageszeitungen durch, auch dort war kein Literatursymposion vermerkt. Wie es aussah, hatte Will den Marschplan für den Tag vorgegeben, ohne dass sie irgendetwas daran ändern konnte. Wenn sie ihn heute noch sprechen wollte, musste sie um sieben ins *Agra* kommen.

Rauch saß den Vormittag über planlos im Büro. Lustlos tippte sie ihren Bericht über das nächtliche Treffen mit *Desperado*. Dafür brauchte sie nicht nur endlos lang, der Bericht las sich dann auch holprig und fing die Atmosphäre im *Bronx* nicht richtig ein. Wenigstens hatte sie ihre Pflichtaufgaben gemacht. Der richtige Name von *Desperado*, seine Adresse und seine Telefonnummer standen vorschriftsmäßig auf dem Blatt.

Nach dem Mittagessen meldete sich dann doch die Müdigkeit. Rauch saß wie aus der Zeit gefallen an ihrem Schreibtisch und tagträumte vor sich hin. Sie stellte sich das Treffen mit Will in dem indischen Restaurant vor und spielte in Gedanken die verschiedenen Möglichkeiten durch. Das ging so weit, dass sie sich ausmalte, wie er während ihres fürstlichen Abendessens plötzlich ein umfassendes Geständnis ablegte. Wie aus einer Laune heraus. Ja, er habe den jungen Schall im Affekt erschlagen, sagte er, mit einem merkwürdig starren Lächeln auf den Lippen, und bat sie dann, nur noch in Ruhe fertig essen zu dürfen, bevor er sie, natürlich widerstandslos, aufs Präsidium begleiten würde. In Rauchs Vorstellung tauchte aber auch noch eine ganz andere Szene auf. Darin versuchte Will, sie zu verführen. Nichts, womit sie auch tatsächlich rechnete, aber es war gut, auch diese Situation durchzuspielen, nur um vorbereitet zu sein. Dabei merkte sie verärgert, welchen Respekt sie vor Will hatte. Sie traute ihm da so einiges zu. Er hatte etwas Hypnotisches an sich, und egal, wie oft sie die Szene in ihrer Vorstellung auch durchspielte, sie fand keinen Weg, sich Wills Einfluss zu entziehen. Irgendwann kippte Rauch an ihrem Schreibtisch in einen Halbschlaf, ihr Gedankenspiel entwickelte eine Eigendynamik und sie träumte, wie sie mit Will nach dem Abendessen mitging in seine Wohnung und wie sie schließlich gemeinsam im Bett landeten. Sie erwachte von dem heißkalten Schauer, der ihr die Wirbelsäule hinunterlief.

Auf der Fahrt ins *Agra* nahm Rauch sich vor, beim Abendessen nicht einen Tropfen Alkohol zu trinken. Keinen leichten Aperitif vorweg und auch kein Glas Wein zum Essen dazu. Nicht einmal den Likör, der in asiatischen Restaurants oft mit der Rechnung als Geschenk des Hauses serviert wurde, wollte sie anrühren. Punkt zehn Minuten nach sieben betrat sie das *Agra*, das tatsächlich mit ausgesucht schlechtem Geschmack eingerichtet war. Eine junge Frau im Sari nahm ihr den grünen Ledermantel ab und führte sie dann, ohne zu fragen, in ein Separee, in dem Herbert Will gerade die Speisekarte studierte. Er klappte die Karte sofort zu, stand auf und reichte ihr die Hand.

„Guten Abend. Schön, dass Sie kommen konnten."

„Das ist mein Job."

Rauch versuchte, sich möglichst distanziert zu geben. Will reagierte mit einem Lächeln. Als sie saß, reichte er ihr die Speisekarte.

„Ich hoffe, Sie mögen die indische Küche und müssen jetzt nicht aus beruflichen Gründen etwas essen, das Ihnen gar nicht schmeckt."

„Keine Angst, dann hätte ich das Treffen in ein Lokal meiner Wahl verlegt."

Will ließ sich von ihrer ruppigen Art nicht aus der Ruhe bringen, sondern widmete sich wieder mit einem zufriedenen Lächeln der Karte.

„Kennen Sie die indische Küche oder darf ich Ihnen etwas empfehlen?“

„Nicht notwendig. Bei Currys weiß ich, was ich will.“

„Und sonst bestimmt auch. Das ist übrigens für Sie. Eine kleine Entschuldigung dafür, dass Sie wegen dieser Sache solche Umstände haben.“

Herbert Will zog ein Päckchen hervor und reichte es Rauch.

„Ihnen ist bewusst, dass ich von Verdächtigen keine Geschenke annehmen darf?“

„Ich habe mich erkundigt. Es ist Ihnen verboten, Geschenke entgegenzunehmen, deren Geldwert eine Vereinnahmung der Amtsperson durch den Verdächtigen naheliegend erscheinen lässt. Daran habe ich mich gehalten.“

Eva Rauch nahm das Geschenk und legte es neben sich, machte aber keine Anstalten, es zu öffnen.

„Machen Sie es auf. Ich bin gespannt, was Sie dazu sagen.“

„Und ich bin gespannt, was Sie mir zu erzählen haben.“

„Vielleicht sollten wir wirklich erst das Offizielle hinter uns bringen, damit wir uns anschließend ganz zwanglos unterhalten können.“

„Eigentlich bin ich nur wegen des Offiziellen hier.“

Herbert Will lächelte wieder. Unberührt. Entwaffnend. Punktgenau. Wie ein Schauspieler in einem Stück, das er schon Hunderte Male gespielt hatte.

„Also Folgendes“, begann er und holte sein Telefon aus der Innentasche seines Sakkos, „es gibt da eine Nachricht auf meiner Mailbox, zwei Tage nach Manuels Verschwinden ist der Anruf gekommen. Ich bin gerade am Herd gestanden und konnte deshalb nicht abheben. Warten Sie, ich spiele Ihnen die Nachricht vor.“

Will drückte einige Tasten und legte das Telefon dann zwischen sie auf den Tisch. Atemzüge waren zu hören, mit Sicherheit ein Mann, eher jung als alt, der aber kein Wort sagte. Im Hintergrund herrschte ein undeutliches Stimmengewirr, außerdem hallte es. Rauch dachte an eine Bahnhofshalle. Dann war jedoch der Anfang einer Lautsprecheransage zu hören. Die Warnung, Gepäck nicht unbeaufsichtigt stehen zu lassen, wie sie alle paar Minuten auf Flughäfen durchgegeben wurde. Gleich darauf brach die Nachricht ab.

„Diese Atemzüge am Anfang. Könnte das Manuel Schall gewesen sein?“

„Sie verlangen einiges von mir, Frau Rauch. Es klingt nach Manuel. Mit Sicherheit kann ich das aber natürlich nicht sagen.“

„War es Manuels Nummer?“

„Mein Telefon hat mir keine Nummer angezeigt. Der Anrufer muss sie unterdrückt haben.“

„Warum haben Sie bei unserem ersten Treffen nichts von dem Anruf erwähnt?“

„Ich hatte ihn, ehrlich gesagt, vergessen gehabt.“

„Darf ich?“

Will nickte und Rauch nahm sein Mobiltelefon in die Hand und drückte einige Tasten. Der Anruf war am 17. Juni um elf Uhr zweiundvierzig eingegangen. Sie nahm ihr eigenes Telefon, ließ sich zum Journaldienst verbinden und gab Anweisung, am Flughafen nachzufragen, ob für den fraglichen Zeitraum ein Flug auf einen Manuel Schall gebucht war.

„Gut“, sagte Will, nachdem sie aufgelegt hatte, „damit können wir uns den Rest des Abends ganz entspannt unterhalten.“

„Warten Sie. Ich habe auch noch eine Frage. Sagt Ihnen der Name *Desperado* etwas?“

„Als jemand, der leidenschaftlich gerne Western schaut: Ja, natürlich!“

„Und als jemand, der mit Leidenschaft Hip-Hop verachtet?“

„Ach, Sie meinen diesen DJ, der in diesem schrecklichen Vorstadtlokal auflegt.“

Rauch stutzte. Sie hatte nicht angenommen, dass Will gleich zugeben würde, das *Bronx* zu kennen.

„Sie waren dort. Was haben Sie von *Desperado* gewollt?“

„Wahrscheinlich das Gleiche wie Sie. Fragen, ob er Manuel gesehen hat.“

„Warum haben Sie mir nichts von Ihren eigenmächtigen Recherchen erzählt?"

„Weil nichts dabei herausgekommen ist. Dieser *Desperado* hat Manuel nicht mehr gesehen, seit er zu mir gezogen ist."

Vielleicht, dachte Rauch, war ja wirklich alles ganz banal abgelaufen. Schall hatte die Schnauze von der Sache mit Will einfach voll gehabt und war abgehauen.

Und weil er Angst hatte, dass er Will das ganze Geld zurückzahlen müsse, das er die letzten Monate eingestreift hatte, war er untergetaucht.

Vielleicht war aber auch alles ganz anders.

„Obwohl Sie Hip-Hop so hassen, sind Sie anschließend noch sitzen geblieben im *Bronx*."

„Die Schriftstellerei ist keine leichte Arbeit. Um zu einer authentischen Milieuschilderung zu kommen, muss man sich manchmal gehörig quälen."

Rauch sah Will unumwunden an. Der hielt ihrem Blick aber ohne weiteres stand. Sein zufriedenes Lächeln wurde, wie in Zeitlupe, zuerst charmant und dann fast herausfordernd.

„Machen Sie Ihr Geschenk auf. Ich bin gespannt, was Sie dazu sagen."

Rauch wollte ihm das Paket zurückschieben, irgendetwas hielt sie aber zurück. Letztlich konnte alles, was dieser Mann tat oder sagte, ein Hinweis sein, und so würde auch, was immer in dem tiefblauen Papier eingeschlagen war, etwas über ihn erzählen. Sie hatte aber auch das Gefühl, durch dieses Geschenk etwas über sich selbst zu erfahren. Es kam ihr deshalb wie eine Schwäche vor, das Päckchen nicht aufzumachen.

Rauch war jetzt fast ein wenig nervös und riss das Geschenkpapier deshalb betont achtlos auf. *Die Vogelwelt Amazoniens.* Das Geschenk war ein großformatiger Bildband, aufwendig gestaltet, mit auf Büttenpapier gedruckten Aquarellen, die, so stand auf dem Buchumschlag zu lesen, ein französischer Forscher vor hundertfünfzig Jahren auf einer langen und gefährlichen Expedition durch den brasilianischen Dschungel angefertigt hatte. Eva Rauch konnte damit überhaupt nichts anfangen und ließ sich das auch anmerken.

Will sah über ihre zurückhaltende Reaktion gleichgültig hinweg.

„Sie werden es lieben!“, sagte er voller Überzeugung.

Dann kam das Essen. Rauch hatte einen Dal bestellt und ein Chicken Tikka Masala, Will ein Lamm Rogan Josh und Spinat mit Käsestücken. Will hatte nicht zu viel versprochen. Die Speisen sahen nicht nur hervorragend aus, sie schmeckten auch besser als alles, was Rauch jemals bei einem Inder gegessen hatte.

„Da kommt nichts aus der Dose. Die Gewürze werden frisch in der Pfanne angeröstet und dann im Steinmörser zerstoßen.“

Will hatte ein fast enzyklopädisches Wissen über die indische Küche. Er erzählte Anekdoten über die Eskapaden, die es in der Küche der Mogulkaiser gegeben hatte, und streute ganz nebenbei Erlebnisse von seinen eigenen drei Indienreisen ein. Dazwischen fand er auch noch Zeit, sich nach Rauchs Berufsleben zu erkundigen. Die Frage kam so spontan, dass Rauch gar nicht auf die Idee kam, nicht zu antworten, und so erzählte sie, wie sie sich in Mindestzeit von einer einfachen Streifenbeamtin zur Revierinspektorin hinaufgedient hatte und dann bei der ersten Möglichkeit zur Kriminalpolizei gewechselt war. Auf der Heimfahrt machte sie sich deshalb auch Vorwürfe. Sie hatte fast kampflos ihre Fassade fallengelassen. Außerdem hatte Will mit Sicherheit gemerkt, wie gut sie sich unterhalten hatte.

Kurz vor elf sperrte sie ihre Wohnung auf und erwischte sich bei dem Gedanken, jetzt lieber noch gemeinsam mit Will ein Glas Wein zu trinken. Nicht, dass er den Vorschlag gemacht hätte. Ganz im Gegenteil. Will hatte den ganzen Abend über völlige Zurückhaltung bewahrt. Kein Flirten, keine spielerischen, wie zufällig wirkenden Berührungen, und dann, als Will und sie als letzte Gäste aus dem *Agra* auf die Straße hinausgetreten waren, eben auch kein Vorschlag, noch gemeinsam etwas trinken zu gehen.

Rauch hatte sich den ganzen Abend über an ihren Vorsatz gehalten und keinen Tropfen Alkohol getrunken, jetzt, allein, machte sie sich aber eine Flasche Rotwein auf und setzte sich mit einem Glas und dem Geschenk auf ihre Couch. *Die Vogelwelt Amazoniens.* Sie schlug das schwere Buch vorsichtig auf. Sie hatte für Tiere nie etwas übrig gehabt und Urlaub machte sie prinzipiell nicht in Urwäldern, sondern in Großstädten oder am Meer. Wenn Tiere, dann hinter Glasscheiben oder Käfigstäben. Menschen mit Haustieren waren ihr immer suspekt gewesen, ähnlich suspekt wie religiöse Menschen. Tierfreunde und Gläubige tickten ja auch ähnlich. Beide redeten sie ins Blaue hinein. Die einen mit etwas, das sie nicht verstand, und die anderen mit etwas, das es nicht gab.

Trotz ihrer Vorbehalte legte sie das Buch aber nicht weg, sondern blätterte mit zunehmender Begeisterung durch die Seiten. Der Künstler musste mit haarfeinen Pinseln gearbeitet haben, denn die bunt schillernden Federn der Urwaldvögel waren mit einer unglaublichen Genauigkeit wiedergegeben.

Der Hoatzin gehört zu den geheimnisvollsten Tieren weltweit, da er keinerlei Verwandtschaft zu oder Abstammung von irgendwelchen anderen jemals existierenden Vögeln aufweist. Er scheint aus der Zeit gefallen. Keiner weiß, woher er gekommen ist, und wenigen würde es auffallen, wenn er wieder verschwinden würde.

Rauch wunderte sich über das seltsam heimelige Gefühl, das sie beim Betrachten der Bilder empfand. Wie ein Kind kam sie sich vor, das sich, allein in seinem Zimmer sitzend, in einer ausgedachten Welt verliert. Sie fragte sich, wie Will hatte wissen können, dass ihr das Buch gefallen würde. Es war fast, als würde er sie besser kennen als sie sich selbst.

Als Rauch am nächsten Morgen aufwachte, fühlte sie sich ungewohnt entspannt und zufrieden. Sie hatte in der Nacht von Will geträumt. Kein komplizierter Traum, sie war mit ihm ins Bett gegangen. Ungewöhnlich war der Traum aber doch gewesen, denn Will hatte beim Sex die ganze Zeit über geredet. Er schlief mit ihr und gleichzeitig beschrieb er, wie er mit ihr schlief. Knapp, humorvoll und auf den Punkt kommend, was Rauch im Traum zuerst zum Lachen gebracht und dann gehörig erregt hatte. Hätte sie solche geträumten und traumhaften Liebesnächte regelmäßig, es hätte ihr wenig gefehlt im Leben. Leider schlief sie meist schlecht und konnte sich am nächsten Tag nicht an ihre Träume erinnern. Als sich Rauch zum Frühstück eine Zigarette anzündete, fragte sie sich, ob Herbert Will wohl die Beherrschung hätte, mit dem Rauchen aufzuhören. Später beim Duschen, als sie den Blick über ihren Körper wandern ließ, musste sie wieder an Will denken. Dieses Mal fragte sie sich, wie er wohl mit dem Älterwerden zurechtkam, denn Will war ja fast auf den Tag genau so alt wie sie.

Als sie um zehn Uhr ins Büro kam, lag bereits der Bericht vom Flughafen Wien auf ihrem Schreibtisch. Am 17. Juni hatte es keinen auf Manuel Schall gebuchten Flug gegeben. Das konnte jetzt zweierlei bedeuten. Dass er doch nicht geflogen war, oder dass er unter falschem Namen eingecheckt hatte. Zweiteres schien aber unwahrscheinlich zu sein. So unbedarft ihr der junge Schall in ihren bisherigen Recherchen vorgekommen war, sollte es ihm kaum möglich sein, an gefälschte Papiere zu gelangen. Ganz ausschließen ließ sich aber auch das nicht. Es war jedenfalls ein berechtigter Grund, um Will anzurufen.

„Guten Morgen. Ich hoffe, ich störe nicht. Warum ich anrufe: Wir wissen jetzt, dass Manuel Schall am 17. Juni in keinen Flieger gestiegen ist. Zumindest nicht unter seinem richtigen Namen. Das bringt mich zu der Frage, ob Sie sich vorstellen können, dass Schall Kontakt zu kriminellen Kreisen unterhalten hat, also zu jemandem, der ihm einen gefälschten Pass hätte besorgen können."

„Nein."

Will hatte mit der Antwort nicht einen Moment gezögert.

„Wie können Sie sich da so sicher sein?"

„Es gehörte zu meinem Experiment und damit zu unserer Abmachung, dass Manuel niemanden traf, ohne dass ich davon wusste."

„Woher wollen Sie wissen, dass er sich auch daran gehalten hat?"

„Ich bin ihm immer wieder mal nachgegangen, wenn er das Haus verlassen hat."

„Sie haben ihn beschattet?"

„Ja, schon allein um zu sehen, wie er sich verhielt, wenn er glaubte, allein zu sein."

„Finden Sie das normal?"

„Frau Rauch, ich bin Schriftsteller, und dazu gehört, dass ich, ähnlich wie in Ihrem Beruf, Leute beobachte. Nur warte ich damit nicht, bis sie Straftaten begehen, sondern schaue ihnen schon vorher beim Leben zu. Obwohl es mir nichts ausgemacht hätte, hätte ich Manuel bei einer, sagen wir einmal, nicht ganz sauberen Sache erwischt. Ehrlich gesagt, habe ich es mir sogar gewünscht, dass er ein zweites, unheimliches Gesicht zeigt, nur leider hat er mich da völlig enttäuscht."

„Darf ich Sie etwas fragen, Herr Will? Wenn Sie Manuel Schall für Ihr aktuelles Romanprojekt so dringend gebraucht haben, wie arbeiten Sie dann jetzt weiter, wo er weg ist?"

„Ehrlich gesagt, war ich schon die längste Zeit unzufrieden mit dem Buch. Trotz all meiner Bemühungen gab es bei Manuel keine wesentliche Entwicklung. Der Roman drohte in eine Sackgasse zu geraten. So gesehen ist der neue Verlauf der Geschichte, so tragisch er auf der einen Seite auch sein mag, fast ein Glücksfall."

„Sie haben Schalls Verschwinden in Ihren Roman eingebaut."

„Ja, natürlich. Immerhin ist es das Interessanteste, was mir in dem knappen halben Jahr mit Manuel passiert ist."

Rauch wurde nicht schlau aus Will. Einmal gab er sich als charmanter und sympathischer Gesprächspartner und dann ließ er wieder den gewissenlosen und berechnenden Bestsellerautor hervorblitzen. Nachdem sie aufgelegt hatte, griff sie zu einem von Wills Notizheften, die sie am Morgen in ihre Tasche gesteckt hatte. Wie Rauch angenommen hatte, war seine Handschrift gut lesbar.

Tagebucheintrag 14.9.2007

Die Präsentation ist perfekt verlaufen. Der Applaus setzte nicht sofort ein. Es gab diesen kurzen Moment, in dem die Zuhörer ins Leben zurückfinden müssen, weil sie von der Geschichte so mitgerissen sind. Ich zählte stumm die Sekunden, einundzwanzig, zweiundzwanzig, dreiund... Ich weiß nicht, warum, aber es dauert immer exakt zweieinhalb Sekunden, bis aus der Totenstille heraus dann ganz plötzlich der Applaus aufbrandet. Die Hände klatschten aber nicht nur, sie griffen anschließend auch zu ihren Geldbörsen und kauften mein Buch. Was leider bedeutete, dass ich die nächste halbe Stunde damit verbringen musste, Bücher zu signieren, eine unglaublich stupide Tätigkeit, die mir auf meiner letzten Lesereise schon eine schmerzhafte Sehnenscheidenentzündung eingebracht hat. Das sollte einmal gesagt werden: Nicht nur für Schönheit, auch für Reichtum muss man leiden.

Tagebucheintrag 10.10.2007

Simon Eisner hat mich angerufen. Er hat das Interview in der Norddeutschen gelesen und wollte wissen, wie ich auf die Geschichte mit den Pornos gekommen bin. Er hat mir zu der guten Idee gratuliert und war sich sicher, dass dieser *kleine Skandal* den Verkauf von *Flüchten vor Godot* noch einmal ankurbeln wird. Er hat gemeint, dass er mich wegen der Verkaufszahlen auf dem Laufenden halten würde. Ich habe ihm gesagt, dass jedes Wort, das in dem Interview steht, wahr ist. Daraufhin hat er laut gelacht und aufgelegt.

Tagebucheintrag 22.10.2007

Gestern Abend bin ich von einer kurzen Lesetour zurückgekommen. Weil ich noch immer nicht weiß, worüber ich mein neues Buch schreiben soll, habe ich Simon Eisner angerufen. Er hat mir Mut gemacht. Ich mag seine pragmatische Art. Er redet mit mir wie mit einem Tischler, bei dem er einen Schrank bestellt hat. Und recht hat er. Was ist letztendlich der Unterschied zwischen einem schönen Möbel und einem schönen Buch? Ein Plan, dann das Zuschneiden der einzelnen Teile, zuletzt das Zusammensetzen. Drei Arbeitsschritte, danach ist das jeweilige Ding fertig.

Wie es aussah, war Will der Verkauf seiner Bücher überaus wichtig. Rauch hatte dennoch nicht das Gefühl, dass der finanzielle Erfolg für ihn im Zentrum stand. Mehr schien es da die Suche nach den Abgründen und Schatten der Menschen zu sein, die ihn an seinen Schreibtisch trieb. Was aber, wenn sich bei dem Menschen, den er sich als Hauptfigur ausgesucht hatte, einfach keine Abgründe auftaten. Ließ er es dann einfach bleiben und suchte sich jemand anderen? So wie Rauch ihn bisher kennengelernt hatte, glaubte sie das nicht. Da schien es ihr schon wesentlich wahrscheinlicher, dass Will dann versuchen würde, der Geschichte einen neuen Dreh zu geben. Letzten Endes war kein Mensch nur langweilig. Versetzte man ihn in eine extreme Situation, dann würden auch dessen Reaktionen extrem werden. Ein anderer Autor würde so etwas einzig und allein auf dem Papier durchspielen, bei Will war sich Rauch aber nicht so sicher, ob er nicht direkt in die Realität eingreifen und vor allem, wie weit er dabei gehen würde. Bei Wills Geldmitteln war es mit Sicherheit ein Leichtes, ein paar Kriminelle anzuheuern, um Manuel durch die Stadt zu hetzen. Rein theoretisch verfügte Will sogar über genügend Geld, um Manuel umbringen zu lassen. Gerade weil die Preise für Auftragsmorde, wie Rauch zuletzt in mehreren Verhören erfahren hatte, erschreckend niedrig standen.

Rauch brauchte jemanden, mit dem sie über Will sprechen konnte, jemanden, der unvoreingenommen war. Sie könnte heute Abend nach langer Zeit endlich wieder einmal zum Yoga gehen. Dort würde sie mit ziemlicher Sicherheit Ilse treffen. Ilse war ihre engste Freundin, eigentlich war sie Rauchs einzige Freundin. Sie besaß eine Buchhandlung und war eine unersättliche Leserin. Mit Sicherheit kannte sie die meisten von Wills Büchern. Außerdem verfügte sie über gute Verbindungen zu den Verlagen und vielleicht waren ihr auch Insiderinformationen über Will zu Ohren gekommen. Es könnte sogar sein, dass sie ihn einmal persönlich getroffen hatte.

Rauch hätte den Tag gerne dazu genutzt, um sich weiter durch die Bücher Wills zu lesen, leider gab es in ihrem Zuständigkeitsbereich noch diesen anderen Vermisstenfall. Eine alte Frau war verschwunden und alle Verdachtsmomente deuteten auf ihren Neffen hin. Die Alte verfügte nämlich über eine ganz gute Witwenpension und der Mann war dem Glücksspiel verfallen. Er leugnete aber, irgendetwas mit dem Verschwinden seiner Tante zu tun zu haben. Zweimal hatte sie den Mann schon einvernommen, ohne ihn jedoch knacken zu können. Sie nahm die Verhörprotokolle zur Hand und las sie auf Ungereimtheiten durch. Nichts. Die Aussagen deckten sich. Dann wurde Rauch aber doch stutzig. Die Aussagen deckten sich nämlich nicht nur, der Mann hatte beide Male die fast identen Worte verwendet. Und nicht nur das. Ihr kam die Sprache des Mannes auch seltsam gekünstelt vor. So redete keiner. Es klang fast so, als hätte der Mann einen Text auswendig gelernt. Rauch ärgerte sich, dass ihr das nicht gleich aufgefallen war. Sie hatte zwar in beiden Gesprächen mit dem Mann ein Unbehagen gespürt, sich dieses Gefühl aber nicht erklären können.

Rauch sagte Greta Bescheid, dass sie im *Fall Teslik* unterwegs sei, und machte sich auf den Weg. Der Mann arbeitete in der Reparaturabteilung eines großen Elektronikunternehmens im Süden Wiens und Rauch genoss die Fahrt quer durch die Stadt.

Der Firmenparkplatz war fast leer und bei der Reparaturannahme kam Rauch gleich dran. Sie hielt dem Mann ihr Handy hin und behauptete, dass es zuletzt immer wieder zu Ausfällen des Displays gekommen sei. Ohne sich als Polizistin zu erkennen zu geben, verlangte sie, Herrn Teslik zu sprechen.

„Der hat mir das letzte Mal auch weitergeholfen."

Ihr wurde eine Koje zugeteilt und nur wenige Minuten später kam Teslik zur Tür herein. Er erkannte sie gleich.

„Frau Inspektor, was kann ich für Sie tun? Haben Sie meine Tante gefunden?"

„Leider nein. Wir haben aber einen neuen Verdächtigen. In seiner Aussage gibt es einige Unstimmigkeiten, deshalb wollte ich mir von Ihnen noch einmal genau den Tag des Verschwindens Ihrer Tante schildern lassen."

Rauch beobachtete Teslik dieses Mal ganz genau. Der lehnte sich scheinbar entspannt zurück, Rauch sah aber an einem ganz leichten Zucken seiner Augen, dass er versuchte, sich zu konzentrieren. Wie ein Schauspieler, kurz bevor er in seine Rolle schlüpfte. Tatsächlich schien sich jetzt auch bei Teslik ein Schalter umzulegen, denn es setzte wieder dieser Redefluss ein, den Rauch schon aus den früheren Einvernahmen kannte. Sie ließ den Mann auch ins Reden kommen, dann beugte sie sich jedoch plötzlich vor und zupfte ihn am Kragen. Der Mann sah sie verwundert an.

„Nur ein Haar", sagte Rauch mit einem freundlichen Lächeln. „Entschuldigen Sie. Ist so ein Fimmel von mir."

Der Mann lächelte zwar zurück, die unerwartete Geste hatte ihn aber offensichtlich aus seiner Konzentration gerissen. Jedenfalls saß er plötzlich da wie ein Prüfling, der nicht mehr weiterwusste. Es dauerte einige Sekunden, bis Teslik sich gefangen hatte, doch gerade als er weitersprechen wollte, fuhr Rauchs Hand wieder nach vorne. Dieses Mal zum Ärmel des Mannes.

„Ist das Blut? Geht nicht wirklich raus aus der Wäsche. Was ich schon an Kleidung weggeworfen habe, nur weil sie an Tatorten blutig geworden ist. Was machen Sie mit blutiger Kleidung? Auch wegwerfen, oder kennen Sie ein Mittel, mit dem Blut aus der Wäsche geht? Wenn es nicht auch noch so kleben und so stinken würde."

Teslik nickte. Gar nicht bewusst. Rauch hatte nur im richtigen Moment die Tür zu einer bösen Erinnerung aufgestoßen, und die machte sich jetzt selbstständig. Zuerst in Tesliks Gesicht und dann in seinem ganzen Körper. Sein Blick war jetzt starr auf Rauchs Hände gerichtet, seine Stirn zog sich wie vor Ekel in Falten und seine Gesichtsfarbe wurde ganz fahl.

„Mit einem Messer, nehme ich an", sagte Rauch.

„Was? Nein", sagte Teslik, aber ohne jede Überzeugung.

„In dem Glücksspielautomaten steckte Ihr ganzes Geld. Es war wichtig, weiterzuspielen, Sie hatten aber nichts mehr in der Tasche. Sie mussten sich so schnell wie möglich Geld besorgen und zurückkommen, bevor sich jemand anderer an Ihren Automaten setzte."

Teslik nickte wie ferngesteuert.

„Es ging um Sekunden. Sie verstand das nicht. Sie verstand gar nichts. Sie hat sich aufgeregt. Sie wollte aufstehen und ich habe sie zurück in den Sessel gedrückt, damit sie mir zuhört. Da hat sie geschrien. Ich habe ihr den Mund zugehalten, aber sie hat nicht aufgehört. Das hat alles viel zu lange gedauert. Mein Geld war doch in der Maschine. Was, wenn ein anderer …"

Als Rauch hinter dem Polizeiwagen mit Teslik zurück in die Stadt fuhr, war sie bester Laune. Sie konnte sich nicht erinnern, jemals einen Fall derart souverän gelöst zu haben. Alles hatte funktioniert wie nach dem Lehrbuch. Fast unglaubwürdig, wie glatt alles gegangen war. Im Radio liefen irgendwelche Schlager und Rauch klopfte den Takt auf dem Lenkrad mit.

Zurück im Büro, ging ihr das Schreiben des Abschlussberichts ganz leicht von der Hand. Es gelang ihr, fast den genauen Wortlaut ihres Gesprächs mit Teslik wiederzugeben. Sie las ihren Bericht anschließend noch zweimal durch, strich Wortwiederholungen und änderte Formulierungen, die ihr schwerfällig erschienen.

Der Dezernatsleiter zog sie jedes Mal auf damit, dass ihre Berichte so packend geschrieben seien.

„Haben Sie eine zweite Karriere geplant? Daraus ließe sich ohne größere Umstände ein Krimi machen."

„Ich kämpfe noch ein bisschen mit der Figur des Dezernatsleiters. Der ist noch etwas farblos. Hat nicht wirklich einen guten Humor. Um den interessant hinzukriegen, braucht es noch jede Menge Arbeit."

Rauchs Vorgesetzter schmunzelte.

„Gratuliere zur Festnahme, Frau Rauch. Wie schaut es übrigens mit dem Fall Schall aus? Gibt es da etwas Neues?"

„Noch nichts Konkretes. Die bisherigen Spuren sind im Sand verlaufen. Ich halte Sie aber auf dem Laufenden."

Rauch kam viel zu früh zur Yogastunde. Der Lehrer saß im Lotossitz auf seiner Matte und trank einen Tee, der nach Zimt und Kardamom duftete. Er hieß Gondwana, stammte aus Sri Lanka, und allein sein Anblick sorgte dafür, dass sich bei Rauch die Anspannungen des Arbeitstags lösten. Seine Gesichtszüge waren so friedlich, als wäre er nicht ganz von dieser Welt. Wie eine Buddhastatue, hatte Ilse einmal gemeint. Ansonsten war Gondwana klein, aber athletisch. Vom Typ her kein ausgemergelter Asket im Lendenschurz, eher ein Sportlehrer. Er trug auch immer einen Trainingsanzug. Als Rauch sich gerade umzog, kam Ilse zur Tür herein.

„Das ist ja eine Überraschung. Dass du es auch wieder einmal hierher schaffst. Ich hab schon geglaubt, du hast die Yogamatte endgültig an den Nagel gehängt."

Rauch lächelte.

„Das entscheide ich nach dieser Stunde. Wie geht es dir?"

Ilse war ein paar Jahre älter als Rauch, schon Mitte fünfzig, etwas mollig, dabei aber eine ungeheuer dralle und energiegeladene Frau. Sie hatten sich in Ilses Buchhandlung kennengelernt. Rauch war schon lange Stammkundin bei ihr gewesen, sie hatten sich auch regelmäßig über Bücher unterhalten, es hatte aber dennoch zwei Jahre gedauert, bis sie Freundschaft schlossen und sich auch außerhalb der Buchhandlung zu treffen begannen. Ilse war eine Feinschmeckerin und rief Rauch immer an, wenn sie ein neues Lokal ausprobieren wollte. Da sie nicht weit voneinander entfernt wohnten, besuchten sie sich auch ab und zu, um gemeinsam etwas zu trinken und bis tief in die Nacht hinein zu plaudern. Und irgendwann hatten sie die Idee mit den Yogastunden gehabt. Ilse war auch dabei geblieben, aber Rauch hatte nie richtig Feuer gefangen. Sosehr ihr die Ruhe des Lehrers imponierte, so wenig besaß sie selbst davon. Die langsamen Bewegungsabfolgen des Yoga und ihre innere Ungeduld passten einfach nicht zusammen.

Die Gruppe war klein. Mehr als acht Personen kamen nie, heute waren überhaupt nur fünf da. Der Lehrer ließ sie sich auf den Rücken legen und begann dann sein „Ohm“ zu singen. Gondwanas Stimme war wahrscheinlich noch beruhigender als sein Aussehen. Sie war so sanft, dass Rauch das Gefühl hatte, sie nicht zu hören, sondern nur wie ein Streicheln auf der Haut zu spüren.

Nach der Yogastunde gingen Rauch und Ilse in ein nahes Lokal. Die Luft war noch mild, und so setzten sie sich ins Freie. Die Straße war kopfsteingepflastert und für den Verkehr gesperrt. Die Biedermeierhäuser waren höchstens zweistöckig und gaben einem das Gefühl, auf dem Land zu sein.

„Erzähl mir etwas über Herbert Will, Ilse.“

„Wie lange hast du Zeit?“

„Wieso?“

„Über Will kursieren so viele Gerüchte und Geschichten wie über keinen anderen Schriftsteller. Da kann ich die ganze Nacht erzählen. Warum interessierst du dich für ihn?“

„Ich habe ein Buch von ihm gelesen, dieses *Flüchten vor Godot*, und will einfach wissen, was das für ein Mensch ist, der so etwas schreibt.“

Was Informationen zu ihrer Arbeit anging, war Rauch strikt. Bevor ein Fall nicht abgeschlossen war, erzählte sie nichts darüber. Auch ihrer besten Freundin nicht.

„Will ist der große Einzelgänger im Literaturbetrieb. Ich glaube, es hat ihn ziemlich getroffen, dass man ihm seinen Erfolg so geneidet und ihn als Unterhaltungsautor abgestempelt hat. Er ist dann auch gehörig in die Gegenoffensive gegangen. Mit manchen anderen Schriftstellern und mit vielen Kritikern ist er regelrecht zerstritten. Das lässt er einerseits in Interviews heraus. Er hat aber auch noch eine andere Art der Rache gefunden. Er schreibt Kurzgeschichten, in denen seine Kritiker vorkommen. Unter anderen Namen zwar, aber trotzdem so, dass sie der Leser gleich wiedererkennt. Und diese Figuren schickt er dann in die schlimmsten Katastrophen, die man sich nur vorstellen kann. Sie selbst oder jemand aus deren Familie hat dann einen schlimmen Unfall, wird Opfer eines Verbrechens oder bekommt eine schwere Krankheit. Einmal hat ein Kritiker Will sogar angezeigt. Nicht nur, weil er den Text, in dem er an Leukämie erkrankte, selbst als Bedrohung empfunden hatte, sondern auch, weil er mehrere anonyme Anrufe erhalten hatte, die ihm empfahlen, einen Arzt aufzusuchen. Man konnte Will natürlich nichts nachweisen. Das Unheimliche an der Sache war aber, dass der Mann kurze Zeit später tatsächlich an Krebs erkrankt und schließlich sogar daran gestorben ist. Und dann kam noch etwas dazu: Genau am Tag des Begräbnisses ist in einer Tageszeitung ein Interview mit Will erschienen. Der Verstorbene wurde darin zwar mit keinem Wort erwähnt, es ging in dem Gespräch nur um Wills neues Buch. Es gab auf der Seite aber ein großes Foto von Will, auf dem er mit einem breiten Grinsen zu sehen war. Natürlich kann das ein Zufall gewesen sein, das glaube ich aber nicht, denn Will schaut auf Fotos fast immer ernst drein. Nach dieser Geschichte sind die Kritiker jedenfalls merklich wohlwollender geworden. Offensichtlich möchte keiner diesen Will zum Feind haben. Was ich gut nachvollziehen kann."

Aus „Japan, glaube ich" (2000)

Alles begann mit einer Wiedersehensfeier, auf die ich keine rechte Lust hatte. Eine Freundin von mir hatte ein halbes Jahr als Deutschlektorin in Japan verbracht. Jetzt war sie zurück und hatte zu einem *echt japanischen* Abendessen eingeladen und zum gemeinsamen Fotoschauen. Ich muss zugeben, dass die Freundschaft mit Beate nicht die engste war, also, was meine Seite betraf. Sie sah das wahrscheinlich ganz anders. Für sie gehörte ich, das zeigte die Einladung ja, zum engsten Freundeskreis. Mir jedenfalls war sie in dem halben Jahr, das sie in Japan verbracht hatte, kein einziges Mal abgegangen.

Die Einladung damals hatte ich wahrscheinlich nur angenommen, um wieder einmal unter Leute zu kommen. Ich arbeitete zu jener Zeit als Nachtwächter in einer Fabrik, die Haselnussschnitten herstellte. Am Vormittag schlief ich und am Nachmittag schrieb ich an einem Roman. Er war schon knapp fünfhundert Seiten stark und sollte, wie ich damals noch nicht wusste, nie fertig werden. Seit zweieinhalb Monaten lebte ich schon derart zurückgezogen in einer durchgehenden Schreibeuphorie. In der ganzen Zeit sprach ich ausschließlich mit drei Personen. Mit dem Tagesportier der Fabrik, den ich jeden Abend ablöste, mit meiner Stammkassiererin im Supermarkt und mit der alten Frau, die einen Stock unter mir wohnte und morgens, wenn ich aus der Arbeit kam, immer im Stiegenhaus stand und mich für den Briefträger hielt. Sie war dement oder hatte Alzheimer und wartete auf einen Brief von ihrem Mann. Der war seit ein paar Jahren tot, für sie befand er sich aber im Krieg, und sie stand jeden Morgen in aller Herrgottsfrühe auf in der Hoffnung auf Neuigkeiten von der Front. Mit ihr unterhielt ich mich am längsten. Das meiste von dem, was ich damals sagte und hörte, hatte also wenig mit der Wirklichkeit zu tun. Wahrscheinlich ging ich also nur zu Beate, weil ich endlich einmal wieder ein paar sinnvolle Sätze hören wollte, und vielleicht auch mich hören wollte, wie ich ein paar sinnvolle Sätze sagte. Falls ich dazu noch in der Lage war.

Die Party begann um acht, zur selben Zeit also, zu der gewöhnlich meine Schicht begann. Mein Job war mir eigentlich ganz angenehm, er hatte nur einen wesentlichen Nachteil. Der Geruch nach gerösteten Haselnüssen vermischt mit Kakaomasse, so gut sich das jetzt vielleicht anhören mag, war außerordentlich intensiv. Tatsächlich hatte er sich mir schon so eingebrannt, dass ich jeden Abend um Punkt acht Uhr, egal wo ich gerade war, plötzlich geröstete Haselnüsse und Schokolade roch. Dieses süßlich-schwere Aroma hatte ich deshalb auch in der Nase, als Beate Sashimi von Butterfisch, Thunfisch und Lachs servierte. Sie konnte nichts dafür, aber Haselnüsse und roher Fisch waren eine fast nicht zu ertragende Mischung und ich brachte kaum einen Bissen hinunter. Als Beate nach dem Sashimi-Gang den Sake auf den Tisch stellte, ging es besser. Der Reisschnaps beruhigte meinen flauen Magen und löste mir auch ein wenig die Zunge. Bisher hatte sich schon jeder der Anwesenden ein wenig als Japan-Kenner aufgespielt, nur ich hatte den Mund noch nicht aufbekommen. Jetzt schaltete ich mich ein. Ich platzte zugegebenermaßen recht unvermittelt heraus mit meiner Geschichte. Es ging um ein Manga, einen dieser telefonbuchdicken Comicwälzer, den ich einmal in einem Sexshop in die Hand bekommen hatte. In der Geschichte verfolgte ein junger Bursche eine Schülerin, nein, es war viel mehr sein Schwanz, der sie verfolgte. Dieser Kerl mit den abstrusen Lendenkräften stand einfach lüstern lächelnd an einer Straßenkreuzung und sein Schwanz wand sich durch die Hochhausschluchten Tokios, immer dem Mädchen in ihrer Schuluniform hinterher. In einer Sackgasse holte er sie schließlich ein und penetrierte sie.

Ich erzählte der etwas betreten dreinblickenden Runde, wie mich die seltsamen Zensurvorschriften der Japaner erstaunt hätten. Der Riesenpenis war nämlich fast anatomisch genau wiedergegeben, während von der Penetration nichts zu sehen war. Die ließ sich nur aufgrund des gleichzeitig lustvoll und schmerzhaft verzerrten Gesichts des Mädchens denken. Die Stelle war aber nicht im Nachhinein von der Zensur schwarz übermalt worden, nein, der Zeichner hatte sie von sich aus weiß gelassen.

„Genau so wie in der traditionellen Landschaftsmalerei, wo auch immer das Wesentliche ausgelassen wird, um die Fantasie des Betrachters zu beflügeln", schloss ich meinen kleinen kunsthistorischen Exkurs.

Es herrschte Stille im Raum. Der Themenwechsel vom Seppuku, dem rituellen Selbstmord der Samurai, von dem gerade noch die Rede gewesen war, zu den sexuellen Eskapaden ihrer Nachfahren war für einige doch zu abrupt gewesen. Beate löste die Spannung gekonnt, indem sie den nächsten Gang ankündigte, und ich verlegte mich wieder aufs Zuhören. Als Nächstes würde es Steak geben und Beate erzählte von der Leidenschaft der Japaner für Rindfleisch.

„Es gibt da eine ganz spezielle Sorte, das Kobe-Rind, das hat das beste, gesündeste und teuerste Fleisch der Welt. Ich habe einen Ausflug gemacht, auf eine der Farmen, wo diese Rinder gezüchtet werden. Da hat uns der Bauer gezeigt, wie die Tiere jeden Morgen und jeden Abend mit Sake massiert werden."

„Da bist du einem Ammenmärchen aufgesessen."

Eine typische Wortspende von Joachim, dem Besserwisser, knallhart und unsensibel.

„Was meinst du mit Ammenmärchen? Ich war dort, ich habe eine Führung gemacht, der Bauer hat die Kuh vor unseren Augen massiert, geschlagene fünf Minuten lang."

„Das war alles Show, für Touristen wie dich veranstaltet. Ich habe in der Zeitung einen Artikel darüber gelesen. Da wurden Züchter interviewt und die haben alle offen zugegeben, dass sie noch kein einziges ihrer Rinder auch nur für eine Minute mit Sake massiert hätten."

Wieder ein peinliches Schweigen, wenigstens war dieses Mal nicht ich der Auslöser gewesen. Dann fing sich Beate, an ihren schmalen Lippen erkannte ich aber, wie sehr es ihr auf den Geist ging, dass Joachim ihre Geschichte zur Lachnummer degradiert hatte.

„Egal jetzt, auf jeden Fall bekommt man das Kobe-Fleisch bei uns gar nicht, weil das die Japaner alles selber essen. Da gibt es sogar ein offizielles Export-Verbot."

„Das stimmt. Das ist auch in dem Artikel dringestanden."

Beate funkelte Joachim an, ich überlegte schon, ob ich die Situation entspannen und wieder von meinem Porno-Manga anfangen sollte, Beate schaffte aber die Kurve.

„Ich habe also improvisiert und Beiriedschnitten von irgendeiner Alpenkuh gekauft und die dafür in Sake mariniert. Vierundzwanzig Stunden lang. Und die kommen jetzt in die Pfanne. Wer mag sein Steak blutig, wer mag es medium und wer mag es ganz durch?"

Ich wartete ein wenig darauf, dass Joachim nach einem nicht marinierten Stück verlangte, aber so viel Feingefühl hatte sogar er, an dieser Stelle seinen Mund zu halten. Was Beate an Joachim fand, war mir übrigens ein noch größeres Rätsel, als was sie an mir fand.

Nach dem gestrigen Erfolg im *Teslik-Fall* hatte sich Rauch einen Lesevormittag daheim gegönnt. Jetzt legte sie das Buch schmunzelnd zur Seite. Bei dem Japan-Roman hatte Will ganz andere Töne angeschlagen als später bei *Flüchten vor Godot*. Das Geschehen tröpfelte harmlos, beiläufig und mit betont leichtem Humor dahin. Dabei hatte die Kurzbeschreibung am Buchrücken einen „beunruhigenden Thriller" versprochen.

Mittlerweile war es Mittag geworden und das marinierte Steak im Buch hatte Rauch daran erinnert, wie hungrig sie war. Sie stand auf und ging in die Küche. Im Kühlschrank fand sie jedoch nichts außer einem Stück Butter, drei Eiern und einem angeschimmelten Salatkopf. Von ihr aus hätte jetzt das Telefon läuten können. Herbert Will hier, ich habe gerade zwei wunderbare Steaks gekauft und mich gefragt, ob Sie nicht Zeit und Hunger hätten … So in der Art, dachte Rauch, während sie vor ihrem gähnend leeren und muffig riechenden Kühlschrank stand.

Eine Stunde später saß sie in der Kantine im Erdgeschoß der Polizeidirektion über einem Teller mit Hühnergeschnetzeltem.

Wie immer aß sie zu schnell. Eine Angewohnheit, die sie nicht loswurde und die ihr schon ein Magengeschwür eingetragen hatte. Will ging ihr weiterhin nicht aus dem Kopf. Der Mann war wie ein Mosaik. Jede Seite, die sie in seinen Büchern las, jedes Treffen mit ihm, jedes Gespräch über ihn fügte dem Bild ein neues Steinchen hinzu, das nicht unbedingt zu den übrigen passen wollte. Das Gespräch mit Ilse hatte da auch keine Klärung gebracht, sondern eher noch einmal neue Seiten Wills aufgedeckt. Rauch brauchte jemanden, der ihr half, dieses Puzzle zu einem stimmigen Bild zusammenzufügen. Ihr fiel Ferch ein. Wozu gab es schließlich einen Kriminalpsychologen im Haus? Der feiste, selbstverliebte Herr Hofrat war zwar alles andere als ihr liebster Gesprächspartner – auch wegen seines penetranten Mundgeruchs –, aber seine fachliche Kompetenz ließ sich nicht abstreiten. Rauch wählte Ferchs Nummer und lehnte sich zurück. Frau Markl, seine Sekretärin, ließ es immer lange klingeln, bevor sie sich dazu bequemte abzuheben, und auch heute machte sie da keine Ausnahme.

„Büro Hofrat Ferch."

„Rauch hier, ich bräuchte einen Termin."

„Herr Hofrat Ferch ist auf Urlaub. Herr Doktor Klenk hat seine Vertretung übernommen. Ich schaue nach, wann der Herr Doktor Zeit hat."

Auch das gehörte zum gewohnten Procedere. Auf viel beschäftigt zu tun, den Anrufer warten zu lassen und ihm mit einem präpotenten Unterton in der Stimme zu verstehen zu geben, dass er in der Hierarchie weit, weit unten rangierte. Frau Markl war durch zwanzig Jahre Hofratsschule gegangen und beherrschte das Gehabe perfekt. Jetzt kam ihr allerdings jemand in die Quere, denn Rauch hörte im Hintergrund eine Stimme.

„Stellen Sie doch bitte den Anruf einfach durch, Frau Markl."

Da hatte sich gerade jemand einen Feind gemacht. Was allerdings sehr für den unbekannten Doktor Klenk sprach. Rauch hörte statt einer Antwort von Frau Markl nur ein Klicken in der Leitung und gleich darauf eine äußerst sympathische Stimme.

„Sebastian Klenk, womit kann ich dienen?"

„Eva Rauch, ich leite die Ermittlungen in Sachen Manuel Schall. Der junge Mann, der seit einigen Tagen vermisst wird."

„Habe ich davon gehört. Wie kann ich Ihnen weiterhelfen?"

„Es gibt da einen Verdächtigen, einen Schriftsteller, aus dem ich nicht ganz schlau werde, und ich dachte mir, dass Sie mir vielleicht mit einem Profil des Mannes helfen könnten."

„Warum schauen Sie dann nicht einfach vorbei und wir gehen die Sache in Ruhe durch?"

„Wann hätten Sie denn Zeit?"

„Von mir aus geht es gleich."

„Gut, dann bin ich gleich bei Ihnen."

Auf dem Weg zu Klenk machte Rauch einen Zwischenstopp auf der Toilette. Wimperntusche und zwei ganz feine Striche Kajal und dreimal durchs Haar gefahren. Nur zur Sicherheit, falls Klenk nicht nur sympathisch war, sondern auch sympathisch aussah.

Als Rauch anklopfte, kam zuerst keine Antwort, dann hörte sie Klenk rufen.

„Einfach reinkommen!"

Frau Markl saß nicht an ihrem Platz. Nach dem Gesichtsverlust eben hatte sie es anscheinend vorgezogen, Rauch nicht über den Weg zu laufen.

„Kommen Sie nur weiter."

Klenk stand hinter seinem Schreibtisch auf und kam ihr entgegen.

„Ich bin diese ganzen Umstände, die Frau Markl macht, nicht gewohnt."

Er war groß, Mitte vierzig, nicht unsportlich und trug einen Dreitagebart. Bei der Begrüßung stellte Rauch fest, dass sich an seiner Hand kein Ring befand. Er bot ihr einen Platz auf Ferchs schwarzer Ledercouch an.

„Ich habe gerade einen Blick in den Schall-Akt geworfen. Ist ja eine merkwürdige Geschichte. Dass der junge Mann bei diesem berühmten Schriftsteller, diesem Will, gewohnt hat, meine ich."

„Will ist deshalb ja auch der Hauptverdächtige und ich habe mich schon kreuz und quer durch seine Bücher und Tagebuchnotizen gelesen. Der Mann bleibt mir aber ein Rätsel."

„Der kriminelle Schriftsteller. Ein interessantes Thema. Allerdings auch ziemlich klischeebehaftet. Ich glaube, Edgar Allen Poe ist von verschiedenen Literaturwissenschaftlern immer wieder verdächtigt worden, die von ihm geschilderten Morde auch tatsächlich begangen zu haben. Und was es auch immer wieder gibt, sind Mörder, die im Gefängnis zu Schriftstellern werden. Jack Unterweger wäre so ein Fall. Ist eigentlich interessant. Als ob Schreiben und Töten etwas miteinander zu tun hätten."

Rauch gefiel es, wie Klenk während des Sprechens dachte und dabei mit seinem Ringfinger kleine Kreise auf seinem Unterarm zog. Rauch legte den Kopf ein wenig schräg.

„Waren Sie persönlich schon einmal mit einem Schriftsteller als Tatverdächtigem konfrontiert?"

„Nein, noch nie. In der Fortbildung gab es einmal einen Vortrag zu Künstlern, die zu Verbrechern geworden sind, da ging es aber um Kreative im Allgemeinen, also auch um Maler, Schauspieler und Musiker."

„Und was gibt es über den Künstlerverbrecher im Allgemeinen zu sagen?"

„Dass es *den* Künstlerverbrecher nicht gibt. Das ist alles ein Mythos, der wahrscheinlich damit zu tun hat, dass sich viele Künstler mit dem Tod beschäftigen. Das hat sie schon immer geheimnisvoll und natürlich auch verdächtig gemacht. Die Conclusio des Vortrags war deshalb auch, dass es keinen klar ersichtlichen Zusammenhang zwischen überdurchschnittlicher Kreativität und Gewaltverbrechen gibt. Ach ja, mit einer Ausnahme – ein Gewaltverbrechen gibt es, das Kreative überdurchschnittlich oft begehen: Selbstmord."

Rauch erzählte Klenk von ihren bisherigen Begegnungen mit Will und darüber, was sie über ihn gehört und gelesen hatte. Und dann umriss sie auch noch kurz den Handlungsverlauf von *Flüchten vor Godot*. Klenk hörte aufmerksam zu und machte sich Notizen. Er schrieb mit Bleistift und Rauch fiel auf, dass er sehr schöne Hände hatte.

„Und, was meinen Sie zu dem Mann?", fragte Rauch.

„Da lässt sich schon ein typisches Muster erkennen. Bei der Untersuchung von Künstlern und Schriftstellern hat man überdurchschnittlich oft narzisstische Kränkungen festgestellt. Und so eine liegt mit großer Wahrscheinlichkeit auch bei Will vor. Jemand erlebt in der Kindheit oder Jugend eine starke Frustration, weil er sich meist von Vater oder Mutter abgewiesen oder nicht geliebt fühlt. Egal, was solche Menschen später beruflich auch tun, Bilder malen, Figuren schnitzen oder eben Bücher schreiben, sie stürzen sich voller Ehrgeiz in ihre Arbeit. Wichtig ist aber, dass sie dafür auch Anerkennung bekommen. Wenn nicht, wiederholt sich die Frustration aus der Kindheit und es werden Aggressionen freigesetzt. So jemand kann jetzt beginnen, seinerseits andere abschätzig zu behandeln, er kann aber auch versuchen, zu intrigieren oder zu manipulieren. Das wären alles Wege, um solche Energien abzubauen."

„Ich lese gerade einen Roman von Will, da schreibt der Ich-Erzähler an einem Buch, muss sich aber als Nachtportier über Wasser halten. Er schreibt Hunderte Seiten, die er niemandem zu lesen gibt und die er niemals veröffentlichen wird. Monatelang sitzt er an seinem Schreibtisch und hat in dieser Zeit kaum Sozialkontakte. Vielleicht ist das autobiografisch. Vielleicht hatte Will tatsächlich eine lange Durststrecke durchzustehen, bis ihm endlich der Durchbruch gelang. Ich versuche mich jetzt als Hobbypsychologin, aber wäre es nicht denkbar, dass er in jener Zeit neben seinem Schreiben seine Energie auch noch auf gewaltsame Weise abbauen musste? Dass er da also ein Muster entwickelt und das dann beibehalten hat, auch nachdem sich der große Erfolg eingestellt hat?"

„Wenn das künstlerische Werk auf wenig Zustimmung oder gar Ablehnung stößt, kann sich die narzisstische Kränkung leicht in eine narzisstische Persönlichkeitsstörung verwandeln. Da können dann tatsächlich sehr abgründige Verhaltensmuster entstehen, die sich nur sehr schwer wieder ablegen lassen. Jeder Mensch hält zwanghaft an Handlungsschemata fest, die es ihm einmal erlaubt haben, seine Spannungen zu lösen."

„Schließen diese Handlungen auch offene Gewaltakte ein?"

„Bei einer narzisstischen Persönlichkeitsstörung kann der Erkrankte sehr komplexe Lügengebäude aufbauen, um andere Menschen, die ihm gefährlich erscheinen, zu kompromittieren. Zu tatsächlicher Gewaltanwendung kommt es aber selten. Die ist eher bei einer paranoiden oder bei einer dissozialen Persönlichkeitsstörung zu beobachten."

Die Lust auf eine Zigarette ließ Rauch jetzt auf die Uhr schauen. Klenk wertete das als Zeichen.

„Ja, ich habe auch noch einen Termin."

Als Rauch zu ihrer Handtasche greifen wollte, fiel ihr noch etwas ein.

„Ach ja, bevor ich es vergesse."

Rauch holte Wills Notizbücher heraus und drückte sie Klenk in die Hand.

„Das sind die Aufzeichnungen von unserem Narziss."

„Wo haben Sie die her?"

„Will hat sie mir selbst gegeben."

„Freiwillig?"

„Ja."

Klenk nickte zwar, irgendetwas schien ihm aber seltsam vorzukommen.

„Das ist interessant. So ein exhibitionistischer Akt kann nämlich verschieden gedeutet werden. In den Notizbüchern könnten sich tatsächlich seine Schattenseiten finden lassen. Schattenseiten, die ihm selbst unheimlich sind, weil er sie nicht kontrollieren kann, und die er jetzt einem Gegenüber offenlegen will, damit der oder die ihm hilft, diese Schattenseiten zu überwinden."

„Und die andere Möglichkeit?"

„Es kann auch sein, dass er versucht, Sie mit dieser Offenheit zu manipulieren. Jemand, der Ihnen ein Geheimnis verrät, kann damit immer auch versuchen, Sie in seine Welt hinüberzuziehen.

Wenn jemand das geschickt macht, kann diese fremde Welt eine Anziehungskraft entwickeln, der man sich kaum entziehen kann."

Rauch schmunzelte.

„Sollte ich wirklich zwischen den Seiten von Wills Notizbüchern und Romanen verschwinden, können Sie mich ja wieder herausholen."

„Die Frage ist nur, ob Sie auch herauswollen. Gegen die Gedankengebäude eines guten Schriftstellers könnte die Wirklichkeit recht blass aussehen."

Klenk versprach, Wills Notizbücher heute noch durchzusehen, und Rauch schrieb ihm ihre Nummer auf.

„Sollten Sie irgendetwas herausfinden, können Sie mich auch spätabends noch anrufen."

Klenk drückte Rauch seine Visitenkarte in die Hand.

„Damit auch Sie mich jederzeit erreichen können. Falls Sie von jenseits der Realität anrufen, fallen aber hohe Roaminggebühren an."

Rauch verließ Klenks Büro mit dem warmen Gefühl der Zuversicht im Bauch. Will hatte für sie stark an Kontur gewonnen und Klenk war nicht nur sympathisch, er hatte auch Humor. Die Sonne fiel schräg durch die Gangfenster, ein Licht, das nach Vanille schmeckte. Und der Staub in dem matten Gelb tanzte genau im Rhythmus ihrer Gedanken. So einen Moment der Wirklichkeit sollte Will erst einmal aufs Papier bringen.

Es war jetzt mitten am Nachmittag und sie hatte nichts zu tun, als zu warten. Ihre Hausaufgaben waren gemacht. Das Umfeld von Schall hatte sie einvernommen und mit Klenks Bericht war frühestens am Abend zu rechnen. Am Fenster stehend rauchte sie die beiden Zigaretten, die sie wegen des Gesprächs gerade verpasst hatte. Und dann machte sie das, was sie immer machte, wenn sie in einem Fall zur Untätigkeit verurteilt war. Sie holte die Glock aus ihrer Handtasche und ging hinunter in den Schießkeller. Auf der Liste war gerade niemand eingetragen. Sie konnte sich also entscheiden, ob sie auf die Bahn ging oder in den Raum mit den interaktiven Videos. Dort ließen sich Banküberfälle, Geiselnahmen und offene Schusswechsel auf der Straße nachstellen. Das war zwar aufregender, Rauch wollte aber ihren Kopf frei bekommen und entschied sich für die Bahn. Der Schusswart händigte ihr einen Hörschutz aus und eine Schachtel mit Spezialmunition. Damit betrat sie den schmalen Korridor und der Mann schloss die schalldichte und kugelsichere Tür hinter ihr. Drinnen legte sie die Schachtel auf eine Ablage und füllte das Magazin. Dann entsicherte sie und lud durch. Sie stellte sich mit leicht gegrätschten Beinen auf, schloss die Augen und begann sich auf ihre Atmung zu konzentrieren. Sie spürte, wie sich ihre Schultern nach und nach entspannten und nach unten sanken und wie ihre Atemzüge gleichzeitig immer langsamer und flacher wurden. Schließlich öffnete sie die Augen, griff noch ein, zwei Mal nach, bis ihre Handfläche ganz eng an der schwarzen Kunststoffgriffschale der Glock anlag, dann nahm sie die Zielscheibe ins Visier. Für gewöhnlich hatte sie keine Schwierigkeiten damit, sich zu konzentrieren, dieses Mal tauchte aber, gerade als sie abdrückte, Wills Gesicht in ihrer Vorstellung auf. Sie erschrak und verriss die Waffe, sodass der Schuss, was ihr noch nie passiert war, nicht einmal die Zielscheibe traf. Sie galt als eine der sichersten Schützinnen des gesamten Reviers und schaute hinüber zum Fenster, ob der Schusswart ihr Missgeschick beobachtet hatte. Zum Glück war nichts von ihm zu sehen. Vor dem nächsten Schuss ließ sich Rauch nicht mehr so viel Zeit. Sie kniff die Augen zusammen, um Wills Bild zu vertreiben, dann riss sie die Arme nach oben und feuerte in wenigen Sekunden das ganze Magazin leer. Von der Zielscheibe war nur noch ein Papierring übrig, die Mitte war vollständig zerfetzt. Wills Gesicht war zwar wieder aufgetaucht, dieses Mal hatte Rauch aber draufgehalten.

Als sie eine Stunde später den Schießkeller wieder verließ, klebte ihr das T-Shirt schweißnass auf der Haut und sie fühlte eine tiefe Zufriedenheit. Nicht weil sie das Gefühl hatte, dass der Fall Will unmittelbar vor seiner Lösung stand, sondern weil sich das Duell mit Will mit Sicherheit noch eine geraume Zeit hinziehen würde.

Aus „Japan, glaube ich“ (2000)

Herausschmecken konnte ich nichts von dem Sake, das vierundzwanzig Stunden lange Marinieren hatte das Steak aber butterweich gemacht. Das Gespräch am Tisch drehte sich jetzt um das Tagebuch einer Hofdame, die vor tausend Jahren am japanischen Kaiserhof gelebt hatte. Ihre Vorlieben und Abneigungen hatte sie in Listen zusammengefasst. Mich erinnerte das an die Kolumnen selbst ernannter Trendsetterinnen in irgendwelchen Lifestyle-Magazinen, Gerfried schwärmte aber von der Sensibilität dieser Frau des japanischen Mittelalters. Was nichts hieß, Gerfried schwärmte immer und über alles, mit zu hoher Stimme und ausladenden Handbewegungen. Ein Schwuler wie aus dem Bilderbuch.

„Es gibt eine Liste der eleganten Dinge, der trostlosen Dinge, der Dinge, die es nicht wert sind, getan zu werden, und eine Liste der Dinge, die einen schlechten Eindruck hinterlassen.“

Gerfried schlug ein Spiel vor. Jeder sollte raten, was wohl in Japan vor tausend Jahren einen schlechten Eindruck hinterlassen hatte.

Elendslange Penisse, die sich durch die Hallen des kaiserlichen Palastes winden. Ich gab mich damit zufrieden, meinen Vorschlag zu denken.

„Ein Sojasaucenfleck auf dem Kimonorevers.“ Es fielen einige verzichtbare Wortspenden.

„Also die Auflösung“, forderte Beate Gerfried ungeduldig auf. Es schien ihr gar nicht recht zu sein, dass schon wieder jemand mehr über Japan wusste als sie.

Was die japanische Hofdame zu dem Thema geäußert hatte, war dann stinklangweilig. Es hinterließ einen schlechten Eindruck, wenn man sich bei einem Essen mit Vorgesetzten verschluckte. Es hinterließ einen schlechten Eindruck, wenn man sich mit Schuhen auf ein fremdes Bett legte. Und es hinterließ einen schlechten Eindruck, wenn man im Beisein der Eltern Liebeslieder sang. Zum Glück nahm Beate das zum Anlass und legte eine japanische CD ein. Nicht, dass mir die Musik gefallen hätte, sie unterbrach aber Gerfrieds Redeschwall. Es war süßlich-romantischer Pop aus der Konserve und hörte sich an wie von einem Kind gesungen. Ich ließ mir von Beate das Cover geben. Ein Mädchen mit Zöpfen war darauf zu sehen, das einen Plüschpanda herzte. Sie konnte sechzehn sein oder sechsundzwanzig und mir fiel ein, dass ich seit Monaten mit keiner Frau mehr geschlafen hatte.

Zum Dessert servierte Beate Grünteeeis und dann startete sie die Diaschau. Die ersten Bilder zeigten ihre Tokioter Wohnung. Sie wiederholte sicherlich fünf Mal, dass sie nur zwanzig Quadratmeter gehabt hatte, und annähernd jeden einzelnen davon hatte sie fotografiert. Die Bilder waren dabei richtig mies, unscharf und ohne auch nur das geringste Gefühl für Ausschnitt und Komposition aufgenommen. Wenn das die besten Bilder waren, wollte ich nicht wissen, wie die aussortierten aussahen. Dann zeigte sie uns den Uni-Campus. Parkähnliche Grünanlagen, natürlich mit blühenden Kirschbäumen, das Institutsgebäude, die Hörsäle. Schließlich aber kam ein Bild, das meine Aufmerksamkeit erregte. Es war ein Gruppenfoto mit Beates Kolleginnen und Kollegen am Germanistik-Institut der Universität. Unter ihnen gab es eine Frau, etwa in meinem Alter, vielleicht zwei, drei Jahre jünger als ich, die in der zweiten Reihe ganz rechts stand. Beate stellte jede und jeden mit Namen vor und zeigte dazu mit dem Schatten ihres Zeigefingers auf die jeweilige Person. So erfuhr ich, dass die Frau Kumiko hieß. Ich weiß nicht, was mich an dieser Kumiko faszinierte, ich weiß nur, dass ich den ganzen Diavortrag über nur mehr darauf aus war, sie noch einmal auf einem Bild zu entdecken. Sie war auch tatsächlich noch ein paarmal zu sehen. Beate und sie hatten sich angefreundet und gemeinsam einige Ausflüge unternommen. Kumiko stand lächelnd auf Tempelhöfen und in japanischen Landschaftsgärten, an einem See vor dem Berg Fuji und auf einem Schiff, mit dem Rücken an die Reling gelehnt und die Haare vom

Wind zerzaust. Leider war Kumiko auf den Bildern meist nur klein oder unscharf zu sehen.

Es war weit nach Mitternacht, als das letzte Bild ausgeblendet wurde und Beate wieder Licht machte. Die Hälfte der Gäste schlief, ich hatte mich mit Trinken wach gehalten und war einigermaßen bedient, vom Sake, vom Bier und vor allem von einer Flasche mit japanischem Whisky, die einmal durchgegangen war und die ich, weil Gerfried, der neben mir saß, eingeschlafen war, nicht mehr weitergegeben hatte. Ich ging aufs Klo und warf auf dem Rückweg einen Blick in die Küche. Ich fand noch ein Glas mit geschmolzenem Grünteeeis und löffelte es aus, gar nicht aus Appetit, nur um die Müdigkeit zu vertreiben. Ich hatte kein Geld für ein Taxi und musste deshalb sehen, wie ich zu Fuß nach Hause kam. Als ich wieder halbwegs fit war, verabschiedete ich mich von Beate und bedankte mich für den schönen Abend. Ich meinte das nicht einmal zynisch in dem Moment, ich empfand wirklich eine tiefe Dankbarkeit dafür, dass sie mich mit Kumiko *bekannt* gemacht hatte. Das sagte ich ihr natürlich nicht. Stattdessen zeigte ich mich interessiert daran, selbst als Deutschlektor nach Japan zu gehen, und fragte Beate deshalb noch nach irgendwelchen Unterlagen über die Tokioter Universität und das dortige Germanistik-Institut. Sie hatte tatsächlich zwei Broschüren da, die sie mir mitgab.

Eine Stunde später war ich daheim und blätterte mich durch die beiden Hefte. Im Verzeichnis der Mitarbeiter fand ich Kumikos Foto und Biografie. Sie war zweiunddreißig, zwei Jahre jünger als ich. Sie hatte ihre Doktorarbeit über unübersetzbare Begriffe geschrieben. Deutsche Wörter, für die es im Japanischen, und japanische Wörter, für die es im Deutschen keine Entsprechung gab. Sie war Lektorin und hielt Vorlesungen zur deutschen Gegenwartsliteratur. Zu ihrem Familienstand war natürlich nichts bemerkt, auch ihr Foto war nur ganz klein abgedruckt, nicht viel größer als mein Daumennagel. Mit meinem ersten Brief an Kumiko wartete ich bis zum nächsten Morgen. Ich wollte nüchtern sein, wenn ich ihr schrieb.

Rauch legte das Buch zur Seite. Während des Lesens hatte sie zwei Gläser Rotwein getrunken und – sie zählte die Kippen im Aschenbecher – fünf Zigaretten geraucht. Sie war nicht mehr ganz nüchtern, aber auch weit davon entfernt, betrunken zu sein. Sollte Will mit seinem Brief an Kumiko bis morgen warten, sie wollte heute noch von Klenk hören. Er hatte versprochen anzurufen, sobald er etwas herausgefunden hatte. Mittlerweile war es halb neun. Eine halbe Stunde gab sie ihm noch, dann würde sie es einfach versuchen. Damit die Zeit schneller verging, räumte Rauch ihren Kühlschrank aus. Den schimmligen Salatkopf hatte sie schon letztes Mal weggeworfen, jetzt wanderten auch noch das ranzige Stück Butter und die vor einem Monat abgelaufenen Eier in den Müll. Danach ging sie zurück ins Wohnzimmer, zupfte ein paar abgestorbene Blätter von ihrer Grünlilie und rückte einige Bilder gerade. Im Schlafzimmer betrachtete sie sich im Spiegel. Zum Glück sah man ihrer Haut nicht an, dass sie rauchte. Keine übergroßen Poren und auch keine roten Flecken. Dann wanderte ihr Blick zu dem Blatt Klopapier, das am Rand des Spiegels eingeklemmt war. Ihre Handschrift war auf dem schon stark vergilbten rosa Papier kaum mehr lesbar.

Was sie will, das bekommt sie auch.

Wie immer musste sie schmunzeln, wenn sie den Satz las und sich an die Szene damals erinnerte. Es war kurz nach ihrer Beförderung zur Bezirksinspektorin gewesen. Sie war im Dezernat auf dem Klo gesessen, als zwei Frauen hereingekommen waren. Die beiden hatten nicht bemerkt, dass eine der beiden Kabinen besetzt war, und sich deshalb in ihrer Unterhaltung nicht stören lassen. Wahrscheinlich schminkten sich die zwei vor dem Spiegel, zumindest redete eine der beiden so seltsam verzerrt, als hätte sie gerade die Lippen geschürzt, um Lippenstift aufzutragen. Rauch erkannte die Stimmen der beiden. Es waren Kolleginnen von ihr, die schon seit Jahren auf den Bezirksinspektorposten hofften und auch dieses Mal wieder leer ausgegangen waren. Die beiden sprachen über eine Inspektorin und Rauch merkte schnell, dass es sich dabei nur um sie handeln konnte. Es ging um einen Fall, den sie damals gerade gelöst hatte, um die Art, wie sie sich kleidete, und um ihre Beförderung. Ja, und auch darum, wie sie ihren männlichen Kollegen begegnete. Die eine Frau klang eher wohlwollend, fast bewundernd, in den Augen der anderen war Rauch eine gewissenlose Karrieristin, die sich hochgeschlafen hatte im Dezernat. Für die erste Frau hatte Rauchs Durchsetzungsvermögen nichts Verwerfliches. Sie gab sogar zu, dass sie Rauch gerade darum beneidete. Die zweite Frau war es aber, die dann den Satz aussprach.

„Was sie will, das bekommt sie auch."

„Ich hätte jedenfalls gerne ihr Selbstvertrauen", hatte die andere daraufhin offen zugegeben.

Eva Rauch hatte damals lautlos einen Kugelschreiber aus ihrer Tasche gezogen und den Satz, weil nichts anderes da war, auf ein Blatt Klopapier geschrieben. Das große Selbstvertrauen, von dem die beiden Frauen gesprochen hatten, besaß Rauch eigentlich erst seit diesem erhellenden Klobesuch.

Neun Uhr. Rauch ging zurück ins Wohnzimmer. Klenks Visitenkarte steckte als Lesezeichen zwischen den Buchseiten, und sie wählte seine Nummer. Er hob nicht ab. Rauch ließ es so lange klingeln, bis sich die Mailbox einschaltete, legte dann aber auf. Sie starrte auf ihr Telefon, als könnte sie durch das Display hindurch Klenk beobachten und sehen, was er gerade machte. Dass er keinen Ring am Finger hatte, hieß noch lange nicht, dass er keine Freundin hatte, mit der er gerade einen gemütlichen Abend verbrachte, während Wills Notizbücher geduldig in seiner Tasche lagen und auf morgen warteten. Rauch war so in diesen üblen Gedanken versunken, dass sie erschrak, als ihr Handy-Display zu blinken begann und gleich darauf das Klingeln einsetzte.

„Verzeihung, Frau Rauch. Ich war gerade auf dem Balkon und habe es nicht rechtzeitig zum Telefon geschafft. Ich hätte Sie aber ohnehin gleich angerufen."

„Ist Ihnen also etwas aufgefallen an Wills Notizbüchern?"

„Nichts, was man überbewerten sollte, aber es gibt Auffälligkeiten."

Im Hintergrund war leiser Jazz zu hören.

„Was meinen Sie mit Auffälligkeiten?"

„Am Telefon lässt sich das nur schwer erklären."

„Ich weiß, es ist fast neun, aber wenn Sie wollen, können wir uns noch irgendwo treffen und Sie erzählen mir, was das für Auffälligkeiten sind."

„Gerne. Lassen Sie mich überlegen. Kennen Sie die *Klinik* im alten Universitätsspital? Das ist ein ganz witziges Lokal. Ein ehemaliger Hörsaal, in dem früher anatomische Vorlesungen stattgefunden haben."

„Hört sich interessant an", sagte Rauch.

Sie betrat die *Klinik* fünf Minuten nach der vereinbarten Zeit. In der Mitte, wo früher der Professor die Leichen seziert hatte, befand sich die Bar, und die Tische standen in den aufsteigenden Rängen, von wo aus die Studenten einst den Demonstrationen zugesehen hatten. Als Rauch sich suchend umsah, entdeckte sie Klenk an einem Tisch in der obersten Reihe. Er sah geduscht aus, hatte ein frisches Hemd angezogen, und frisch rasiert war er auch, denn unter dem Ohr klebte noch etwas eingetrockneter Rasierschaum. Vor sich auf dem Tisch hatte er die drei Notizbücher von Will liegen, aus denen mehrere gelbe Post-its herausragten.

„Sie scheinen ja ganz schön viele Auffälligkeiten gefunden zu haben."

„Will hat es mir nicht wirklich schwer gemacht."

Der Kellner kam an ihren Tisch und fragte Rauch, was sie trinken wolle. Sie zeigte auf Klenks Glas.

„Was ist das da?"

„Das ist ein *Clear Cut*, unser Hauscocktail. Das ist Wodka mit Erdbeersaft und Zitronengras und einem Hauch Chili."

„Darf ich?"

„Natürlich."

Rauch kostete von Klenks *Clear Cut.* Sie nickte, als sie das Glas wieder hinstellte.

„So einen nehme ich auch."

Der Kellner stieg mit der Bestellung die Stufen Richtung Bar hinunter. Rauch sah ihm noch kurz nach, dann wandte sie sich Klenk zu.

„Also. Ich bin gespannt."

„Wir haben auf der Uni ein Seminar gehabt, da hat der Professor Ausschnitte aus den Tagebüchern berühmter Persönlichkeiten ausgeteilt, ohne uns aber deren Namen zu verraten. Und wir mussten dann anhand dieser Texte die Persönlichkeitsprofile der Schreiber erstellen. Ich habe das damals so interessant gefunden, dass ich danach eine Zeit lang nur Tagebücher gelesen habe. Ich kenne da also so einiges. In keinem ist mir aber so oft das Wort *ich* untergekommen wie hier."

Klenk tippte mit seinem rechten Zeigefinger auf die Hefte von Will. Die gelben Post-its flatterten dabei, als würden sie Rauch zuwinken.

„Auch wenn Will Orte beschreibt, das Aussehen von Dingen oder den Geschmack von Speisen, kommt er fast immer selbst im Satz vor, so als müsste er sich zwanghaft zu allem in Beziehung setzen."

„Nach dem, was Sie mir heute Nachmittag im Büro erklärt haben, würde das für die narzisstische Persönlichkeitsstörung sprechen. Für die nicht gewalttätige also."

„So klar lässt sich das nicht trennen. Eine starke Ichbezogenheit kommt bei fast allen Persönlichkeitsstörungen vor."

„Ist Ihnen sonst noch etwas aufgefallen?"

„Ja. Eine zweite Sache gibt es da noch. Wenn Will über andere Menschen schreibt, dann erwähnt er ihre Namen nur ganz am Anfang. Später verwendet er dann nur mehr Personalpronomen. Ich musste immer wieder zurückblättern, weil ich unterm Lesen vergessen hatte, von wem da jetzt die Rede ist. Ohne das jetzt überinterpretieren zu wollen, hat sich bei mir da doch das Gefühl eingeschlichen, Will versuche, diesen Menschen auf diese Weise ihre Identität zu rauben."

Rauchs Drink kam und sie schob Wills Notizhefte zur Seite. Dann hob sie ihr Glas.

„Ich habe es gerne unkompliziert. Wenn es Sie nicht stört, können wir uns duzen. Eva."

„Sebastian. Freut mich."

Sie stießen mit ihren blutroten Cocktails an.

„Entschuldige noch einmal den späten Anruf vorhin. Ich hoffe, ich habe dich nicht bei etwas Wichtigem gestört?"

„Ich war wie immer bei meinen Pflanzen", sagte Klenk und erzählte Rauch von einem Glashaus auf seinem Balkon.

„Ich züchte Jasmin. Das ist meine große Leidenschaft."

Rauch musste an die verwelkte Orchidee in ihrem Mistkübel denken.

„Ich kenne Jasmin nur als Tee im Chinarestaurant. Wie kommt man auf so eine exotische Pflanze?"

Klenk erzählte von einem Freund, der Botaniker war und ihn auf eine Reise mitgenommen hatte.

„Wir sind auf den Spuren eines österreichischen Naturforschers durch die südchinesische Bergwelt gewandert. Der Mann war ein seltsamer Kauz, der in den Zwanzigerjahren mit Faltbadewanne, Grammofon und Caruso-Schellacks unterwegs war. Und dabei wie ein Besessener Pflanzen gesammelt hat."

Klenk hatte eine angenehme Stimme und er konnte gut erzählen. Sattgrüne Reisfelder, tosende Wasserfälle und bizarre Karstformationen, ein greiser Schamane, der mit sonorer Stimme uralte, heilige Texte aufsagte, und abgelegene buddhistische Klöster, das alles tauchte nacheinander vor Rauchs geistigem Auge auf.

„Wir waren wochenlang in der Wildnis unterwegs, ohne Klo, ohne Dusche, und als ich einmal im Wald gehockt bin, um meine Notdurft zu verrichten, habe ich über mir eine Girlande von schneeweißen Blüten entdeckt, die in der Sonne glitzerten. Ich habe einen Ableger abgetrennt und das war dann mein erster Jasmin. Den habe ich übrigens noch immer."

Rauch erfuhr, dass Jasmin eine Kletterpflanze war, dass es nur drei Arten gab und dass sich diese nur durch die Größe ihrer Blüten, aber nicht durch ihre Farbe unterschieden.

„Jasminblüten sind immer weiß mit einem gelben Kelch. Mir hat diese Sturheit gefallen. Andere Pflanzen lassen sich gehen in der Evolution und bilden alle möglichen Farben aus. Der Jasmin nicht. Der weiß, was er will."

Da haben wir ja etwas gemeinsam, der Jasmin und ich, dachte Rauch, ein gutes Zeichen.

„Was ist mit dir?", fragte Klenk.

„Was meinst du?", fragte Rauch, die in ihren Gedanken gerade ein wenig abgeschweift war.

„Hast du Zimmerpflanzen?"

„Ja, immer wieder. Allerdings nie sehr lange."

Rauch erzählte Klenk von ihrem *Zimmerpflanzenschafott,* auf dem regelmäßig Orchideen, Lilien, Tulpen und Narzissen qualvoll verendeten, und Klenk versprach daraufhin, ihr bei der nächsten Pflanze ein wenig unter die Arme zu greifen.

Sie unterhielten sich angeregt, ohne auch nur einmal auf die Uhr zu sehen. Die einzige Unterbrechung war der Kellner, der ihnen in regelmäßigen Abständen frische Cocktails brachte. In den Redepausen sahen sie sich immer für kurze Momente stumm an. Rauch hatte aber keine Eile. Ausnahmsweise gefiel es ihr, dass sich die Dinge langsam entwickelten. Klenk schien es genauso zu gehen, und so verabschiedeten sie sich schließlich, als Rauch vor dem Lokal in ein Taxi stieg, mit einem komplizenhaften Lächeln.

Aus „Japan, glaube ich" (2000)

Kumiko war die erste Frau in meinem Leben, der ich völlig ergeben war. Dabei verband uns nicht mehr als eine Brieffreundschaft, von einer Beziehung im eigentlichen Sinn konnte also gar nicht die Rede sein. Natürlich gab es Andeutungen. Ohne dass ich sie danach gefragt hätte, schrieb sie mir einmal, dass sie weder verheiratet sei, noch einen Freund habe. Und ein anderes Mal schickte sie mir ein Foto von sich, das sie offenbar eigens in einem Fotostudio hatte machen lassen, hergerichtet wie ein Model. Zu dem Zeitpunkt bereitete ich schon alles für meinen Umzug nach Japan vor. Ich begann Japanisch zu lernen, mit Stäbchen zu essen und erfuhr von dem japanischen Kellner im Sushi-Restaurant, das ich jetzt regelmäßig besuchte, dass Kumiko *ewig schönes Kind* bedeutete. Ansonsten verbrachte ich den Großteil meiner Tage damit, ihr endlos lange Briefe zu schreiben. Sie schrieb mir zurück, ganz detailliert sogar, und so bekam ich einen ziemlich genauen Einblick in ihren Alltag. Ich hatte einen Stadtplan von Tokio an die Wand gehängt, auf dem ich ihre täglichen Wege verfolgte. Dort hatte ich mit Stecknadeln ihre Wohnung markiert, das Germanistik-Institut, den Vierundzwanzig-Stunden-Shop, in dem sie ihre Einkäufe machte, und die Restaurants, in denen sie regelmäßig aß. Ihr Weg in die Arbeit und ihre Joggingstrecke zogen sich als rote Linien über den Stadtplan. Japan war in Sachen Internet damals schon weiter als wir. So fand ich eine Website ihres Lieblingsrestaurants, sah mir dort die Fotogalerie an und druckte mir die japanische Speisekarte aus. Und schließlich entdeckte ich auch eine Website, die Live-Bilder von verschiedenen Tokioter Straßenkreuzungen lieferte. Ich suchte die Stellen auf dem Stadtplan und entdeckte, dass eine der Kreuzungen tatsächlich zwischen Kumikos Wohnung und der Universität lag. Eines Nachts um eins saß ich in meiner Portiersloge, den Geruch von gerösteten Haselnüssen und Kakao in der Nase, und versuchte wieder einmal in dem Tokioter Menschengewirr Kumiko zu entdecken. Es war nicht einfach. Die Technik war damals noch nicht so ausgereift und so ruckelten die Bilder und waren auch nicht sonderlich scharf. Dann jedoch fiel mir eine Frau auf, die einen deutlich erkennbaren Pagenkopf trug. Von dieser neuen Frisur hatte Kumiko mir gestern in einem E-Mail erzählt. Das musste sie sein. Sie trug einen beigen Mantel und eine hellblaue Hose. Ich hoffte, dass die Ampel auf Rot springen würde, sodass sie stehen bleiben und warten musste und ich länger Zeit hätte, sie zu beobachten. Es blieb aber grün und so war Kumiko nach wenigen Sekunden schon wieder von meinem Monitor verschwunden. Ich wechselte zum E-Mail-Programm und schrieb ihr, ich hätte sie gerade im Traum gesehen. In einem beigen Mantel und einer hellblauen Hose. Kumiko, die ja nicht wusste, dass ich sie beobachtet hatte, war von dem Moment an überzeugt, dass zwischen uns so etwas wie eine Seelenverwandtschaft bestand. Ich genoss diese neue Nähe zwischen uns und verriet ihr nicht, was es mit unserer Seelenverwandtschaft auf sich hatte. Dieses kleine Wunder ließ ich übrigens nur einmal geschehen. Wunder nützen sich ab und mit ihnen die Menschen, die sie wirken.

Damit kein falscher Eindruck entsteht: Ich war diesen kleinen Schwindel nur eingegangen, weil mir wirklich etwas lag an Kumiko. Ich hatte mich noch nie so intensiv auf eine Frau eingelassen wie auf diese Japanerin, die Tausende Kilometer von mir entfernt lebte. Und auch ihr schien viel an mir zu liegen. Sie erzählte mir akribisch alles, was sie unternahm, sodass ich an den Abenden häufig das Gefühl hatte, den Tag tatsächlich an ihrer Seite verbracht zu haben. Weil sie mir auch ihre Gedanken und Gefühle verriet, wusste ich wahrscheinlich mehr über sie, als wenn ich tatsächlich bei ihr gewesen wäre. Meine bisherigen Freundinnen hatten mir jedenfalls nicht einmal halb so viel erzählt über sich wie Kumiko.

Dann, ziemlich genau ein halbes Jahr nach dem Abendessen bei Beate und dem Beginn meiner Fernbeziehung mit Kumiko, verlor ich meine Arbeit. Der Posten des Nachtportiers wurde einfach eingespart. Statt mich weiterhin für meine Anwesenheit und mein Internetsurfen zu bezahlen, montierte das Unternehmen zusätzliche Kameras und beauftragte eine Sicherheitsfirma, das Gelände stichprobenartig zu überprüfen.

Ich bewarb mich daraufhin bei drei Stellen. Als Nachtportier in einem Pflegeheim, als Lieferant für einen Spielzeuggroßhandel und als Verkäufer in einem Zeitschriftenladen. Ich wartete zwei

Wochen, aber es kam keinerlei Antwort, nicht einmal eine Absage. Genau zu jener Zeit passierte es mir auch immer wieder, dass ich auf der Straße angerempelt wurde, dass mich der Ober im Kaffeehaus übersah oder dass ich mein Haustor im Dunkeln aufsperren musste, weil mich der Bewegungsmelder nicht wahrgenommen hatte. Ganz offensichtlich hatte die Welt beschlossen, dass es mich gar nicht gab. Die Einzige, die mich nicht ignorierte, war Kumiko. Was lag also näher, als endlich ernst zu machen und nach Japan zu gehen? Das Geld für den Flug und die ersten Wochen in Tokio konnte ich schon irgendwie zusammenkratzen. Blieb die nicht unbedeutende Frage, wie Kumiko reagieren würde, wenn ich ihr ankündigte, nach Japan zu kommen. Vielleicht reichte es ihr ja, mich als Brieffreund zu haben. Es konnte sogar sein, dass sie verheiratet und ich ihr kleines Abenteuer im ansonsten langweiligen Ehealltag war. Dementsprechend aufgeregt war ich, als ich ihr per E-Mail meinen Plan mitteilte. Ich rührte mich dann auch nicht weg von meinem Computer, bis siebenundvierzig Minuten später ihre Antwort kam. Eine ellenlange Antwort, an der sie die letzten siebenundvierzig Minuten geschrieben haben musste. Der erste Absatz war ein einziger, wenn auch japanisch verhaltener Jubel. Wäre ich nicht durch die zahllosen Briefe, die wir uns im vergangenen halben Jahr geschrieben hatten, mit der japanischen Art der Konversation vertraut gewesen, ich hätte ihre Antwort auch als eine freundliche Absage verstehen können. So wusste ich aber, dass dieses zur Schau gestellte Zögern zum guten Umgangston in Japan gehörte und sie sich ansonsten wohl wie ein Flittchen vorgekommen wäre. Im zweiten Absatz berichtete sie dann auch schon voller Euphorie, welche Umstellungen sie in der Wohnung plane, damit wir beide Platz hatten, und im dritten schrieb sie mir, dass ich am Institut Deutsche Konversation unterrichten könnte. Im vierten Absatz druckste sie etwas herum. Ihre Eltern wären sehr konservativ und auch an der Universität wäre es nicht gerne gesehen, dass unverheiratete Paare zusammenlebten. Es gäbe da aber die Möglichkeit einer ganz ungezwungenen Verlobungsfeier. Vor dem

Recht würde man damit keinerlei Verpflichtungen eingehen, das ganze Umfeld würde damit aber zufriedengestellt sein.

Ich buchte meinen Flug. Tokio. One Way.

Rauch saß in ihrem Büro und wartete darauf, dass das Telefon klingelte. Nach dem gestrigen Abend hatte sie damit gerechnet, dass Klenk sich spätestens nach dem Frühstück bei ihr melden würde. Der Anruf blieb aber aus. Und dann war es langsam an der Zeit, dass die ersten Hinweise auf Manuel Schall eintrudelten. Die Fahndung nach ihm war mittlerweile flächendeckend angelaufen und sein Bild nicht nur an alle Dienststellen österreichweit weitergeleitet, sondern auch in den Fernsehnachrichten gezeigt worden. Gewöhnlich gab es darauf eine Flut von Anrufen. Meist meldeten sich Wichtigtuer, die sich in Szene setzen wollten, Einsame, die eine Ansprache suchten, aber auch leidenschaftliche Kopfgeldjäger. Die kamen auf die Reviere, ließen sich die Fotos und die Personenbeschreibungen der Vermissten kopieren und machten sich dann damit auf die Suche. Das waren Besessene, die von früh bis spät die Stadt durchquerten und das Gesicht jedes entgegenkommenden Passanten mit dem Vermisstenbild verglichen. Nur leider ging mit den meisten von ihnen die Fantasie durch. Bei der kleinsten Übereinstimmung glaubten sie, den Gesuchten oder die Gesuchte vor sich zu haben, und riefen dann am nächsten Wachzimmer an. Gewöhnlich gab es also viel zu viele Hinweise. Dieses Mal lag die Sache jedoch anders und das machte sie ungewöhnlich. Es kam nämlich nicht ein einziger Hinweis zu Manuel Schall herein. Der junge Mann schien wie vom Erdboden verschluckt. Dabei wäre Rauch bereitwillig auch noch dem abstrusesten Hinweis nachgegangen, nur um nicht untätig zu sein. Und um nicht an Klenk zu denken. So aber saß sie in ihrem Büro und spielte zur Ablenkung auf den Tasten ihres Telefons schrille Melodien. Während eines Tremolos auf der Sieben und der Acht kam ihr dann eine Idee. Sie rief unten im Großraumbüro an und fragte, ob ein junger Kollege frei wäre.

„Am liebsten wäre es mir, wenn der Berger heraufkommen könnte."

Unter dem Polizeinachwuchs fanden sich ganz merkwürdige Gestalten. Die gaben in ihrem Lebenslauf unter Hobbys an, dass sie gerne Detektivgeschichten lasen, und erzählten im Vorstellungsgespräch irgendwelche Fälle nach. Aus denen würde hier nie etwas werden, aber für Eva Rauchs Zweck war so jemand bestens geeignet. Zehn Minuten später stand Arthur Berger vor ihr. Die Fingerkuppen seiner rechten Hand waren schwarz. Wahrscheinlich hatten ihn die Kollegen wieder den ganzen Vormittag über Akten kopieren lassen. Eva Rauch begrüßte ihn freundlich. Sie wollte ihm nicht zu spüren geben, dass er bei der Polizei völlig fehl am Platz war.

„Herr Berger, ich brauche Sie für eine Beschattung."

Die Augen des jungen Mannes leuchteten auf, weil ihn endlich jemand ernst zu nehmen schien, gleich darauf machte sich aber Unsicherheit in ihm breit.

„Wer ist noch mit im Team?"

„Sie sind allein."

Arthur Berger hatte sicher seit Monaten auf diesen Moment gewartet, nur um jetzt zu bemerken, dass ihn diese Aufgabe, ja allein die Idee daran, völlig überforderte. Rauch war sich deshalb auch ganz sicher, dass er die Sache zu ihrer Zufriedenheit erledigen würde. Sie reichte Arthur Berger ein Foto von Will und schrieb ihm dessen Adresse auf.

„Sie warten dort. Wenn er das Haus verlässt, folgen Sie ihm. Ich will wissen, wie er seinen Tag verbringt: welche Leute er trifft, was er zu Mittag isst, und wenn er sich eine Hose kaufen sollte, will ich wissen, welche Farbe die hat. Zu allem notieren Sie immer Ort und Uhrzeit. Heute Abend sehen wir uns wieder. Stichworte reichen mir, Rechtschreibfehler sind mir egal, Fettflecken auf dem Papier ebenso. Denken Sie immer daran, dass Sie keinen Schulaufsatz schreiben, sondern einen Verdächtigen observieren. Viel Erfolg."

Rauch sah auf die Uhr. Es war kurz nach zwölf. Zur Hölle mit dem Stolz, dachte sie und wählte Klenks Nummer. Als dieser abhob, flüsterte er und klang kurz angebunden, und so fragte Rauch nur, ob er mit ihr essen gehen wolle.

„Ich bin gerade außer Haus. Ein Verdächtiger, der bei der Festnahme psychisch auffällig geworden ist. Ich soll ein paar Tests durchführen. Ich bin schon den ganzen Vormittag hier. Deshalb habe ich mich noch nicht gemeldet. Ich muss jetzt auch aufhören. Aber heute Abend um sieben bei mir. Ich koche uns etwas und zeige dir mein Glashaus."

„Schön. Ich freue mich", sagte Rauch und hatte das Gefühl, heute Abend zu verreisen. In einen Flieger zu steigen und irgendwo anzukommen, wo sie noch nie war.

Sie ging hinunter in die Kantine. Das Essen sah ausnahmsweise richtig gut aus, das konnte aber auch an ihrer Stimmung liegen. Rauch entschied sich für Specklinsen mit Semmelknödeln und suchte sich einen freien Tisch. Dort breitete sie ihre Zeitung aus, damit niemand auf Idee kam, sich zu ihr zu setzen. Nach dem Essen drehte sie eine Runde um den Block und rauchte eine Zigarette. Am Vormittag hatte es noch genieselt, mittlerweile hatte der Himmel aufgeklart und war jetzt strahlend blau. In einer Lacke lag das Flugblatt eines Reisebüros, aus einem offen stehenden Fenster hörte sie jemanden singen und eine Krähe schnappte sich die Zigarettenkippe, die Rauch achtlos fortgeworfen hatte, und flog damit davon.

Aus „Japan, glaube ich" (2000)

Mein Flug ging am Nachmittag. Als sich die Maschine über Warschau befand, dämmerte es bereits, Moskau sah ich schon unter einem famosen Sternenhimmel. Obwohl ich müde war, hatte ich keine Lust zu schlafen. Mir kam dieser Flug wie der Aufbruch in ein neues Leben vor und den wollte ich feiern. Ich ließ mir von der Stewardess einen Gin Tonic nach dem anderen bringen, im Musikprogramm hatte ich den Kanal mit der japanischen Popmusik eingestellt und auf einem Blatt Papier versuchte ich, die Schriftzeichen von Kumikos Namen nachzuzeichnen. Zwischendurch sah ich hinunter auf die verschneite Taiga, die wie eine Silberfolie im Mondlicht lag. Mein Sitznachbar war um die fünfzig, trug Anzug und Krawatte und versuchte zu schlafen. Wahrscheinlich störte ihn mein Licht, jedenfalls bot er mir irgendwann eine Schlaftablette an. Ich nahm dankend an, schluckte die Tablette aber nicht, sondern steckte sie ein. Dann machte ich mir Gedanken darüber, wie die Begegnung mit Kumiko verlaufen würde. Ich hatte mir vorgenommen, auf die japanische Zurückhaltung Rücksicht zu nehmen und sie am Flughafen nicht zu umarmen. Stellte ich mir die Szene vor, war es aber ohnehin sie, die mir um den Hals fiel. Natürlich fragte ich mich auch, wie das mit dem ersten Kuss sein würde und wie lang es dauern würde, bis wir das erste Mal miteinander schliefen. So geduldig ich in Sachen Sex das ganze halbe Jahr über gewesen war, so sehr war mein Verlangen in den letzte Stunden gestiegen. Ich rechnete auch fix damit, dass wir auf dem schnellsten Weg in Kumikos Wohnung fahren und die nächsten vierundzwanzig Stunden im Bett verbringen würden.

Mein Flieger landete pünktlich um halb acht Uhr morgens. Ich hatte Kumiko meine Ankunftszeit und meine Flugnummer geschickt. Sie wollte sich so zum Ausgang stellen, dass sie die Erste wäre, die ich sehen würde, wenn sich die automatische Schiebetür öffnete.

Das erste Gesicht, das ich sah, war jedoch das eines etwa fünfzigjährigen Mannes mit einer riesigen Hornbrille. Ich ließ meinen Blick weiter über die dicht gedrängte Menschenmenge wandern, konnte Kumiko aber nirgends entdecken. Ich reckte meinen Kopf, grinste dümmlich in alle Richtungen für den Fall, dass sie mich schon erspäht hatte, da gab es aber niemanden, der Kumiko auch nur ansatzweise ähnlich sah. Als ich mir langsam einen Weg durch die Menschenmenge bahnte, spürte ich, wie mir schwindlig wurde. Die schlaflose Nacht und der Alkohol zeigten ihre Wirkung. Ich ging hinaus ins Freie und fand an einer Bushaltestelle eine leere Bank. Der Flughafen lag am Meer und ich roch die salzige Luft, während ich zwei Möwen beobachtete, die im Flug um einen Fisch rangelten. Ich holte mein Mobiltelefon aus der Tasche und schaltete es ein. Keine Nachricht von Kumiko. Als ich es bei ihr versuchte, kam ich nur auf die Mailbox. Ich hinterließ ihr eine Nachricht, sagte scherzhalber, dass ich den nächsten Flieger zurück nach Wien nehmen würde, falls sie nicht sofort auftauchen sollte, dann lachte ich und legte auf. Eine Stunde saß ich so da, dann beschloss ich, dass es keinen Sinn hatte, noch länger zu warten. Den Weg zu Kumikos Wohnung hatte ich mir in Wien zum Glück eingeprägt. Ich musste die Bahn nach Ueno nehmen und dort dann in die U-Bahn wechseln. Die Fahrt in die Stadt hinein war atemberaubend. Die Bahngleise zogen sich auf Stelzen durch ein riesiges Hafenbecken, auf der anderen Seite des Wassers glänzte die Tokioter Skyline aus Stahl und Glas silbern in der Sonne. Mit solchen Bildern eröffneten Hollywoodfilme, bevor die Kamera vorstieß in das Gewirr der Hochhausschluchten und dort irgendwo ihren Helden entdeckte. Ich fühlte mich auch beobachtet. Von der versteckten Kamera des Schicksals, das verhindert hatte, dass Kumiko rechtzeitig am Flughafen war, und jetzt dabei zusehen wollte, wie mich seine Macht aus der Bahn warf. Diese Freude würde ich ihm allerdings nicht machen. Ich war auch in keiner Weise beunruhigt, ja ich war mir sicher, dass es für all das eine ganz banale Erklärung gab und dass Kumiko und ich über diese kleine Panne heute am Abend herzhaft lachen würden.

Ich brauchte geschlagene zwei Stunden bis zu Kumikos Haustür. Als ich den Klingelknopf drückte, meldete sich niemand. Ich wartete eine halbe Stunde und läutete zwischendurch immer wieder mal an, aber ohne Erfolg. Ich hatte gedacht, alle möglichen Szenarien meiner Ankunft in Japan im Kopf durchgespielt zu haben. Ein Irrtum. Der Gedanke, dass sich Kumiko in Luft auflösen könnte, war mir nämlich nicht gekommen.

Das Telefon läutete. Wie Eva Rauch erwartet hatte, war es Will.

„Sagen Sie, lassen Sie mich beschatten?“

„Ja. Ich wollte wissen, wo Sie sind.“

„Sie hätten anrufen und mich fragen können?“

„Vielleicht hätten Sie mir nicht die Wahrheit gesagt.“

„Sie haben einen Anfänger geschickt. Sie wollten, dass ich es merke.“

„Und? Ist meine Rechnung aufgegangen? Sind Sie nervös geworden und legen jetzt ein Geständnis ab?“

Will lachte.

„Ich bin noch nicht so weit. Ich arbeite noch an der Formulierung. Von einem Schriftsteller erwartet man sich doch ein druckreifes Geständnis.“

„Na, dann will ich Sie nicht weiter von der Arbeit abhalten. Sagen Sie mir halt Bescheid, wenn Sie so weit sind, dann komme ich vorbei.“

„Wie wäre es heute Abend?“

„Heute Abend kann ich nicht. Da habe ich schon etwas vor.“

„Etwas, das wichtiger ist als mein Geständnis.“

„Ja.“

„Sie machen mich neugierig.“

„Damit müssen Sie jetzt wohl leben.“

Rauch legte zufrieden auf. Mit dieser Aktion hatte Will nicht gerechnet. Jetzt wusste er, dass er nicht als Einziger für Überraschungen gut war.

Am späten Nachmittag klopfte Arthur Berger an Rauchs Bürotür. Er hatte nicht einmal mitbekommen, dass Will ihn bemerkt hatte, denn er strahlte übers ganze Gesicht. Rauch bot ihm einen Platz an und nachdem er sich gesetzt hatte, zog er sein Notizbuch mit einer betont lässigen Geste aus der Innentasche seiner Jacke. Er berichtete, dass Will im Supermarkt war, und las dann von seiner Liste jedes einzelne Produkt ab, das Will dort gekauft hatte. Mit getragener Stimme, so als handle es sich dabei um die Zehn Gebote. Hinter manche Produkte, sah Rauch, hatte er ein rotes Rufzeichen gemalt.

„Will hat ein besonders scharfes Putzmittel gekauft, vielleicht um Blutspuren zu beseitigen, und einen Sechserträger Mineralwasser, wo ich mich frage, wozu ein alleinstehender Mann so große Mengen braucht. Für mich deutet das ganz klar darauf hin, dass der Mann den wahrscheinlich verletzten Vermissten gefangen hält."

Berger klappte seinen Block zu, so als hätte er soeben den Fall gelöst, und Rauch beschloss, ihm nicht zu erzählen, dass er bei der Beschattung aufgeflogen war. Stattdessen versprach sie, an der richtigen Stelle ein gutes Wort für ihn einzulegen.

„Zögern Sie bitte nicht, Frau Rauch, mich wieder für derartige Sonderaufgaben einzusetzen."

Rauch versprach es und genoss das Glück auf dem Gesicht des jungen Mannes, auch wenn es dort gar nichts verloren hatte.

Auf der Fahrt zu Klenk pfiff Rauch einen Ohrwurm nach, den sie schon mittags in der Kantine aufgeschnappt hatte. Die Vorfreude auf den gemeinsamen Abend, das Essen und das Glashaus mit dem Jasmin prickelte unter ihrer Haut wie Kohlensäurebläschen. Im Internet hatte sie außerdem gelesen, dass der Geruch von Jasmin eine aphrodisische Wirkung haben soll.

Klenks Wohnung befand sich im Dachgeschoß. Als sie aus dem Lift stieg, stand er in der Tür und lächelte. Kein überhebliches Lächeln, auch kein herausforderndes, Rauch hätte es nicht einmal verführerisch genannt. Klenk freute sich einfach, sie zu sehen.

„Schön, dass du Zeit hast."

„Danke für die spontane Einladung."

Er führte sie ins Wohnzimmer. Der Tisch war gedeckt. Es roch nach Meer.

„Ich hoffe, du magst Meeresfrüchte. Es gibt Paella."

„Viva l'España", sagte Rauch, „da habe ich ganz zufällig das Richtige dabei."

Sie zog eine Flasche Rioja aus ihrer Tasche und reichte sie Klenk.

„Die wollen wir doch gleich einmal aufmachen. Die Paella braucht ohnehin noch zwanzig Minuten."

Klenk ging in die Küche und Rauch sah, wie er neben dem Herd stehend in einem Kochbuch blätterte. Dann holte er den Flaschenöffner aus einer Schublade. Gleich darauf kam er mit dem offenen Rioja ins Wohnzimmer zurück.

„Willst du in der Zwischenzeit das Glashaus sehen?", fragte Klenk, während er einschenkte.

„Gerne."

Der Geruch im Glashaus war so intensiv, dass es Rauch kurz den Atem raubte.

„Du hast Glück", sagte Klenk, „durch den Temperaturanstieg in den letzten Tagen sind gerade besonders viele Blüten offen."

Der Jasmin rankte sich auf dünnen Bambusstangen kreuz und quer durch den Raum. Eine Pflanze stand auf einem eigenen Blumentischchen in einem blauweißen Porzellantopf mit chinesischen Drachenmotiven.

„Eine besonders seltene Art?"

„Nein, gar nicht. Das war mein erster Jasmin, der, mit dem alles begonnen hat."

„Als du damals im Wald …"

„Ja, genau der."

Rauch beugte sich hinunter zu der Pflanze.

„Der Duft ist extrem."

„Die Chinesen hängen sich im Sommer die aufgefädelten Blüten als eine Art Parfümersatz um den Hals. Als wir damals auf unserer Reise einen heiligen Berg bestiegen, haben uns die anderen Pilger immer wieder solche Jasminketten umgehängt. Wir hielten das für einen Willkommensgruß, später haben wir aber gehört, dass den Chinesen vor dem Schweißgeruch der Europäer ekelt."

Rauch musste schmunzeln. Da stand sie mit einem ihr bis gestern noch völlig fremden Mann über den Dächern von Wien in einem Glashaus, umringt von einem Meer von Jasminblüten, und hörte zu, wie er Anekdoten von heiligen chinesischen Bergen erzählte. Was hatte Will einmal gemeint? Seine Bücher sollten so spannend sein wie eine Speisekarte für einen Hungrigen. Genau das, fand Rauch, galt derzeit auch für ihr Leben. In dem Moment tippte Klenk auf das Zifferblatt seiner Uhr.

„Jetzt geht es los."

Er verschwand in der Küche und kam gleich darauf mit der dampfenden Paella ins Wohnzimmer zurück. Als er merkte, dass Rauch ihn von draußen beobachtete, streckte er den Daumen in die Höhe und deutete dann auf ihren Platz. Rauch kam das Fenster wie ein Fernsehbildschirm vor und die Szene im Wohnzimmer, der gedeckte Tisch und daneben Klenk, der gerade zwei Limetten über der Paella auspresste, wie eine französische Romantikkomödie. Im Kopf hörte sie einen verspielten Sechzigerjahre-Bossa-Nova und dann hatte sie mit einem Mal das Gefühl, sie müsste nur einen Augenblick warten und würde sich dann auftauchen sehen da drin, mit einem Strohhut auf dem Kopf, großen Sonnenbrillen und einem weißen Seidentuch um den Hals. In dem Moment winkte ihr Klenk und Rauch ging hinein.

Die Paella sah hervorragend aus. In dem safrangelben Reis lagen Tintenfische, Garnelen und Miesmuscheln. Und sie war perfekt gewürzt.

„Ich bin beeindruckt. Du kochst hervorragend."

„Danke, ich bin in der Küche aber eher ein fantasieloser Handwerker. Wenn ich mich nicht sklavisch ans Kochbuch halte, wird das Ganze nichts. Aber ich mag komplizierte Rezepte."

„Da gehört auch etwas dazu. Ich blättere immer weiter, wenn in einem Rezept mehr als eine Handvoll Zutaten aufgelistet sind."

Rauch verschwieg, dass sie eigentlich ausschließlich weiterblätterte in ihrem einzigen Kochbuch. Als Lesezeichen steckte darin das Flugblatt von einem Pizzaservice und wenn sie vorhatte zu kochen, endete das meist damit, dass sie dessen Nummer wählte. Beim Essen war sie Stoikerin und nahm, was kam. Sie konnte ein

Gourmet-Menü in vollen Zügen genießen, aber auch mit einer Pizzaschnitte ihr Auslangen finden. In anderen Belangen war sie wählerischer.

Klenk war aufgestanden und hatte eine CD aufgelegt. Sanfter Jazz schwebte durch den Raum und gab Rauch das angenehme Gefühl, eine Spur weniger sichtbar zu sein. So als würde die Musik ihre Schwächen überspielen und ihre Stärken betonen.

Sie beobachtete Klenk dabei, wie er mit seiner Gabel das orange Fleisch einer Miesmuschel aus der schwarzen Schale löste. Wieder fielen ihr seine feinen und geschickten Hände auf. Heute würde sie nicht nach Hause fahren.

Klenk schenkte ihnen Rotwein nach.

„Seit wann bist du bei der Polizei?“

„Ich habe die Aufnahmeprüfung ein paar Monate nach meiner Matura gemacht und dann Schritt für Schritt und Jahr für Jahr alle Stationen durchlaufen. Zuerst war ich auf einem Wachzimmer, habe Streifendienst geschoben und Autos aufgeschrieben, die bei Rot über die Ampel gefahren sind. Ab und zu habe ich eine betrunkene Rauferei geschlichtet oder einem dummen Jugendlichen auf die Finger geklopft, weil er eine CD hat mitgehen lassen. Ich habe aber schon immer gewusst, dass ich letztlich zur Kriminalpolizei will.“

„Warum?“

„Ich hatte nach der Matura eine Sinnkrise. Damals konnte ich mich monatelang zu nichts aufraffen und bin von morgens bis spätnachts nur vor dem Fernseher gesessen. Das Einzige, was mich abgelenkt hat von meinem Weltschmerz, waren die Nachrichten. Wenn Unfälle, Morde oder Raubüberfälle gemeldet wurden. Also habe ich mir gedacht, vielleicht brauche ich das ja als Aufgabe, und bin zur Polizei gegangen. Und als ich dann zur Kripo gewechselt bin, war ich zuerst am Morddezernat. So pervers das vielleicht klingen mag, aber damals war es der Tod der anderen, der mich quicklebendig gehalten hat.“

„Und wie ist es heute? Mittlerweile bist du ja nur noch für Vermisste zuständig.“

„Wahrscheinlich ist es ähnlich. Jetzt ist es eben das Verschwinden der anderen, das mich ganz da sein lässt."

Rauch hatte eigentlich keine große Lust, von früher oder von sich zu erzählen. Sie wollte hier sein, zwischen Klenk, Jasmin und Paella, und nicht in ihrer Erinnerung, die heute besonders schal roch. So wie ihr Kühlschrank, als sie ihn unlängst ausgeräumt hatte. In diesem Moment zerfaserte eine heisere Trompete eine gemächlich gestrickte Basslinie, so wie der Wind in den Kondensstreifen eines Flugzeugs fuhr, und sorgte für frische Luft in ihren Gedanken.

„Es gibt noch einen Nachtisch. Eine Mousse au Chocolat."

„Ein bisschen später", sagte Rauch.

Gerade wollte sie ihr Glas Rotwein nehmen und damit hinüber zur Couch gehen, als ihr Telefon klingelte.

„Frau Rauch? Revierinspektor Zeller hier. Entschuldigen Sie, dass ich so spät noch anrufe, aber Sie sind doch mit der Vermisstenfahndung Manuel Schall betraut. Wir haben gerade einen Mann aufgegriffen, der die Papiere von Schall in der Tasche hat. Die Personenbeschreibung von Schall passt aber nicht auf ihn. Ich habe mir gedacht, das könnte Sie interessieren."

Rauch ließ sich die Adresse der Wachstube geben und versprach, in einer Viertelstunde da zu sein. Dann schaute sie zu Klenk hinüber. Sie mussten beide schmunzeln, wie zwei Kinder, die in letzter Sekunde von einem Streich abgehalten worden waren.

„Soll ich die Mousse au Chocolat für Mitternacht kalt stellen?"

„Ich glaube, das verschieben wir besser. Ich habe keine Ahnung, wie lange das heute noch dauern wird."

„Hast du eigentlich schon einmal daran gedacht, zu kündigen und dir irgendeinen gemütlichen Job zu suchen, in dem man um fünf Uhr den Bleistift fallen lassen kann?"

„Bisher noch nicht. Das war gerade das erste Mal."

Das Wachzimmer lag beim Augarten, einer Parkanlage, die wegen ihrer ausgedehnten Liegewiesen beliebt war und bekannt wegen der zwei Flaktürme, die im Zweiten Weltkrieg dort errichtet worden waren. Vom Bürofenster des Revierinspektors aus war einer der beiden Türme zu sehen. Zeller war ein schwerer und schwer atmender Mann, der hoffentlich nicht mehr lange auf seine Pensionierung warten musste. Er hatte Rauch ganz offensichtlich nicht nur aus Diensteifer angerufen, sondern auch, weil er sich Arbeit ersparen wollte. Wenn der Verdächtige in ihren Zuständigkeitsbereich fiel, musste er keinen Bericht schreiben.

„Wir haben den Mann aufgegriffen, als er versucht hat, bei den Sängerknaben einzusteigen, die im östlichen Teil des Augartens ihre Schule haben. Es ist noch nicht klar, ob der Mann ein Perverser ist, oder ob er nur auf der Suche nach Wertgegenständen war. In seiner Tasche haben wir jedenfalls eine Geldbörse gefunden mit verschiedenen Ausweisen und Karten lautend auf einen Manuel Schall."

„Kann ich die Geldbörse sehen?"

Zeller zog eine Schublade seines Schreibtisches auf und reichte Rauch einen Beweismittelbeutel mit der Geldtasche aus schwarzem Kunststoff. Sie trug einen weißen Schriftzug, *FUCK THE SYSTEM*, und hing an einer schweren, silbernen Kette. Rauch öffnete den Klettverschluss, in dem weiße Flusen klebten, und ging die Fächer durch. Geld war keines da, abgesehen von ein paar Cent im Münzfach, dafür fand sie ein Foto aus einem Passbildautomaten, dass Schall gemeinsam mit *Sheriff* und *Desperado* zeigte. Außerdem steckten da übereinander eine Bankomatkarte, die Sozialversicherungskarte, eine Supermarktrechnung und eine Kinokarte. Rauch sah aufs Datum. Die Supermarktrechnung stammte aus der Zeit vor Schalls Verschwinden, die Kinokarte war aber nur wenige Tage alt. Schall musste also nach seinem Verschwinden noch die Muße gehabt haben, sich einen Film anzusehen. Dann entdeckte Rauch noch die Mitgliedskarte einer Supermarktkette und die Visitenkarte eines Geschäfts, das Rapper- und Skater-Mode führte.

„Hat der Mann gesagt, wie er zu der Börse gekommen ist?"

„Gefunden, behauptet er. In einem Gebüsch."

Rauch ließ den Mann aus der Zelle holen. Er war nicht alt, vielleicht Ende vierzig, soweit man das in seinem ungepflegten

Zustand beurteilen konnte. Die kurzen, schwarzen Haare standen ihm filzig und steif vom Kopf ab, er war unrasiert und seine rechte Wange schmutzverkrustet. Die linke hingegen war leicht gerötet. Wahrscheinlich hatte er sich beim Verhör einige Ohrfeigen eingefangen. Der Mann war gedrungen, aber kräftig und wirkte aggressiv. Keiner der apathischen Obdachlosen, die mit ihrem billigen Tetrapackwein oder Dosenbier auf Parkbänken herumlungerten.

„Sie heißen Adolf Specht."

„Wenn es so dasteht, wird es wohl stimmen."

Rauch ließ sich nicht provozieren

„Ihre Adresse?"

„Habe ich auch schon gesagt. Ohne feste Unterkunft."

„Warum?"

„Ich habe es nach dem Gefängnis nicht mehr geschafft, auf die Beine zu kommen."

„Warum sind Sie eingesessen?"

„Wegen Körperverletzung."

Rauch wandte sich an Zeller.

„Haben Sie das nachgeprüft?"

„Ja. Er hat einen Stricher halbtot geprügelt."

„Warum?"

„Er wollte mich übers Ohr hauen."

„Sie haben regelmäßig bezahlte Sexualkontakte?"

„Das geht Sie nichts an."

„Gut. Was Sie bei den Sängerknaben wollten, geht mich auch nichts an. Auch wenn ich Vermutungen habe, die das Strafausmaß gewaltig in die Höhe treiben würden. Dafür interessiert mich brennend, woher Sie die Geldbörse haben."

„Gefunden."

„Wer ist Manuel Schall?"

„Keine Ahnung. Woher soll ich das wissen?"

„Die Geldbörse gehört ihm."

„Ich kenne den Mann nicht. Die Geldbörse ist unter einem Gebüsch gelegen."

„Gut, gehen wir."

„Wohin?"

„Sie werden uns die Stelle zeigen, wo Sie die Geldbörse gefunden haben."

Rauch forderte ein Suchkommando und einen Mann der Spurensicherung an. Eine Stunde später streifte sie mit sechs Beamten durch den Park. Einer führte Arnold Specht, dessen Arme mit Handschellen auf den Rücken gefesselt waren. Die Lichtkegel der Taschenlampen schwenkten über die Kieswege unter den mächtigen Kastanien, über die Blumenbeete, die nach historischem Vorbild angelegt worden waren, und über die barocke Fassade der Porzellanmanufaktur. Specht zeigte zu einem Waldstück und die Gruppe verließ den Weg. Der Boden war, trotz des sonnigen Wetters untertags, aufgeweicht, offensichtlich hatten die Gärtner heute gegossen im Park. Nach wenigen Schritten spürte Rauch, wie ihre Schuhe schwer wurden vom Matsch. Sie waren noch nicht weit gegangen, als Specht auf ein Gebüsch deutete und Rauch daraufhin den Mann von der Spurensicherung vorschickte. Der fand im weichen Boden tatsächlich Abdrücke, die mit Spechts Schuhprofil übereinstimmten. Daneben entdeckte er aber auch noch andere Spuren.

„Schuhe, wie sie von Skatern oder Hip-Hoppern getragen werden. Die sind leicht zu erkennen. Wegen ihrer klobigen Form und dem flachen Profil."

„Größe?"

Der Mann holte einen Maßstab aus seinem Plastikkoffer und hielt ihn an einen der Abdrücke.

„Dreiundvierzig."

Laut Akt war das die Schuhgröße von Schall.

Der Mann leuchtete mit seiner schweren Taschenlampe den Boden rund um das Gebüsch ab.

„Sie sind tiefer als die anderen Spuren, und hier, sehen Sie, sind die Spuren verrutscht. Der Mann muss gerannt sein. Vielleicht ist er verfolgt worden."

Rauch drehte sich zu Arnold Specht.

„Was sagen Sie dazu?"

„Nichts. Ich bin ihm nicht nachgerannt. Das muss gewesen sein, bevor ich vorbeigekommen bin. Ich habe niemanden gesehen."

Rauch ließ die Beamten das Gelände absuchen. Die Spuren führten jedoch zum Kiesweg zurück und verloren sich dann. Andere Schuhabdrücke konnten sie nicht entdecken. Eine Stunde lang durchkämmten sie den Umkreis der Fundstelle. Dabei fanden sie noch ein T-Shirt und ein völlig aufgeweichtes Buch. Rauch zweifelte aber, dass die beiden Dinge dem jungen Schall gehörten. Das T-Shirt passte vom Stil her nicht und das Buch war ein philosophischer Lebensratgeber, den Schall zwar gebraucht, aber niemals gelesen hätte.

Es war schließlich zwei Uhr morgens, als Rauch ihre völlig verdreckten Schuhe vor ihrer Wohnungstür abstreifte und todmüde die Tür aufschloss. Sie wusch sich nur rasch Hände und Gesicht, zog sich aus und legte sich, weil sie ihr Nachthemd nicht finden konnte, nackt ins Bett. Dann schlief sie sofort ein, fiel jedoch in einen unruhigen Schlaf. Sie träumte von Klenk und all dem, was noch passiert wäre, wenn der Anruf den romantischen Abend nicht so abrupt unterbrochen hätte. Dann fuhr sie jedoch plötzlich hoch aus ihrem Schlaf, weil sie im Traum noch eine Gestalt wahrgenommen hatte. Ein Mann, der an der Wand in einem alten Lehnstuhl saß. Zuerst war er im Schatten gesessen und nicht zu erkennen gewesen, doch dann fiel ein Lichtstrahl auf ihn und Rauch erkannte Will. Er knetete langsam seine Unterlippe und beobachtete konzentriert, wie sich Rauch und Klenk liebten. Nicht wie ein geifernder Spanner aber, sondern so wie der Regisseur eines Films, der ganz genau aufpasst, ob die Szene auch glaubwürdig gespielt ist.

Rauch war so aufgewühlt, dass sie sich eine Zeit lang in ihrem Bett herumwälzte. Als sie nach einer halben Stunde noch immer nicht wieder eingeschlafen war, knipste sie das Nachttischlicht an und las weiter in Wills Buch.

Aus „Japan, glaube ich" (2000)

Ich fand ein Ryokan, gleich um die Ecke von Kumikos Wohnung. Ryokans sind Pensionen, meist von Familien geführt, die Räume sind traditionell nur mit Bambusmatten ausgelegt, Möbel gibt es keine, abends wird in der Mitte des Raumes zum Schlafen ein Futon ausgerollt.

Den Nachmittag verbrachte ich dösend. Da es Sonntag war und ich weder Telefonnummern noch Adressen von Kumikos Verwandten, ihren Eltern oder ihrem älteren Bruder besaß, blieb als einzige Möglichkeit, auf morgen zu warten und dann am Germanistik-Institut nach Kumiko zu fragen. Abends um sechs stand ich schließlich auf und ging hinaus auf die Straße. Ich wollte etwas essen, zuerst schaute ich aber bei Kumikos Haus vorbei und versuchte noch einmal mein Glück. Ich läutete, kurz zuerst, dann blieb ich eine geschlagene Minute auf der Klingel, später klingelte ich im Takt der *Kleinen Nachtmusik*, weil Kumiko mir einmal geschrieben hatte, dass sie Mozart liebte. Als ich so dastand und auf ein Wunder wartete, kam ein Mann aus dem Haus. Er war vielleicht Mitte, Ende fünfzig, unrasiert und eher hager. Er trug Sportschuhe, die Kappe einer japanischen Fluggesellschaft und roch nach Alkohol. Als ich ihn auf Englisch nach Kumiko fragte, winkte er ab, noch bevor ich ausgesprochen hatte. Seine Geste wirkte seltsam nervös. So als wollte er meine Worte, die er offensichtlich nicht verstand, wegwischen und ungeschehen machen. Kumiko hatte mir erzählt, dass Japaner nichts mehr fürchteten als Missverständnisse. Es war besser, keine Worte zu wechseln als die falschen. Jedenfalls ging der Mann mit gesenktem Blick und ohne noch etwas zu sagen an mir vorüber. Ich schaffte es im letzten Moment, einen Fuß in die zufallende Tür zu stellen und so ins Haus hineinzukommen. Mit dem Aufzug fuhr ich hinauf zu Kumikos Wohnung im zweiten Stock. Auch wenn ich mir nichts davon versprach, klopfte ich an. Kurz bildete ich mir ein, in der Wohnung ein Geräusch gehört zu haben, und legte mein Ohr an die Tür. Da war aber nur ein dumpfes Brummen, das wahrscheinlich vom Kühlschrank kam. Ich klopfte an den Nachbartüren, bei einer sah ich durch das Guckloch auch Licht, aufgemacht hat mir aber niemand.

Schließlich fuhr ich wieder hinunter und begann die Umgebung zu erkunden. Es war eine seltsame Gegend, in der Kumiko wohnte. Obwohl ich mich hier mitten in Tokio befand, waren die Häuser alle niedrig. Kaum dass eines, so wie ihr Wohnhaus, zwei Stockwerke besaß, die meisten waren überhaupt winzige Einfamilienhäuser mit nur einem Obergeschoß. Alles in allem kam man sich vor wie in einem Vorort und nicht wie im Zentrum einer Millionenmetropole.

Ich zog immer weitere Kreise um Kumikos Haus. An jeder Straßenecke, um die ich bog, hoffte ich, ihr in die Arme zu laufen. Als ich so dahinspazierte, fiel mir auf, dass die Häuser alle einzeln dastanden. Nicht ein einziges war unmittelbar an sein Nachbarhaus angebaut worden, immer klaffte ein Spalt dazwischen, der oft so eng war, dass sich nicht einmal ein Kind hätte durchzwängen können. Mir fiel ein, dass Kumiko einmal geschrieben hatte, wegen der zahlreichen Erdbeben in der Region sei es wichtig, dass die Häuser ausschwingen konnten. Deshalb der Abstand zwischen ihnen.

Trotz aller Vorsichtsmaßnahmen ist uns die Vergänglichkeit unserer Häuser bewusst. Wir bauen nicht für die Nachwelt, ja wir nehmen gar nicht an, dass unsere Häuser uns lange überleben. Im japanischen Shintoismus gibt es sogar ein Gebot, nach dem Tempel alle fünfundzwanzig Jahre abgerissen und an anderer Stelle wiederaufgebaut werden müssen. Ich weiß nicht, wo wir Japaner zu Hause sind, aber wahrscheinlich nicht in unseren Wohnungen.

Als Rauch am Morgen aufwachte, wusste sie nicht gleich, wo sie sich befand. Der Traum mit Klenk war ihr so real erschienen, dass sie jetzt schlaftrunken nach ihm tastete. Als ihre Hand ins Leere fuhr, fühlte sie sich zum ersten Mal fremd in ihrer eigenen Wohnung. Wenn sich Japaner immer so fühlten beim Aufwachen, war sie froh darüber, Abendländerin zu sein.

Als Rauch ihr Handy aufdrehte, um nach der Uhrzeit zu sehen, entdeckte sie ein verliebtes SMS von Klenk. Leider stand da auch, dass er heute auf ein Fortbildungsseminar müsse und erst in fünf Tagen wieder da sein würde. Wegen ihres plötzlichen Aufbruchs gestern hatte er gar keine Zeit gefunden, ihr von dem Seminar zu erzählen. Mittlerweile kam es Rauch schon so vor, als würde ein Fluch über ihr und Klenk lasten, der verhinderte, dass sie sich körperlich näherkamen. In einem Buch wäre so eine Verzögerung ein geeignetes Mittel gewesen, um Spannung aufzubauen und den Leser bei der Stange zu halten, in der Realität war so ein Aufschub allerdings mehr als verzichtbar.

Im Büro ließ Rauch die Ausweise und Karten Manuel Schalls überprüfen. Mit der Supermarktkarte waren nach Schalls Verschwinden gleich mehrere Einkäufe getätigt worden und immer waren es schnell konsumierbare Nahrungsmittel gewesen, die der junge Schall mitgenommen hatte. Wurstsemmeln, Chips und Kekse, Schokoriegel und Halbliterflaschen Cola und Eistee. Die Filialen, in denen Schall eingekauft hatte, waren über die ganze Stadt verteilt. Schall schien tatsächlich Angst davor zu haben, verfolgt zu werden, und blieb deshalb ständig in Bewegung.

Auch die Kontobewegungen Schalls sprachen eine deutliche Sprache. Innerhalb kürzester Zeit hatte er sechs Filialen abgeklappert und dort immer den möglichen Höchstbetrag abgehoben. Insgesamt fast dreitausend Euro, bis das Konto leer war. Offensichtlich wollte er untertauchen und keine weiteren Spuren hinterlassen.

Der nächste Hinweis, dem Rauch nachgehen wollte, war die Geschäftskarte dieses Hip-Hopper-Ladens. Sie packte Schalls Fotos in ihre Tasche und machte sich auf den Weg. Es war nicht weit und Rauch beschloss, den Wagen stehen zu lassen und zu Fuß zu gehen. Sie nahm einen kleinen Umweg in Kauf, um Ilse in ihrer Buchhandlung zu besuchen. Rauch war froh, unterwegs zu sein, das Gehen tat ihr gut, sie schaute in den Tag hinein und genoss es, wie ihre rotierenden Gedanken langsam zur Ruhe kamen. Als sie zu Ilses Laden kam, blieb sie am Schaufenster stehen und beobachtete ihre Freundin für einige Minuten. Der Laden wirkte wie ein Wohnzimmer, es gab zwei Fauteuils, ein Sofa und sogar eine Espressomaschine, und Ilse schien so selbstvergessen und zufrieden, als wäre es Sonntagnachmittag und sie bei sich zu Hause. Das Faktotum des Ladens war Ilses Mann Walter. Der war nach einem Schlaganfall in Frühpension geschickt worden und half seitdem aus. Sein rechter Arm war noch immer gelähmt und sein Sprachzentrum so in Mitleidenschaft gezogen, dass nur Ilse sein Stammeln verstand, er war aber ein unermüdlicher Leser und zog für jeden treffsicher das geeignete Buch aus dem Regal. Das drückte er dem Kunden dann wortlos in die Hand. Ilse war da anders. Sie kannte weit weniger Bücher, über diejenigen, die sie gelesen hatte, redete sie dafür endlos.

Rauch und Ilse verstanden sich grundsätzlich hervorragend, es gab nur ein Thema, bei dem sie nicht einer Meinung waren, und das waren Beziehungen. Ilse war überzeugt, dass Rauchs Abneigung gegen eine fixe Bindung eine Fluchtreaktion war. Eines Abends hatten sie eine hitzige Debatte darüber geführt, die fast in einen Streit ausgeartet wäre.

„Da muss es irgendetwas geben in deiner Vergangenheit, irgendeinen Schock oder eine schwere Enttäuschung, die du nie verwunden hast und wegen der du jetzt keinen Mann mehr an dich heranlässt“, hatte Ilse gemeint.

„Was auch immer mich davor bewahrt hat, eine Beziehung zu brauchen, um glücklich zu sein, danke schön. Danke dem Menschen, der mir das angetan hat, danke dem Schock und danke der Enttäuschung. Wenn die immer so angenehme Folgen haben, dann fehlen mir in meinem Leben die Schocks und Enttäuschungen.“

Rauch konnte sich nicht vorstellen, was sie mit einem Mann anstellen sollte, der blieb. Ihre Liebhaber sollten ihre Wohnung verlassen, so wie die Erregung ihren Körper verließ. Je zeitgleicher, desto besser. Lustlos neben einem Mann zu liegen, fand sie abstoßend, da blieb sie lieber allein mit ihrer Lust. Das war zumindest ihre Meinung bei jenem hitzigen Gespräch damals gewesen. In der Zwischenzeit hatte sie Will und Klenk kennengelernt, Männer, die kein oder zumindest ein weitaus längeres Ablaufdatum zu haben schienen.

Als Rauch den Laden betrat, begrüßte sie Walter mit einem freundlichen Winken. Er legte seinen gesunden linken Arm um ihre Schulter und küsste sie auf die Wange. Ilse saß konzentriert über irgendwelchen Unterlagen und hatte sie gar nicht bemerkt. Rauch deutete Walter, dass er seine Frau nicht unterbrechen solle, und ging hinüber zu den Regalen mit den Autoren von W bis Z. Sie hatte erwartet, auf eine ganze Reihe von Wills Romanen zu stoßen, fand aber kein einziges seiner Bücher.

„Saftladen!", sagte Rauch jetzt in Richtung Ilse.

Die schaute auf und lächelte.

„Verlassen Sie meinen Laden oder ich hänge Ihnen eine Anzeige wegen Besitzstörung an. Ich habe gute Verbindungen zur Polizei."

Ilse stand auf und kam herüber zu Rauch.

„Was passt meiner Lieblingskundin denn nicht?"

„Ich habe mich nur gewundert, dass du keinen einzigen Will im Regal stehen hast. Ist er gerade ausverkauft?"

„Nein. Ich führe keine Bücher von Herbert Will."

„Warum das?"

„Weil es mich abstößt, dass …"

Ilse schien nach Worten zu suchen, ohne aber fündig zu werden.

„Aber du hast doch gesagt, dass du alle Bücher von ihm gelesen hast?"

„Deshalb weiß ich auch so genau, wovor ich meine Kunden bewahren will. Seine Romane sind wie Drogen. Wenn du einmal begonnen hast, musst du das Buch auch zu Ende lesen. Aber mir ist jedes Mal, wenn ich fertig war, ein ganz übler Nachgeschmack geblieben. Ein guter Roman deckt gewöhnlich die unbekannten Seiten eines Menschen auf und wirft dadurch einen ganz neuen Blick auf die Welt. Das macht Will auch. Nur ist bei ihm die Welt, wie soll ich das sagen, ein Fass ohne Boden. Ja genau, das ist es. Bei

Will hat die Welt keinen doppelten Boden, sondern überhaupt keinen Boden. Dabei schleicht sich Will zu Beginn der Bücher immer ganz harmlos an. Man fällt als Leser nicht nur auf ihn herein, man fällt auch in ihn hinein. Als würde man von ihm und seiner Sicht der Dinge aufgesaugt. Jedenfalls habe ich beschlossen, meine Kunden vor dieser Erfahrung zu bewahren. Auch wenn mir dadurch einiges Geld durch die Lappen geht."

Ilse war eine starke Frau. Die Krankheit ihres Mannes steckte sie genauso weg wie die immer wiederkehrenden finanziellen Krisen ihrer Buchhandlung. Im Winter fuhr sie mit Walter immer für einen Monat nach Südindien, wo sie sich gemeinsam auf einer Ayurvedafarm verwöhnen ließen und Sonne tankten. Im Hochsommer verbrachten sie dafür jedes Jahr zwei Wochen in den schottischen Highlands, wo Ilse im Salon ihres Stammhotels vor dem flackernden Kamin ein Buch nach dem anderen las und durch die Panoramascheiben auf die verregneten und nebelverhangenen Berge hinaussah. Ihrem Bekunden nach waren die Highlands die schönste Landschaft der Welt, auch wenn sie noch nie länger als eine halbe Stunde durch sie gewandert war. Abgesehen von den zeitlupenhaften Yogaübungen hasste Ilse jegliche Form von körperlicher Bewegung. Wandern ist etwas für die Augen und nicht für die Beine, war eine ihrer oft wiederholten Lebensweisheiten.

„Sollen wir?"

Ilse hielt sich mit Zeige- und Mittelfinger eine imaginäre Zigarette an die Lippen.

„Wann, wenn nicht jetzt", sagte Rauch und kramte in der Handtasche nach ihrem Päckchen. Dann gingen die beiden Frauen vor den Eingang der Buchhandlung, um zu rauchen.

„Und, hast du heute Morgen brav deine Yogaübungen gemacht", fragte Ilse, während sie Rauch Feuer gab.

„Ich fürchte, ich habe wieder angefangen, die fürs Yoga reservierten Minuten fürs Rauchen zu nützen."

„In Sachen Willensstärke bin ich, wie du siehst, auch nicht das große Vorbild, aber das gelingt mir. Dass ich zuerst die zwanzig

Minuten Yoga mache und mir erst danach meine Frühstückszigarette anzünde."

„Zwanzig Minuten? Jeden Tag?"

„Okay, es sind zehn. Aber die dafür wirklich jeden Morgen. Danach sieht man die Welt mit anderen Augen."

„Dann sind Yogaübungen ja wie ein Will-Roman."

„Das genaue Gegenteil von einem Will-Roman. Yoga sorgt dafür, dass du festen Boden unter den Füßen hast. Yoga ist gut gegen Will."

Aus „Japan, glaube ich" (2000)

Um neun kam ich zurück auf mein Zimmer, aber obwohl ich todmüde war, gelang es mir bis Mitternacht nicht, einzuschlafen. Dann erinnerte ich mich zum Glück an die Schlaftablette, die mir mein Sitznachbar im Flugzeug zugesteckt hatte. Sie wirkte sofort. Diesmal fiel ich in einen traumlosen Tiefschlaf, aus dem ich acht Stunden später wunderbar erholt aufwachte.

Die Suche nach Kumiko kam mir, ausgeruht wie ich jetzt war, wie ein aufregendes Spiel vor. Zuerst wollte ich aufs Germanistik-Institut. Auf dem Weg zur Universität kam ich an der Kreuzung vorbei, an der ich Kumiko so viele Male ohne ihr Wissen beobachtet hatte. Ich suchte die Häuserfassaden nach der Kamera ab, die mir ihr Bild um die halbe Welt vermittelt hatte, und entdeckte sie schließlich unter der Leuchtreklame eines Spielsalons.

Am Germanistik-Institut wurde ich freundlich begrüßt. Kumiko hatte mich schon angekündigt und der Institutsleiter suchte tatsächlich dringend nach einem Lektor mit deutscher Muttersprache für den Konversationsunterricht. Was Kumiko betraf, wusste aber niemand etwas über ihren Verbleib. Sie hatte sich zwei Tage freigenommen, um mir die Stadt zu zeigen. Sie hatte Angst, dass ich sonst verloren ginge, erzählte mir eine ihrer Kolleginnen mit einem Lächeln hinter vorgehaltener Hand. Diese Frau Mizoguchi schien Kumiko näher zu kennen. Sie war Mitte fünfzig und trug ein Kleid, das so altmodisch aussah, dass es fast schon wieder neu sein konnte. Als ich ihr in allen Einzelheiten vom Verschwinden Kumikos erzählte, zeigte sie sich besorgt.

„Wissen Sie, Kumiko hat die ganzen letzten Tage nur von Ihnen gesprochen. Ich kann mir deshalb nicht vorstellen, was sie davon abgehalten haben könnte, Sie abzuholen. Außer natürlich, es ist etwas mit ihren Eltern passiert, aber das können wir gleich abklären."

Sie schien wirklich eine enge Freundin Kumikos zu sein, denn sie hatte die Telefonnummer der Eltern in ihrem Mobiltelefon gespeichert. Beide, Vater und Mutter, waren aber bei bester Gesundheit und hatten die letzten Tage nichts von ihrer Tochter gesehen oder gehört.

„Bis zu meiner nächsten Vorlesung habe ich noch drei Stunden Zeit. Wir sollten unbedingt zu Kumikos Wohnung gehen."

„Da war ich schon. Es hat niemand aufgemacht."

„Ich habe einen Zweitschlüssel. Vielleicht finden wir ja etwas, das uns weiterhilft."

Zwanzig Minuten später standen wir vor Kumikos Wohnung. Frau Mizoguchi zögerte kurz, bevor sie die Tür aufsperrte. Wahrscheinlich hatte sie Angst davor, eine schreckliche Entdeckung zu machen. Es war aber niemand da. Dafür war alles für meinen Besuch hergerichtet. Kumiko hatte sogar die Hälfte ihres Schranks leer geräumt, damit ich Platz für meine Sachen hatte. Außerdem stand auf dem niederen Tisch ein Blumenarrangement und daneben lag ein Geschenk mit meinem Namen. Alles sah aus, als wäre sie gerade zum Flughafen aufgebrochen, um mich abzuholen.

„Wollen Sie hierbleiben?", fragte mich Frau Mizoguchi, „ich kann mir nicht vorstellen, dass Kumiko irgendetwas dagegen hätte."

Rauch sah auf die Uhr. Es war eine gute Idee gewesen, sich ein wenig in die Sonne zu setzen und bei einem Espresso in Wills Buch weiterzulesen. Und – sie zählte die Kippen im Aschenbecher – währenddessen auch noch fünf Zigaretten zu rauchen.

Wahrscheinlich gehörte sie schon zu den Opfern Wills, denn sie hätte sich jetzt mit Sicherheit lieber weiter in seinem Buch aufgehalten als in einem Laden für Hiphop-Mode.

Das *Rolling Stoned* hatte als Emblem einen Skateboard fahrenden Riesenjoint. Die Puppe im Schaufenster trug eine viel zu große Baseballkappe und zeigte den Passanten den Stinkefinger. Im Laden lief ohrenbetäubend laute Rap-Musik. Als der Verkäufer Rauch sah, drehte er zwar die Musik leiser, blieb aber auf seinem Barhocker hinter der Kassa sitzen. Er war ganz in Schwarz gekleidet und extrem dünn, unter seiner Strickhaube hingen ihm einige Haarsträhnen ins Gesicht. Rauch versuchte es mit einem Bluff.

„Ich suche Manuel Schall. Ich habe gehört, dass er hier arbeitet."

„Hier gibt es keinen Schall."

„Seltsam, er hat mir nämlich diese Karte gegeben und gemeint, ich solle vorbeischauen, wenn ich *etwas* brauchen würde."

Rauch drückte dem Burschen die Karte in die Hand.

„Hier gibt es keinen Schall und *etwas* führen wir hier auch nicht."

„Da erzählt mir meine Nase aber eine ganz andere Geschichte."

Rauch nahm einen tiefen Atemzug und blies die Luft dann betont glückselig wieder aus.

„Ich könnte mich jetzt natürlich umschauen, ob ich nicht doch *etwas* in deinem Laden finde, ich nehme sogar an, dass die Auswahl ganz schön groß ist. Aber darum geht es mir gar nicht. Ich möchte nur ein paar Worte mit diesem Typen wechseln."

Rauch holte Schalls Fotos aus ihrer Tasche und legte sie aufgefächert vor den Burschen hin. Der sah sich die Bilder jetzt auch tatsächlich ganz genau an.

„Ich kenne ihn. Er war früher regelmäßig da und hat bei uns eingekauft. Gewand, CDs, alles Mögliche, jetzt habe ich ihn aber schon lange nicht mehr gesehen."

„Wann war er zum letzten Mal hier?"

„Das kann ich nicht genau sagen. Das ist sicher Monate her."

„In den letzten, sagen wir, zehn Tagen hast du ihn nicht gesehen?"

„Nein, bestimmt nicht."

„Gibt es außer dir sonst noch jemanden hier im Laden, den wir fragen könnten?"

Der Bursche drehte sich zu einer Tür im hinteren Teil des Ladens.

„Snatch, kommst du mal, aber gesund."

Nicht unbedingt ein unauffälliger Hinweis, dass er seinen Joint ausdämpfen soll, dachte Rauch. Tatsächlich kam Snatch mit leeren Händen, aber roten Augen nach vorn, seine Finger waren ölig.

„Wir haben hinten die Werkstatt, in der wir Skateboards reparieren", erklärte der Bursche hinter der Kassa, während Snatch seine Finger in einen schmutzigen Lappen wischte.

„Was gibt's?"

„Hast du den Typen da in den letzten Tagen gesehen?"

Er zeigte zur Theke hin und Snatch beugte sich über die Bilder.

„Ah, Manuel. Der war schon eine Ewigkeit nicht mehr hier."

„Du kennst ihn näher?"

„Ist ein guter Kunde. Wir haben auch immer wieder mal geplaudert, wenn er hier war. Ja, und im *Bronx* werde ich ihm auch das eine oder andere Mal über den Weg gelaufen sein."

„Auch in den letzten Tagen einmal?"

„Nein, das ist alles schon eine ganze Weile her. Sorry!"

Rauch hatte nicht das Gefühl, dass die beiden sic anlogen. Sie sammelte die Fotos von Schall wieder ein und ging.

Mittlerweile war es später Nachmittag geworden und Rauch beschloss, auch gleich noch beim Kino vorbeizuschauen. Die Eintrittskarte aus Schalls Geldbörse stammte, was ihr gleich aufgefallen war, nicht von einem der großen Multiplexe, sondern von einem kleinen Programmkino. Dort gab es keine Hollywood-Blockbuster, sondern ausschließlich europäisches Arthouse-Kino. In solche Filme war Schall wahrscheinlich regelmäßig von Will geschleppt worden. Wenn Schall aber vor Will davongelaufen war, weil ihm der mit seinem Umerziehungsprogramm auf die Nerven gegangen war, warum setzte er sich dann freiwillig in einen solchen Film?

Das Kino war winzig, das Foyer nicht viel größer als ein Wohnzimmer. Es war aber gemütlich eingerichtet, mit Kaffeehaustischen, einer Sitzbank aus rotem Kunstleder und einem Bücherregal. Und noch etwas fiel Rauch auf: Es roch nach hervorragendem Kaffee. Die alte Espressomaschine lief gerade, und hinter dem winzigen Buffet, das gleichzeitig als Kartenkassa diente, entdeckte sie jetzt auch die Kinobetreiberin, eine blasse Frau Mitte vierzig mit schwarzer Hornbrille, kurzen grau melierten Haaren und burgunderrotem Lippenstift. Sonst war niemand zu sehen.

„So einen hätte ich auch gern", sagte Rauch und zeigte auf die kleine Tasse, in die gerade schwarzölig der Espresso träufelte.

„Auch schwarz?"

„Ja. Ohne Milch und ohne Zucker. Und eine Auskunft bräuchte ich auch."

Rauch zeigte ihre Dienstmarke und legte dann die Fotos von Schall auf die Theke.

„Dieser junge Mann war vor wenigen Tagen hier."

Rauch holte jetzt auch die Kinokarte aus ihrer Tasche und reichte sie der Frau.

„Können Sie sich an ihn erinnern?"

Die Frau warf einen Blick auf Karte und Fotos.

„Kann ich nicht mit Sicherheit sagen. Zu meinen Stammkunden gehört er jedenfalls nicht."

Rauch ärgerte sich. Bei der Handvoll Menschen, die hierherkamen, musste es ein Leichtes sein, sich jemanden zu merken. Vor allem, wenn er so gar nicht zur üblichen Klientel passte. Die Frau schien allerdings kein leutseliger Mensch zu sein. Die sah niemandem ins Gesicht, wenn sie nicht musste.

„Und welcher Film wurde an dem Abend gespielt?"

Die Frau sah zuerst auf die Karte, dann auf einen Spielplan, der hinter ihr an der Wand hing.

„Dienstag, neunzehn Uhr. Da habe ich *Ein Essen bei Bergson* gezeigt."

„Worum geht es in dem Film?"

„Das ist ein französisches Drama. Eine Gruppe von sterbenskranken Intellektuellen trifft sich regelmäßig zum Abendessen. Sie versuchen, sich abgeklärt mit ihrem nahen Tod auseinanderzusetzen. Dann erleidet mitten während der Mahlzeit einer von ihnen einen Herzinfarkt und stirbt, und die Männer bleiben sitzen und reden weiter und sind stolz auf sich, weil sie diese innere Ruhe erreicht haben. Es ist ein philosophischer Film und die ganzen neunzig Minuten wird, abgesehen davon, dass der eine umkippt, nur am Tisch gesessen und geredet."

Definitiv *der* Wunschfilm von Manuel Schall, dachte Rauch.

„Gibt es eine Möglichkeit herauszufinden, ob der Mann allein im Kino war?"

„Lassen Sie mich noch einmal sehen."

Die Frau las die Kartennummer ab und sah dann auf ihren Computerbildschirm.

„In der Vorstellung sind insgesamt fünf Personen gewesen. Zwei in der zweiten Reihe, zwei in der vierten und ganz hinten ist dieser Bursche gesessen, allerdings allein."

Wie es schien, hatte Schall dieses Kino gewählt, um sich zu verstecken. Weil ihn hier, wer auch immer ihn suchte, keiner vermuten würde.

Aus „Japan, glaube ich" (2000)

Am nächsten Morgen begann ich mich in Kumikos Wohnung einzurichten. Viel Platz gab es ohnehin nicht. Einen Vorraum, eine Wohnküche mit einem Esstisch und ein Schlafzimmer mit dem Kasten, der halb leer stand und in den ich den Inhalt meines Koffers einsortierte. Dann begann ich Kumikos Sachen zu durchsuchen. Zuerst hatte ich Skrupel, letztendlich schien mir das aber das einzig Vernünftige zu sein. Sie war jetzt seit achtundvierzig Stunden verschwunden und ich musste nach Hinweisen Ausschau halten, was mit ihr passiert sein könnte. In einer Lade fand ich ihre Tagebücher. Sie waren wunderschön, aus handgeschöpftem Papier mit Fadenbindung, und ganz eng und sorgfältig beschrieben. Allerdings waren sie, abgesehen von einzelnen deutschen Wörtern, auf Japanisch. Ansonsten entdeckte ich keine Hinweise über ihren Verbleib. Ich fragte die anderen Hausbewohner nach Kumiko und alle reagierten sie mit exakt derselben Geste. Als wäre ich ein böser Geist, hoben sie eine Hand wie zum Schutz bis auf Augenhöhe und winkten dann wortlos ab.

Danach klapperte ich mit Kumikos Foto in der Hand die nähere Umgebung ab. Ich begann bei dem 7-Eleven, in dem sie gewöhnlich ihre Einkäufe erledigte. In ihren Briefen hatte Kumiko die Kassiererin recht treffend beschrieben. *Ihr Gesicht ist so dick, dass ihre Brille nicht mit dem Bügel auf der Nase, sondern mit den unteren Brillenrändern direkt auf ihren Pausbacken aufliegt.* Als ich der Frau Kumikos Foto zeigte, ging sie zu einem Wandkalender, der hinter der Kassa hing, und blätterte drei Tage zurück, zum Tag vor meiner Ankunft also.

„This Day. Evening. The Lady here."

Anschließend suchte sie eine Ewigkeit nach einem Wort, rieb sich, während sie nachdachte, die Schläfen, bis ihre Augen plötzlich aufleuchteten.

„Chicken."

Ich hatte in Kumikos Kühlschrank ein Hühnchen gefunden, das sie wahrscheinlich für mein Willkommensessen gekauft hatte. Ich bedankte mich für die Auskunft und die Verkäuferin setzte ein zufriedenes Grinsen auf. Kumiko hatte in ihren Briefen auch von dem Regal mit den Süßigkeiten gleich neben der Kassa geschrieben, an dem sie nie vorbeigehen konnte, ohne einen bestimmten Schokoriegel zu kaufen. Obwohl ich eigentlich keine Schokoriegel mochte, nahm ich einen mit. Der Riegel kam mir vor wie eine unsichtbare Verbindung zu Kumiko. Ich weiß nicht, was ich mir davon erhoffte. Vielleicht, dass ich eine Eingebung haben würde, sobald ich in den Riegel biss. Jedenfalls zeigte das, wie verzweifelt ich mittlerweile war.

Zurück auf der Straße, erinnerte ich mich, dass es zweimal ums Eck vom 7-Eleven ein kleines Nudelrestaurant geben musste, in dem Kumiko regelmäßig zu Abend aß. Ich fand das Lokal auf Anhieb, setzte mich hinein und bestellte die dicken Udon-Nudeln mit Meeresfrüchten, von denen sie in ihren Briefen immer geschwärmt hatte. Einer der Angestellten sprach tatsächlich ein paar Brocken Englisch. Auch er konnte sich an Kumiko erinnern. Er hatte sie ebenfalls am Vorabend meiner Ankunft zum letzten Mal gesehen. Es musste nach dem Einkauf im 7-Eleven gewesen sein, denn der Mann konnte sich erinnern, dass Kumiko mit zwei Plastiktragetaschen ins Lokal gekommen war. Mehr fiel ihm aber nicht ein.

Rauch fragte sich, woher Will die Idee zu dem Buch genommen hatte. Gab es da einen konkreten Bezug zu Japan oder hatte er seiner Fantasie freien Lauf gelassen? Inspiriert von dem einen oder anderen Porno aus dem Land der aufgehenden Sonne. Das würde allerdings Wills herkömmlicher Arbeitsweise widersprechen. Rauch ging hinüber zu der Schachtel mit den Notizbüchern. Sie suchte nach Aufzeichnungen aus der Zeit, in der Will an *Japan, glaube ich* gearbeitet haben musste.

Tagebucheintrag 27.10.1998

Langsam verzweifle ich, weil ich immer noch nicht weiß, über wen ich mein neues Buch schreiben soll. Heute Vormittag hat mich ein Anruf aus meiner Grübelei gerissen. Der Verlag war dran, irgendein junger Mitarbeiter, der mir namentlich kein Begriff war. Er teilte mir mit, dass ihn ein Herr Murobushi, der anscheinend mein japanischer Übersetzer ist, wegen mehrerer Fragen per E-Mail kontaktiert habe. Ob ich wohl so freundlich wäre, meinte der Mitarbeiter, mich bei ihm zu melden. Herr Murobushi habe auch eine Telefonnummer hinterlassen, falls es mir lieber wäre, die Fragen im direkten Gespräch zu klären.

Ich hatte überhaupt keine Lust, mich mit einem verstaubten japanischen Germanistikprofessor über irgendwelche Grammatikprobleme zu unterhalten, andererseits gab mir das einen Vorwand, nicht über mein neues Buch nachdenken zu müssen. Ich sagte also zu und setzte mich gleich ans Telefon. Der Mitarbeiter hatte gemeint, dass es nach Japan acht Stunden Zeitverschiebung gäbe, dort musste es demnach schon auf den Abend zugehen.

Die Verbindung kam sofort zustande, nur hatte ich eine Frau am Apparat. Ich fragte nach Herrn Murobushi und sie sagte, dass sie Frau Murobushi sei und es unter dieser Nummer keinen Herrn Murobushi gebe. Sie war tatsächlich meine Übersetzerin, der Praktikant im Verlag hatte wohl angenommen, dass es sich bei Kumiko um einen männlichen Vornamen handelte. So war der Herr Murobushi zustande gekommen, aus dem meine Vorstellung dann einen verstaubten Professor gemacht hatte.

„Sollen wir gleich anfangen?“, fragte sie.

„Womit?“

„Mit den Fragen zur Übersetzung, meine ich. Sie werden nicht viel Zeit haben.“

Sie stellte ihre erste Frage, aber ich verstand nicht, was sie meinte. Vielleicht drückte sie sich umständlich aus, vielleicht war ich aber auch abgelenkt von ihrer Stimme und ihrem seltsamen Akzent. Irgendetwas faszinierte mich an dieser Frau und das hatte mit Sicherheit auch damit zu tun, dass ich ihr Gesicht nicht sehen konnte. Und dann wusste ich auf einmal, dass sich mein neues Buch um diese Kumiko Murobushi drehen musste. Diese Überzeugung kam von einem Moment auf den anderen und ohne auch nur die Spur eines Zweifels. Deshalb fasste ich einen spontanen Plan. Ich erzählte ihr, dass ich in einer Woche zufällig nach Japan fliegen würde, und fragte sie, ob es ihr recht wäre, mich dann zu treffen, um die Übersetzung in Ruhe durchzugehen. Sie klang, als freute sie sich darüber, mich kennenzulernen, und so ging ich gleich nach dem Telefonat los und buchte einen Flug nach Tokio. Die Kosten soll Simon Eisner tragen. Dass mein neues Buch in Japan spielt, gefällt ihm bestimmt. Exotische Schauplätze verkaufen sich doch immer gut.

Rauch wählte Simon Eisners Mobilnummer.

„Entschuldigen Sie die Störung, Herr Eisner. Ich lese gerade in Wills *Japan, glaube ich*. Laut seinen Notizbüchern hat es für die Kumiko aus dem Roman ein reales Vorbild gegeben. Wissen Sie da etwas Näheres darüber?"

Eisner zögerte nur kurz, bevor er antwortete, allerdings sprach er sehr langsam, so als würde er seine Worte sehr sorgfältig abwägen.

„Ich kann mich erinnern. Das war eine merkwürdige Geschichte. Nach dem Erfolg mit seinem Erstling *Herbst und Nacht* hat Will ziemlich lange herumgegrübelt, was er als Nächstes schreiben könnte. Mir war es wichtig, ihm die Nervosität und Anspannung zu nehmen. Nichts ist schlimmer als ein erfolgreicher Debütant, der verkrampft über seinem zweiten Buch sitzt. Da ist noch nie etwas Vernünftiges dabei herausgekommen. ‚Setz dich hin, schreib etwas Leichtes und Flockiges. Das muss ja kein Wälzer werden, hundertfünfzig, zweihundert Seiten sind genug. Drunter ist schlecht. Da können wir nicht den gewöhnlichen Verkaufspreis für ein Hardcover verlangen.' So etwas in der Art habe ich ihm damals wahrscheinlich geraten."

„Und dann?"

„Dann kam eines Tages die Anfrage seiner japanischen Übersetzerin. Es gab ein paar Stellen, die ihr unklar waren. Wir stellten den Kontakt zu Will her und waren uns sicher, dass sie diese Fragen in zwei, drei Telefonaten würden klären können. Danach hörte ich einige Tage nichts mehr von Will. Vielleicht eine Woche später hat er mich wieder angerufen. Weil die Verbindung schlecht war, fragte ich ihn spaßhalber, ob er in China sei. ‚Nein, bei meiner Übersetzerin in Japan', sagte er. Ich wollte wissen, was er dort mache, und er fragte mich im Gegenzug, ob ich glaube, dass Japan als Hintergrund für seinen neuen Roman gut ankommen würde. Ihm schwebe eine spannende Geschichte vor, eine Art magischer Thriller, und es gäbe einen Ich-Erzähler, dem er viel von sich geben wollte. Ich war begeistert von der Idee. Das Publikum wünscht sich doch nichts mehr, als einen neuen Autor näher kennenzulernen. Ein Ich-

Erzähler kommt da immer gut an. Und wenn das Ganze noch dazu das Flair des Geheimnisvollen hat, kann eigentlich nichts mehr schiefgehen. ‚Du musst aber wirklich viel Persönliches von dir reinpacken. Der Leser muss dich spüren. Selbst wenn du die Landschaft oder einen Tempel oder ein Sushi-Lokal schilderst, musst *du* in jeder Zeile spürbar sein. Japan ist nur deine Bühne, der Hauptdarsteller bist du. Versuch ein paar abgefahrene Sachen zu erleben!‘ Und dann habe ich ihm einen Haufen Geld überwiesen, damit er sich die abgefahrenen Sachen auch leisten konnte.“

„Kennen Sie diese Frau Murobushi, Herr Eisner?“

„Nein, ich weiß nur, dass damals, als Will in Japan war, irgendetwas vorgefallen sein muss. Er verbrachte mehrere Monate dort und dürfte bei Frau Murobushi gewohnt haben. Ich nehme an, die beiden hatten eine Affäre, aber darüber hat er mir nie Näheres erzählt. Jedenfalls hat Frau Murobushi nach Wills Aufenthalt in Japan kein weiteres seiner Bücher mehr ins Japanische übersetzt. Obwohl sämtliche Romane von ihm in Japan herausgekommen sind.“

„Wissen Sie, ob sie verschwunden ist?“

„Keine Ahnung. Aber warten Sie. Ich sitze gerade am Computer. Da müsste die Nummer von Frau Murobushi noch irgendwo gespeichert sein.“

Rauch notierte sich die Nummer und verabschiedete sich von Eisner. Wenn es nach Japan acht Stunden Zeitverschiebung gab, dann war es dort jetzt drei Uhr früh. Mit ihrem Anruf bei Frau Murobushi musste sie also wohl oder übel bis morgen warten.

Aus „Japan, glaube ich“ (2000)

Nach dem Mittagessen im Nudelrestaurant setzte ich meine Suche fort. Ich hatte eine Liste zusammengestellt mit all den Orten, die Kumiko regelmäßig aufsuchte. Weil ich den Jetlag wieder zu spüren begann und mich nach ein wenig Ruhe sehnte, beschloss ich, als Erstes zu einem Tempel zu fahren, in dessen Garten

Kumiko gerne ihre freien Tage verbrachte. Dort sollte es blühende Azaleen und Wisterien geben und die steingepflasterten Wege waren von gut zwei Dutzend hintereinander aufgestellter und purpurrot lackierter Holztore gesäumt. An einem kleinen Zierteich stand laut Kumikos Erzählung eine Bank, auf der sie oft stundenlang las.

Der Tempel lag versteckt in einem Altstadt-Viertel und ich ging mehrmals an dem unscheinbaren Tor vorbei, bis mir schließlich jemand einen Hinweis gab. Die Gartenarchitektur beeindruckte mich. Ich hatte schon früher Fotos von japanischen Landschaftsgärten gesehen und war immer fasziniert gewesen. Aber das war nichts gegen das Gefühl, das sich einstellte, als ich jetzt tatsächlich in so einer Anlage stand. Jeder Stein schien auf den Millimeter genau am richtigen Fleck zu liegen und die genau richtige Größe zu haben. Die Pflanzen schienen ihr Grün genau auf das Grau der Steine abgestimmt zu haben und die künstliche Wasserfläche lag mit einer altertümlichen Ruhe da, so als wäre sie der Ur-Ozean.

Wenn ich mir im Vergleich dazu den Garten Eden vorstellte, dann gab es dort nicht diese Vollkommenheit. Dort mochte zwar Friede herrschen, sonst aber war das ein wilder Urwald, angelegt ohne jegliches ästhetische Gespür. Der Gott des Abendlandes schien mit Schönheit nicht viel am Hut zu haben. Eine Anlage wie diese zu schaffen, dazu wäre er nicht in der Lage gewesen. Hier herrschte eine Perfektion, die mir aber nicht nur die größte Bewunderung abverlangte, sondern nach und nach auch ein Unbehagen hervorrief. Diese Perfektion, schien mir nämlich, wandte sich gegen mich, weil sie mir meine Unzulänglichkeit vor Augen hielt. Sie gab mir das Gefühl zu stören und diesen Ort mit meiner Anwesenheit zu besudeln.

Ich fragte mich, wer imstande war, eine solche Vollkommenheit zu schaffen. Dieser Mensch musste sich in einem Ausnahmezustand befunden haben. Für die Zeit der Schöpfung dieser Anlage musste er über sich hinausgewachsen sein und sein Menschsein hinter sich gelassen haben. Mich wunderte es nicht, dass der Erschaffer dieses Gartens unbekannt war. Wer so etwas zustande brachte, konnte keine Identität besitzen.

Beim Streifen durch den Garten fand ich Kumikos Bank am Ufer des kleinen Teichs und beobachtete von dort aus die Goldfische, wie sie mit ihren dicken Lippen Insekten von der Wasseroberfläche saugten. Als ich so dasaß, fiel mir ein, dass Kumiko einmal von einem Priester oder Mönch erzählt hatte, der sich um den Tempel kümmerte, ein geheimnisvoller Mann, der von sich behauptete, seinen wirklichen Namen vergessen zu haben. Jahrzehntelang soll er als Wandermönch in abgelegenen Bergregionen Nordjapans gelebt und sich dort mit Magie beschäftigt haben. Er soll Kumiko auch vorhergesagt haben, dass ein Mann aus einem fernen Land in ihr Leben treten würde, und zwar nur wenige Tage, bevor ich ihr zum ersten Mal schrieb. Damals, als Kumiko mir diese Geschichte erzählte, hatte ich ihr keinerlei Bedeutung beigemessen, jetzt aber hatte ich das Gefühl, dass dieser Mönch der einzige Mensch war, der mir bei der Suche nach Kumiko weiterhelfen konnte.

Am nächsten Morgen wusch sich Rauch nach dem Aufwachen nur kurz das Gesicht mit kaltem Wasser und setzte sich dann mit ihrem Telefon an den Tisch in ihrer Küche. Sie wählte die Nummer mit der japanischen Vorwahl. Nach dreimaligem Klingeln meldete sich eine Stimme auf Japanisch.

„Frau Murobushi? Mein Name ist Rauch, Eva Rauch. Ich rufe aus Wien an. Ich bin bei der Kriminalpolizei und hätte ein paar Fragen an Sie?“

Am anderen Ende der Leitung blieb es still. Rauch glaubte schon, dass die Frau aufgelegt hatte oder die Leitung unterbrochen worden war, dann hörte sie jedoch einen tiefen Atemzug.

„Ich weiß nicht, wie ich Ihnen weiterhelfen kann.“

„Es geht um Herbert Will. Sie kennen ihn.“

Wieder entstand eine lange Pause, bevor die Frau antwortete.

„Ich habe eines seiner Bücher übersetzt.“

„Er hat Sie in Japan besucht."

„Das ist mehr als zehn Jahre her. Seitdem hatte ich keinen Kontakt mehr zu Herbert Will. Ich kann Ihnen wirklich nicht weiterhelfen."

„Ein junger Mann ist verschwunden. Er hat bei Will gelebt und gehörte zu seinem neuen Romanprojekt. Sie waren auch Vorbild für eine von Wills Romanfiguren. Mich interessiert, ob es da Parallelen gibt."

„Was wollen Sie wissen?"

„In welchem Verhältnis standen Sie zu Will?"

„Eigentlich hatte ich damals nur einige Fragen zur Übersetzung, die ich telefonisch klären wollte, aber dann ist er plötzlich nach Tokio gekommen."

„Und wie ist die Sache weitergegangen?"

„Anfangs wollte er nur wenige Tage bleiben, es sind dann aber mehrere Monate geworden."

„In denen Sie gemeinsam an der Übersetzung gearbeitet haben?"

„Ja."

„Und sonst war da nichts?"

Rauch hörte, wie Frau Murobushi seufzte.

„Wir haben eine Affäre begonnen."

„Und was ist dann passiert. Ich meine, wenn Sie sich danach nie mehr gesehen haben, muss es doch irgendeinen Streit gegeben haben zwischen Ihnen."

„Ein erstes Unbehagen hat sich schon nach wenigen Wochen eingestellt. Ich habe damals gemerkt, dass er begonnen hatte, an einem neuen Buch zu schreiben, er wollte mir aber nichts über das Projekt erzählen. Ich bestand auch gar nicht darauf. Ich kannte andere Schriftsteller und ihre abergläubische Angst, über unausgegorene Buchprojekte zu sprechen. Damals begann er aber seltsam zu werden."

„Was meinen Sie mit *seltsam*?"

„Es konnte passieren, dass er von einem Moment auf den anderen so tat, als wäre ich gar nicht da. Als wäre ich ein Geist. Wir gingen durch eine Tempelanlage, standen nebeneinander in der U-Bahn oder saßen uns in einem Restaurant gegenüber und plötzlich sah er durch mich hindurch, so als wäre ich gar nicht wirklich da, sondern bloß eine Erinnerung. Er holte dann einfach sein Notizbuch heraus und begann zu schreiben, oft eine geschlagene Stunde lang. Er sprach mich in solchen Momenten auch nicht an und wenn ich ihn etwas fragte, gab er mir keine Antwort."

„Wie haben Sie reagiert?"

„Gar nicht. Ich ließ ihm alle Freiheiten. Ich wollte seinem nächsten Buch auf keine Weise im Weg stehen."

„Und dann?"

„Eines Tages hat mich eine ältere Frau auf der Straße angesprochen, die ich eigentlich nur vom Sehen kannte. Wir liefen uns zwar fast jeden Morgen über den Weg, ich wusste aber nicht einmal ihren Namen. Sie fragte mich, wer der Mann sei, mit dem sie mich schon mehrmals zusammen gesehen hatte, und was er hier machte. Sie war höflich und zurückhaltend, ich merkte aber, dass irgendetwas nicht stimmte. Schließlich hakte ich nach und da erzählte sie mir, dass Will sie angesprochen habe. Sie hatte zwar kein Wort verstanden, er hatte ihr aber ein Foto von mir gezeigt und sich wie suchend nach allen Richtungen gedreht. Nach und nach bin ich draufgekommen, dass Will, während ich im Büro war oder zu Hause, um für uns zu kochen, die ganze Umgebung abwanderte und alle Leute, die er unterwegs traf, nach mir fragte."

„Wie haben Sie reagiert?"

„Ich habe ihn zur Rede gestellt und er hat mir erklärt, es gehe in seinem Buch um eine verschwundene Frau und einen Ich-Erzähler, der sich nach dieser Frau auf die Suche macht. Ich war damit beruhigt und fand es damals sogar witzig, dass er seinen Roman in der Realität durchspielte."

„Und wie ging es weiter?"

„Eines Tages meinte Will, dass er zurückmüsse nach Wien. Der Roman sei fertig und er müsse ihn jetzt mit seinem Lektor durchgehen. Vier bis sechs Wochen hatte er dafür veranschlagt. Sobald die Fahnen fertig wären, wollte er sie mir schicken, damit ich mich an die Übersetzung machen konnte. Er selbst wäre in etwa zwei Monaten wieder da."

„Und dann?"

„Er hat mir die Fahnen wie versprochen geschickt und ich bin aus allen Wolken gefallen. Seine Roman-Kumiko, das war ich. Er hatte meine ganze Persönlichkeit in diese Figur hineingepackt, und zwar völlig unverschlüsselt. Meine Gedanken und Gefühle, Dinge, die ich gesagt oder getan hatte, das alles fand sich eins zu eins wieder im Buch. Sogar Banalitäten wie meine Lieblingsrestaurants, die Läden, in denen ich einkaufte, und der versteckte Tempel, in dem ich so gern meine Sonntage verbrachte, alle Eckpunkte meines damaligen Lebens ließen sich da nachlesen."

„*Ihres damaligen Lebens*, was meinen Sie damit?"

„Als ich das Buch gelesen hatte, rief ich ihn an und beendete unsere Beziehung. Ich wartete nicht einmal auf eine Reaktion von ihm, sondern legte einfach auf. Danach begann ich mein Leben radikal zu ändern. Ich wollte mit der Figur im Buch nicht das Geringste zu tun haben. Ich zog in einen anderen Stadtteil, an den Orten, die ich früher gern und regelmäßig aufgesucht hatte, ließ ich mich nicht mehr sehen und ich änderte sogar meine Essgewohnheiten."

Keine Udon-Nudeln mit Meeresfrüchten mehr, dachte Rauch, sagte aber nichts, weil sich Frau Murobushi nicht anhörte, als ob sie zu Scherzen aufgelegt wäre.

„Die Sache war nicht einfach. Es handelte sich ja um Dinge und Gewohnheiten, die mir wichtig waren und die mich ausgemacht hatten. Ich hatte damals wirklich Momente, in denen ich nicht mehr wusste, wer ich war. Ich musste mich sogar eine Weile karenzieren lassen, weil ich meine Arbeit als Übersetzerin und Lektorin auf dem Germanistik-Institut nicht mehr ausüben konnte. Will hatte mir das Deutsche völlig verleidet. Die Sprache kam mir mit einem Mal vor, als würde sie mich aushöhlen. Als ich damals versucht habe, Deutsch zu sprechen oder zu lesen, hat es mir jedes Mal die Kehle zugeschnürt."

Aus „Japan, glaube ich“ (2000)

Der Mann kam aus dem Nichts. Ich hatte ihn weder gehört noch gesehen. Ich war auf meiner Steinbank in die Betrachtung der kräuselnden Wasseroberfläche versenkt gewesen, als er sich plötzlich neben mich setzte.

„Da wären Sie also.“

Ich erschrak, als er mich aus meinen Gedanken riss. Er war klein, sein Kopf war kahl geschoren, Augen, Nase und Mund saßen ganz eng beieinander. Es war unmöglich, sein Alter zu schätzen. Er konnte Ende vierzig sein oder Anfang achtzig, er erinnerte mich an einen Gnom.

„Kennen wir uns?“

Er schmunzelte und zeigte auf den Schokoriegel in meiner Hand. Kumikos Lieblingssorte. Der Riegel, den ich aus einem dummen Aberglauben heraus gekauft hatte.

„Sie kennen Kumiko?“

Statt einer Antwort ließ sich der Mann neben mir nieder. Er setzte sich auf seine Handflächen, so wie Kinder es manchmal tun, seine Füße wippten ganz langsam hin und her, er war so klein, dass sie den Boden nicht berührten.

„Ich bin ein Freund von ihr“, sagte ich.

„Das wird sich herausstellen.“

Mir fiel auf, dass er ein hervorragendes Englisch sprach. Sehr langsam zwar, aber fast völlig akzentfrei.

„Kumiko ist verschwunden“, sagte ich.

„Das ist Ansichtssache“, antwortete der Mann, und obwohl er dabei in die Ferne sah, hatte ich das Gefühl, als beobachte er mich die ganze Zeit über.

„Sie ist nicht in ihrer Wohnung, an ihrem Arbeitsplatz ist sie auch nicht erschienen und ihre Familie weiß auch nicht, wo sie sein könnte.“

Der Mann nickte, auf seinen Lippen lag dabei ein friedliches Lächeln. Langsam ging die Ruhe, die von diesem geheimnisvollen

Zwerg ausging, auch auf mich über, ohne dass ich viel dagegen tun konnte oder wollte. Dann drehte er sich plötzlich zu mir.

„Ich habe Hunger. Laden Sie mich doch zum Essen ein. Ich kenne da ein hervorragendes Lokal, zu Fuß sind es nur wenige Minuten bis dorthin."

Ohne meine Antwort abzuwarten, stand der Mann auf und ging los. Ich hatte angenommen, er würde mich in eine ruhige Seitenstraße führen, in ein kleines, traditionelles Restaurant, wo man beim Eintreten die Schuhe ausziehen musste und sein Essen am Boden kniend einnahm. Stattdessen verließ er die engen Gassen rund um den Tempel und steuerte auf eine belebte Geschäftsstraße zu. Durch die Menschenmenge hatte ich Schwierigkeiten, ihm zu folgen. Er war nicht nur klein, sondern auch ungeheuer gewandt und bahnte sich geschickt seinen Weg, während ich immer wieder aufgehalten wurde. Schließlich betraten wir ein Einkaufszentrum. Honigsüße japanische Popmusik waberte uns entgegen und im Lift stand eine junge Frau in einer rosa Uniform, die uns ins Dachgeschoß brachte. Als sich die Aufzugtüren wieder öffneten, lag vor uns ein Fastfoodlokal mit dem Charme einer Fabrikskantine.

„All you can eat", sagte der Mann und zeigte auf ein sicher zwanzig Meter langes Buffet, an dem man sich frei bedienen konnte. Er schien jede einzelne Speise zu kennen und empfahl mir dieses und jenes. Sich selbst lud er währenddessen zwei Teller voll. Das Restaurant war gut besucht, wir hatten aber Glück und fanden einen Platz an der riesigen Panoramascheibe, durch die wir beim Essen den Ausblick über die Dächer Tokios genießen konnten. Die Speisen waren nicht so schlecht wie befürchtet. Vielleicht war aber auch nur der Appetit ansteckend, mit dem der Mann über seine zwei übervollen Teller herfiel. Ich war stolz, wie gut ich mittlerweile mit den Stäbchen zurechtkam, als er einmal von seinem Teller auf- und zu mir herüberblickte, schüttelte er jedoch den Kopf. Dann rückte und drückte er mir die beiden Bambusstäbchen in der Hand so lange zurecht, bis er mit dem Ergebnis zufrieden war.

„Sie kennen also Kumiko und wissen, wo sie ist?"

Er ließ sich von meiner Frage nicht weiter stören und schaufelte weiter sein Essen in sich hinein. Ich schaute aus dem Fenster auf die endlose Weite Tokios, die sich bis zum Horizont erstreckte. Ich war auf ihn angewiesen. Ohne seine Hilfe war es aussichtslos, Kumiko in diesem Straßengewirr zu finden.

„Das Wichtigste für unsere Suche ist ein voller Bauch und um den kümmern wir uns gerade. Essen Sie und denken Sie nicht so viel. Das stört."

Zehn Minuten später hatte er allerdings fertig gegessen und stand sofort auf.

„Wir müssen los."

Ich ließ meinen halb vollen Teller zurück und folgte ihm, was gar nicht so leicht war, weil er sich wieder äußerst flink durch die Menschenmassen schlängelte. Einmal glaubte ich ihn schon verloren zu haben, dann spürte ich, wie mich jemand an meiner Jacke zog, und entdeckte ihn unmittelbar neben mir.

„Wie heißen Sie eigentlich?", fragte ich ihn.

„Sie können mich David nennen. So wie David Copperfield. Ich bin ein großer Fan von ihm."

Langsam begann ich zu zweifeln, ob mir der Mann an meiner Seite wirklich helfen konnte.

„David, wohin gehen wir?"

Wir hatten das Kaufhaus verlassen und waren in eine Seitenstraße eingebogen. Plötzlich zog er mich wortlos in einen engen Hauseingang. Stiegen führten in den ersten Stock hinauf, an den Wänden klebten japanische Zeichen und rote Herzen. Ich traute meinen Augen nicht. David hatte mich in eine Peepshow geführt.

Er redete kurz mit einem Mann.

„Wir nehmen erst einmal Münzen für fünftausend Yen."

Damit hielt er mir seine offene Hand hin. Ich war so perplex, dass ich nicht lange überlegte und ihm den geforderten Geldschein reichte. Gleichzeitig lief es mir heiß und kalt den Rücken hinunter. Würde mir der schräge Zwerg jetzt gleich, wenn das

Guckloch aufging, die nackte Kumiko präsentieren? War sie von einem Mädchenring entführt worden oder führte sie ein geheimes Doppelleben? Ich wollte David in die Kabine folgen, er deutete mir jedoch, dass ich die Nebenkabine nehmen sollte, und gab mir einen kleinen Teil der Münzen ab.

Meine Finger zitterten, als ich die Münze in den Schlitz schob. Mit gesenktem Kopf wartete ich einige Sekunden, bevor ich tief einatmete und dann einen Blick in das Guckloch warf. Das Mädchen hinter der Scheibe hatte keinerlei Ähnlichkeit mit Kumiko. Sie sah eher aus wie einem Manga entsprungen mit ihrem wasserstoffblonden Haar, das wahrscheinlich eine Perücke war, der Stupsnase und den großen Augen. Ihre Bewegungen waren dann auch ähnlich erotisch wie die einer Comicfigur und ich beobachtete die Szene wie ein Ethnologe die Tänze von Eingeborenen. Nicht ohne Interesse, aber ohne die leiseste Spur von Erregung.

Davids Augen leuchteten dafür, als er zwanzig Minuten später aus seiner Kabine trat.

„So, jetzt können wir die Sache ernsthaft angehen."

Wie schon nach dem Essen stürmte er wieder ungeduldig davon, sodass ich Schwierigkeiten hatte, ihm zu folgen. Soweit ich mich orientieren konnte, steuerte er den weitläufigen Ueno-Park an. Dort war ich ausgestiegen, als ich – vor wie vielen Tagen eigentlich? – vom Flughafen in die Stadt gekommen war. Auf den Rasenflächen standen zahlreiche Zelte aus azurblauen Kunststoffplanen. Sie waren zwischen Bäumen aufgespannt, teilweise hinter Sträuchern verborgen und wurden, wie ich gehört hatte, von Obdachlosen bewohnt. David führte mich zu einem der Zelte. Drinnen war es überraschenderweise fast penibel sauber und aufgeräumt. Auf den Bambusmatten am Boden war ein blütenweißer Futon ausgerollt. David zog sich am Eingang die Schuhe aus und forderte mich auf, es ihm gleichzutun.

„Wohnen Sie hier, David?"

Wieder einmal ignorierte er meine Frage.

„Leg dich auf den Futon und schließ die Augen."

Ich machte, was er sagte. Dann spürte ich, wie mir David Kopfhörer aufsetzte. Ich hörte noch das Rascheln der Zeltplane, als er ins Freie schlüpfte, dann erklang aus den Kopfhörern eine Stimme. Es war Kumiko, die da sprach, obwohl sie anders klang als am Telefon. Irgendwie bestimmter, kam mir vor. Es tue ihr leid, dass alles so gekommen war, und es wäre ihr auch überaus unangenehm, sagte sie, aber seinem Schicksal könne eben keiner entkommen.

Als Rauch Stunden später das Buch aus der Hand legte, war es Mittag. Sie massierte sich den Nacken und schüttelte ihre Arme aus, um das taube Gefühl und eine tranceartige Benommenheit loszuwerden. Kumikos Stimme hatte den Ich-Erzähler auf eine Reise geschickt. Durch ein überaus geheimnisvolles Japan. Zuerst hatte sie ihm aufgetragen, einen Ort am Meer, nördlich von Hiroshima, aufzusuchen. Dort, inmitten der einzigen Sanddünen Japans, hatte Wills Alter Ego eine greise Frau getroffen und die hatte ihm eine uralte Legende erzählt. Vom Windgott, der ein rauer und ungehobelter Geselle war und mit seiner ungestümen Art die Sonnengöttin so beleidigt hatte, dass diese in einer Höhle verschwunden war. Die Erde versank daraufhin in Finsternis und die Götter waren ratlos. Sie schmückten die Bäume und ließen die Vögel singen, nichts jedoch konnte die Sonnengöttin zurück ins Freie locken. In ihrer Verzweiflung verfiel die Göttin des Lachens in einen Tanz. Zuerst wiegte sie sich nur leicht, dann aber wurden ihre Bewegungen immer wilder und freizügiger. Sie zerriss ihre Bluse, hob ihren Rock und zeigte den versammelten Göttern ihre Reize. Die verfielen daraufhin in ein vulgäres Grölen und genau dieses dreckige Gelächter war es, das die Sonnengöttin schließlich neugierig machte, sie aus ihrer Höhle lockte und auf diese Weise das Leben neu entstehen ließ.

Die Welt wurde also aus einer dreckigen Zote geboren.

Als die alte Frau zu Ende erzählt hatte, steckte sie dem Ich-Erzähler einen Zettel zu. Darauf fand sich der Name der Höhle, in der die Sonnengöttin vor sich hin geschmollt hatte. Dorthin sollte er als Nächstes reisen. Die Höhle lag am anderen Ende der Hauptinsel Honshu und er brauchte ganze drei Tage dorthin. Endlich angekommen, entdeckte er an einer der Höhlenwände den Namen einer Bar, dazu ein Datum und eine Uhrzeit. So ging es weiter und der Ich-Erzähler durchquerte auf diese Weise das ganze Land. Er traf Menschen, die ihm Anekdoten erzählten, er kam an Orte, die ihm mit ihrer Schönheit schlichtweg den Atem raubten, und erlebte Dinge, für die es keine Erklärungen gab. Schließlich wurde er zurück nach Tokio geschickt. Weil er sich gerade auf einer Insel weit im Süden befand, nahm er den Flieger. Und als er diesmal durch die Sicherheitsschleuse trat, war das erste Gesicht, das er in der Ankunftshalle erblickte, tatsächlich das von Kumiko. Der Ich-Erzähler ging auf sie zu und wollte sie umarmen, sie jedoch starrte ihn entgeistert an.

„Ich kenne Sie nicht!", war der letzte Satz des Romans.

Es war genau so, wie Ilse es beschrieben hatte. Die aufregende und abwechslungsreiche Handlung zog den Leser sogartig in ihren Bann, der zwergenhafte Mönch David sorgte sogar für den einen oder anderen Lacher, und wohldosiert versank man zwischendurch in den exotisch schillernden Landschaftsbeschreibungen. Und dann, als endlich alles gut zu werden schien, machte es plötzlich *klick* und die Welt hatte keinen Boden mehr. Die einzige Sicherheit, die blieb, war der Autor, denn er hatte der Welt ja den Boden unter den Füßen weggeschrieben.

Rauch nahm ihr Telefon zur Hand, gab Wills Namen ein und betrachtete seine Nummer. Ihr Daumen lag schon auf der grünen Taste, da läutete es bei ihr. Es war Will.

„Ich gehe gerade so einen netten Bauernmarkt hinunter, wo man in der Sonne ein Glas Most trinken und ein Schinkenbrot essen kann. Und da habe ich mir gedacht, ich frage Sie einfach, ob Sie zufällig gerade Zeit und Lust haben, dazuzustoßen."

Rauch stutzte. Gleich ums Eck von ihrer Wohnung gab es einen Bauernmarkt. Sie trat ans Fenster. Wenn sie die Wange an die

Scheibe legte, konnte sie hinübersehen zu den Marktständen. Da entdeckte sie auch schon einen Mann, der die Hand am Ohr hatte. Es war Will. Und er stand nicht nur unschlüssig in der Gegend herum, sondern schaute direkt in ihre Richtung. Auch wenn es unmöglich war, dass er sie auf die Entfernung und durch die spiegelnde Scheibe hindurch sah, zuckte Rauch unwillkürlich zurück. Sie glaubte nicht an Zufälle. Will hatte herausbekommen, wo sie wohnte, und drehte jetzt den Spieß um. Allerdings hatte er keinen Praktikanten zu ihrer Überwachung losgeschickt, sondern war gleich selbst gekommen. Rauch ließ sich aber nichts anmerken und fragte Will mit unschuldiger Stimme nach dem Namen des Marktes.

„Das ist gar nicht weit weg von mir. Ich bin in zwanzig Minuten da", sagte Rauch und legte auf.

Sie fand Will am Stand von Hermann Kolik, genau jenem Bauern, bei dem sie immer einkaufte. Er saß dort auf einer Heurigenbank, vor sich ein Glas Most.

„Unglaublich gut. Den müssen Sie kosten."

Will schob ihr sein Glas hin, Rauch ignorierte die Geste aber und bestellte bei dem Bauern stattdessen einen Birnensaft.

„Der Birnensaft schlägt den Most noch um Längen", sagte Rauch.

„Das ist eben der Vorteil, wenn man etwas direkt vom Hersteller kauft. Wenn der einem gerade ins Gesicht schauen kann, braucht man sich um die Qualität der Ware auch keine Sorgen zu machen."

Will trank sein Glas aus und bestellte auch einen Birnensaft. Als sie anstießen, sah Rauch ihn herausfordernd an.

„Wenn Sie nach Lesungen Ihre Bücher signieren, können Sie Ihren Lesern dann auch gerade ins Gesicht schauen?"

Will lächelte.

„Könnte ich schon, es ist nur meist frustrierend zu sehen, wer meine Bücher liest."

Rauch nickte.

„Wie kommt es übrigens, dass Sie gerade bei Kolik gelandet sind?"

„Warum?“

„Weil ich hier seit Jahren Stammkunde bin.“

„Das ist ja ein Zufall.“

„Als ob Sie an Zufälle glauben würden.“

Will antwortete nicht und griff stattdessen zur Speisekarte.

„Und was können Sie mir empfehlen?“

„Die dünn aufgeschnittene Blutwurst mit Senf und Kren.“

„Wenn Sie es sagen, dann nehme ich die.“

„Zweimal die Blutwurst“, rief Rauch dem alten Kolik zu.

Sie beobachtete ihn, wie er mit seinem großen Messer feine Räder von der Wurst schnitt, dann drehte sie sich plötzlich zu Will und sah ihn unverwandt an.

„Schöne Grüße von Frau Murobushi!“

Will zog die Augenbrauen hoch.

„Ich glaube Ihnen vieles, aber dass mich Kumiko schön grüßen lässt, nehme ich Ihnen nicht ab.“

„Das wäre auch ganz schön viel verlangt, meinen Sie nicht?“

„Dass Kumiko so ein Problem damit haben würde, in meinem Buch vorzukommen, war mir damals nicht bewusst. Immerhin habe ich auch schon eine Menge Menschen kennengelernt, die davon träumten, in meinem nächsten Roman aufzutauchen.“

„Sie hätten Kumiko fragen können.“

„Ich wollte sie überraschen.“

„Was Ihnen ganz offensichtlich auch gelungen ist.“

„Sie halten mich für unsensibel.“

„Das haben Sie gesagt.“

„Und Sie haben es sich gedacht.“

Rauch schaute über Wills Schulter zu Kolik hinüber.

„Da kommt unser Essen.“

Kolik stellte zwei Schneidbretter mit Wurst und einen Brotkorb vor ihnen ab.

„Einen guten Appetit.“

Zuerst aßen Sie schweigend, dann deutete Will plötzlich mit seiner Gabel auf Rauch.

„Wie hat Ihnen *Japan, glaube ich*, abgesehen von seiner Entstehungsgeschichte, gefallen?“

„Ich glaube, Ihre beiden großen Themen sind Angst und Frauen, und bei *Japan, glaube ich* haben Sie diese beiden Themen zusammengefasst, denn da geht es, so wie ich das sehe, um die Angst *vor* Frauen.“

„Eine gewagte Theorie, aber interessant. Vielleicht sollten Sie sich überlegen, als Literaturkritikerin anzufangen.“

„Sobald ich den Fall gelöst habe, werde ich über einen Berufswechsel nachdenken. Vorher nicht.“

„Sagen Sie mir jedenfalls Bescheid. Dann lasse ich Ihnen nämlich das allererste Leseexemplar meines neuen Buches schicken und gebe Ihnen ein Exklusivinterview. Das wäre dann ein ganz guter Einstieg für Sie.“

„Und was, wenn ich Ihren neuen Roman verreiße?“

„Dann habe ich es nicht besser verdient. Ich beuge mich selbstverständlich uneingeschränkt Ihrem Urteil.“

Eva Rauch stellte sich vor, wie es wäre, als Literaturkritikerin zu arbeiten. Bei der Polizei zu kündigen und das Lesen zum Beruf zu machen. Noch bei keinem anderen Fall hatte sie so viel lesen müssen wie jetzt und der Fall war der außergewöhnlichste, an dem sie je gearbeitet hatte. Sie hatte sich schon so an das tägliche Lesen als Teil ihrer Arbeit gewöhnt, dass sie sich gar nicht mehr vorstellen konnte, dass es beim nächsten Fall damit vorbei sein würde. Der Gedanke, den Job zu wechseln, hatte also zweifellos etwas Verführerisches. Und das war das Unheimliche an Will. In seiner Nähe schien das Leben wie ein Roman zu funktionieren, in dem jederzeit ein neues Kapitel aufgeschlagen werden konnte.

„Meinem Vater würde es auf jeden Fall gefallen, wenn ich meinen Job wechseln würde. Was heißt gefallen, das würde ihn versöhnen.“

„Wieso?“

„Weil er dagegen war, dass ich Polizistin werde.“

„Warum denn das?“

„Mein Vater ist ein Fall für sich.“

Rauch wusste nicht, wann sie zuletzt jemandem von ihrem Vater erzählt hatte. Ehrlich gesagt, konnte sie sich nicht erinnern, überhaupt schon einmal mit jemandem über ihren Vater gesprochen zu haben. Jetzt sprudelten die Worte aber nur so aus ihr heraus, so als wäre sie froh, eine jahrelange Last loszuwerden. Sie erzählte Will, dass ihr Vater schon lange vor 1968 ein Achtundsechziger gewesen war. System- und Gesellschaftskritik schienen bei ihm nahezu körperliche Reflexe zu sein. Während anderen Linken ihre Gedanken später zum Parteiprogramm erstarrt waren, blieb er seiner anarchischen Linie der Nichtzugehörigkeit treu. Er war roter, als irgendeine sozialistische Partei nur sein konnte.

„Was hat Ihr Vater beruflich gemacht?“

„Begonnen hatte er als Maurer, ein Bandscheibenvorfall hat ihn dann dazu gezwungen, in den Innendienst zu wechseln und die Lagerverwaltung in seiner Firma zu übernehmen. Was ihn daran am meisten störte, war nicht die Umstellung von einer körperlich anstrengenden auf eine meist sitzende Tätigkeit, sondern der Umstand, dass er dadurch vom Arbeiter zum Angestellten *degradiert* worden war. Fragte ihn jemand nach seinem Beruf, bezeichnete er sich deshalb auch als *Arbeiter im Innendienst*. Nicht mehr zur Arbeiterklasse, der *einzigen Klasse mit ruhigem Gewissen*, zu gehören, erschien ihm undenkbar. Neben seinem Eintreten für gesellschaftliche Umwälzungen gehörte seine zweite Leidenschaft der Kunst, der *Revolution des Geistes*. Malerisches Talent hatte er zwar keines, irgendwann hat er aber eine Leidenschaft für Kalligrafie entwickelt. Ich kann mich noch gut daran erinnern, wie er an den Abenden regelmäßig mit seinen klobigen Fingern den Küchentisch freiräumte, aus einer Lade ein Tuschefässchen und eine alte Feder holte und dann mit einer Engelsgeduld Gedichte von Bertolt Brecht oder Mao Zedong abschrieb.“

„Und von Ihnen hat er sich gewünscht, dass Sie eine stramme Arbeiterin werden, eine Jeanne d’Arc der rauchenden Fabrikschlote.“

Rauch musste lachen.

„Er hat zum Glück nie darauf bestanden, dass ich Arbeiterin werde, ganz im Gegenteil. Er hat von Anfang an gespart, um mir ein Studium finanzieren zu können. Ich glaube, es schwebte ihm eine Intellektuelle vor, die sich in den Dienst der Arbeiterklasse stellt. Medizin hätte ihm zugesagt oder Philosophie, er hätte aber auch gegen ein Kunststudium nichts einzuwenden gehabt. Als ich ihm dann jedoch eröffnete, dass ich Polizistin werden wollte, fiel er aus allen Wolken. *Eine Handlangerin der Tyrannei* hat er mich genannt, eine *Komplizin der Mächtigen* und eine *Unterdrückerin aus freien Stücken*."

„Und wie hat Ihre Mutter reagiert?"

„Die war damals schon tot."

Rauchs Mutter war eine fahrige und ruhelose Person gewesen. Rauch war es immer so vorgekommen, als liefe ihre Mutter vor etwas davon. Die Folge war, dass ihr aus dieser Nervosität heraus immer wieder recht bedenkliche Dinge passierten. Rauch erinnerte sich, wie sie als Kind einmal mit einer Verkühlung im Bett gelegen war und von ihrer chaotischen Mutter statt des Hustensafts aus Versehen ein Abführmittel bekommen hatte. Als die Mutter ihren Fehler endlich bemerkte, hatte Rauch schon Stunden auf dem kalten Klo verbracht, und die Verkühlung war zu einer Lungenentzündung geworden.

Die Mutter war mit zweiundvierzig an Krebs gestorben. Es war, als ob ihr Geheimnis sie von innen aufgefressen hätte. In den letzten Tagen vor ihrem Tod, als sie schon so schwach war, dass sie nicht mehr richtig sprechen konnte, hatte sie Rauch immer wieder an ihr Bett gewunken. Rauch hatte dann ihr Ohr ganz nah ans Gesicht ihrer Mutter gehalten. Sie konnte hören, mit welcher Anstrengung sie versuchte, Atem zu fassen und etwas zu sagen, es gelang ihr aber nicht mehr.

„In diesen letzten Stunden habe ich im Gesicht meiner Mutter eine wachsende Panik bemerkt, wahrscheinlich weil ihr plötzlich bewusst wurde, dass sie ihr Geheimnis mit ins Grab nehmen würde."

Rauch wunderte sich. Wieder hatte sie Will, ohne das eigentlich zu wollen, Dinge aus ihrem Privatleben erzählt. Es musste seine Art sein. Weniger seine Stimme, eher sein Blick. Er hatte sie die ganze Zeit über nicht aus den Augen gelassen, so als würde sein Leben davon abhängen, dass Rauch ihm ihre Geschichte erzählte. Sogar jetzt noch war er ungewohnt zurückhaltend, weit von dem Will entfernt, der mit kaltem Blick und zynischem Grinsen über seine Schriftstellerei sprach.

„Ich muss weiter", sagte Rauch jetzt bemüht hart und merkte selbst, wie falsch ihre Stimme klang.

Will sah auf die Uhr und nickte.

„Ich sollte mich auch auf die Beine machen."

Sie stand auf, schüttelte ihm die Hand, vermied es dabei jedoch, ihm in die Augen zu sehen. Dann ging sie davon. Kaum war sie außer Sichtweite, holte sie ihr Telefon aus der Tasche und versuchte Klenk anzurufen. Es meldete sich nur die Mailbox, aber Rauch legte nicht auf. Es beruhigte sie, Klenks aufgezeichnete Stimme zu hören.

Rauch musste ein Stück gehen, den Kopf frei bekommen, und so bummelte sie auf der Währinger Straße an den Schaufenstern entlang. In einer Parfümerie probierte sie einige Düfte aus. Sie besprühte einen Papierstreifen nach dem anderen, fand aber nichts, was ihr zusagte. Schließlich fiel ihr Blick auf einen Flakon, der nicht nur aussah wie ein Tintenfass, der Duft trug auch den Namen *Black Ink*. Rauch probierte ihn direkt auf ihrem Handgelenk aus und diesmal war sie fasziniert. Das Parfüm hatte eine dezent rauchige Note, ähnlich wie Tusche. Die anderen Bestandteile konnte sie nicht erkennen, aber genau das, fand Rauch, machte seinen Reiz aus. Obwohl es unverschämt teuer war, nahm sie es. Die Verpackung ließ sie bei der Verkäuferin und steckte den Flakon direkt in ihre Handtasche. Sie ging weiter die Straße hinunter, bis sie zu einer breiten Toreinfahrt kam. Dort stellte sie sich hinein und trug das Parfüm großzügig auf.

Sie fühlte sich wieder mehr bei sich, jetzt, mit dem neuen Duft auf der Haut. Einer plötzlichen Laune folgend bog Rauch in eine

Seitengasse ein und stieß dort auf eine kleine Buchhandlung, die ihr noch nie aufgefallen war. Aus Neugier ging sie hinein. Im Laden entdeckte sie zwei Kunden, die seltsamerweise beide Hüte und Sonnenbrillen trugen. Der Mann hatte außerdem einen für das Wetter viel zu warmen Trenchcoat an, die Frau ein Sommerkleid, das aus den Fünfzigerjahren zu stammen schien. Lesend lehnten die beiden an der Wand. Erst als Rauch sich an den beiden vorbeischob, merkte sie, dass es sich um Schaufensterpuppen handelte. Und noch etwas fiel ihr auf: Beide hielten sie Romane von Herbert Will in ihren filigranen Kunststofffingern. Rauch beugte sich über die Schulter der weiblichen Puppe und las ein paar Zeilen mit. Sie erschrak, als der Ladeninhaber von hinten an sie herantrat.

„Wenn Sie nach etwas Besonderem von Herbert Will suchen, ich habe ganz frisch ein Hörbuch von *Flüchten vor Godot* hereinbekommen. Von Will selbst gelesen."

Rauch kaufte die CD, dann machte sie sich auf den Heimweg. Sie ging aber nicht hinauf in ihre Wohnung, sondern bog kurzerhand zu ihrem Wagen ab. Sie stieg ein, schob die CD in ihr Autoradio und reihte sich dann auf dem Gürtel in den zu dieser Zeit üblichen Stau ein.

Aus „Flüchten vor Godot" (2007)

Stern lief kreuz und quer durch die Stadt. Solange er in Bewegung war, fühlte er sich sicher. Schließlich quälten ihn Hunger und Kälte jedoch so sehr, dass er beschloss, das Risiko einzugehen und sich in ein Restaurant zu setzen. Stern erinnerte sich an ein Lokal aus seiner Studentenzeit. Weil man dort sehr günstig essen konnte, war es immer voll gewesen. Unter den jungen Leuten dort würde Stern zwar auffallen, Godot aber mit Sicherheit noch viel mehr.

Weil er immer mehr fror, verfiel Stern in einen leichten Laufschritt. Seit einigen Wochen schon, seit er wusste, dass Godot ihn verfolgte, hatte er einen Großteil seiner Zeit mit Ausdauertraining zugebracht. Trotzdem war er völlig erschöpft, als er zwanzig Minuten später das Lokal erreichte. Er wartete, bis sich sein Atem wieder beruhigt hatte, dann trat er ein. Er musste lange suchen, bevor er auf der Galerie einen letzten freien Tisch fand. Als er in die Speisekarte sah, überkamen ihn beinahe nostalgische Gefühle. Viel hatte sich seit der Studentenzeit nicht verändert. Immer noch gab es den arabischen Frühstücksteller, die fünf verschiedenen Arten Spaghetti und den Milchreis mit Zimt. In den Jahren seines Psychologiestudiums hatte er sich fast ausschließlich von diesen Dingen ernährt. Er erinnerte sich gerne an die damalige, noch völlig sorgenfreie Zeit, in der er noch nichts von seinen späteren Verstrickungen und davon, dass er es einmal mit Godot zu tun bekommen würde, geahnt hatte. Die Vergangenheit hüllte ihn jetzt ein wie eine rosa Seifenblase, sie schien wie ein Schutzschild vor der Gegenwart zu stehen, sodass er alle Vorsicht fahren ließ und sich zu den Spaghetti Carbonara ein großes Bier bestellte. Ein unglaublicher Leichtsinn, da alles, was seine Aufmerksamkeit auch nur im Geringsten einschränkte, sein Todesurteil bedeuten konnte. Gleich beim ersten Schluck spürte er, wie ihn das Bier entspannte, aber auch müde machte. Bald darauf kam sein Essen. Stern war gerade dabei, sich Parmesan über die Spaghetti zu streuen, als ein Mann an seinen Tisch trat.

„Ist bei Ihnen noch frei?“

Ein Hupen ließ Rauch aufschrecken und sie drückte, um sich besser auf den Verkehr konzentrieren zu können, den Pauseknopf am CD-Player. Obwohl sie *Flüchten vor Godot* schon kannte, hatte sie die Geschichte wieder völlig gefangen genommen, wahrscheinlich war aber auch Wills fesselnde Stimme verantwortlich dafür, dass sie nicht mitbekommen hatte, wie die Ampel auf Grün gesprungen war. Im Rückspiegel sah sie den Fahrer hinter sich wild mit den Armen gestikulieren und so wechselte sie die Spur, um den Choleriker abzuschütteln. Dann stockte der Verkehr auch schon wieder und Rauch musste abrupt bremsen. Sie stand jetzt direkt neben einem grauen Trafokasten, auf dem ein Veranstaltungsplakat klebte. Eine Sternwarte bot Mond- und Venusbeobachtungen an. Rauch gefiel der Gedanke, durch ein Fernrohr in den Himmel zu starren. Am liebsten hätte sie den Abend gemeinsam mit Klenk verbracht, der war aber noch zwei Tage auf seinem Seminar. Vielleicht half ja ein Blick auf die Venus, um sich abzulenken. Das Licht im All war Millionen Jahre unterwegs, angesichts solcher Dimensionen wirkten die achtundvierzig Stunden bis zu Klenks Rückkehr lächerlich.

Rauch hatte den Namen der Sternwarte zwar noch nie gehört, sie kannte aber die Adresse. Zufällig hatte sie sich genau in dieser Straße einmal eine Wohnung angesehen. Die Gegend am Stadtrand war schön gewesen, keine zweihundert Meter hinter dem Haus hatte der Wald begonnen.

Aus „Flüchten vor Godot" (2007)

Stern hatte den Mann bei seinem Eintreten nicht bemerkt, obwohl er fast unablässig den Eingang im Auge behalten hatte. Wer das war, der sich da zu ihm an den Tisch setzen wollte, daran bestand aber kein Zweifel. Für Flucht war es jedenfalls zu spät.

„Sie können sich gerne zu mir setzen", sagte Stern mit betont gleichgültiger Stimme.

Godot sah anders aus, als Stern ihn sich vorgestellt hatte. Seine Mimik hatte nichts Diabolisches. Als er sich zu ihm setzte, spielte sogar ein sanftes Lächeln um seine Lippen. Während Godot die Speisekarte durchblätterte, studierte Stern sein Gesicht. Er versuchte sich zu erinnern, wo er den Mann schon einmal gesehen hatte. Bei welcher Gelegenheit nur war er ihm zu nahe gekommen? So nahe, dass Godot sich durch ihn bedroht fühlte.

„Die gute alte Zeit", sagte der Mann, „ich habe in meiner Studentenzeit sicher genauso viele Stunden hier verbracht wie auf der Uni selbst. Kennen Sie das Lokal auch vom Studium her?"

Stern spielte das Spiel mit, was blieb ihm auch anderes übrig.

„Ich habe damals nur hier gegessen, weil es das billigste Lokal war und ich mir nichts anderes leisten konnte."

Godot ließ nicht locker und quälte ihn weiter mit Fragen, obwohl er natürlich ohnehin alles über ihn wusste. In aller Ausführlichkeit musste er ihm von seinem Psychologiestudium erzählen. Dabei erwähnte Stern aber nicht, dass er sein Studium wegen gesundheitlicher Probleme nie abgeschlossen hatte.

„Psychologie. Ein interessantes Fach. Aber sicher nicht einfach. Als Psychologe bekommt man doch sicherlich regelmäßig Dinge zu hören, die man lieber nicht wissen möchte."

Godot versuchte, ihn mit seinen perversen Spielchen langsam fertigzumachen. Vielleicht half es ja, wenn er Godot signalisierte, dass er gar nicht daran dachte, ihn zu verraten.

„Natürlich gibt es diese Dinge, aber das kann einem im Alltag ja auch passieren, dass man Zeuge wird von Dingen, die einen gar nicht interessieren. Aber so etwas vergesse ich eigentlich gleich wieder."

Stern machte sich keinerlei Illusionen. Er würde diesen Tag nicht überleben. Dann kam der Kellner und Godot bestellte ebenfalls die Spaghetti und ein großes Bier. So als würde er aus einer perversen Solidarität heraus die Henkersmahlzeit mit ihm teilen. Als das Essen schließlich kam, drehte der Mann seine Nudeln ganz langsam und mit einer Engelsgeduld um seine Gabel. Es erinnerte Stern an die mörderische Langsamkeit der Sandhaie im Aquarium von Valencia.

„Ist wie eine Reise in die Vergangenheit", Godot schmunzelte, „der Geruch der Fertigsauce, die viel zu weich gekochten Nudeln und der abgeschlagene Tellerrand. So viel von damals steigt da wieder auf in der Erinnerung. Hundert Dinge, an die ich seit einer Ewigkeit nicht mehr gedacht habe. Jetzt gerade ist mir wieder eingefallen, dass ich während meines Studiums einen Schießkurs besucht habe. Ich hatte damals Konzentrationsstörungen und ein Freund hat mir den Schießsport empfohlen, weil sich dadurch die

Aufmerksamkeit schärfen ließe. Ich war damals übrigens wirklich gut. Ein richtiges Naturtalent. Der Trainer wollte mich sogar zu internationalen Wettbewerben mitnehmen."

Godot lächelte. Einem Außenstehenden, der nicht wusste, worum es hier ging, musste das Lächeln überaus sympathisch erscheinen. Stern aber ließ es das Blut in den Adern gefrieren.

Dann hatte Godot aufgegessen und sah auf die Uhr.

„So, Schluss mit der Reise in die verlorene Zeit. Ich muss weiter."

Stern war sich sicher, dass Godot es jetzt hinter sich bringen würde. In dem Stimmengewirr würde niemand das Ploppen einer Pistole mit Schalldämpfer hören. Die Menschen ringsum waren auch alle so in ihre Gespräche vertieft, dass selbst ein blitzschneller Messerstich ins Herz niemandem auffallen würde. Der Mann drehte sich aber um und verließ das Lokal. Von draußen winkte er ihm noch einmal kurz zu, dann war er verschwunden.

Stern verstand die Welt nicht mehr. Er hatte keine Ahnung, warum Godot ihn verschont hatte. Langsam lehnte er sich zurück und wartete darauf, dass die wochenlange Anspannung von ihm abfiel. Doch obwohl er sich nach und nach beruhigte, Euphorie wollte sich nicht einstellen. Stattdessen empfand er plötzlich eine unendliche Leere. Er kam sich einsam und nutzlos vor, genau wie zu der Zeit, bevor Godot in sein Leben getreten war.

Zwanzig Minuten später bog Rauch in die Kuffnerstraße ein. Als sie zu dem Haus kam, in dem sie sich damals die Wohnung angesehen hatte, hielt sie. Sie blieb im Auto sitzen, schaute hinauf zu den Fenstern im zweiten Stock und wunderte sich, wie genau sie sich an alles erinnern konnte. Welche Fenster zu der Wohnung gehörten, wie die Zimmer aufgeteilt waren und wie der Parkettboden bei jedem ihrer Schritte geknarzt hatte. Sogar der mit Dinosauriern bedruckte Duschvorhang im Bad fiel ihr wieder ein, vor dem sie zuerst schmunzelnd und dann nachdenklich stehen geblieben war. Damals, vor diesem Duschvorhang, hatte sie es plötzlich und wahrscheinlich das einzige Mal in ihrem Leben bereut, keine Kinder zu haben, und sich vorgenommen, die Sache noch einmal zu überdenken. Was sie dann niemals getan hatte.

Der Makler hatte damals ihren starren Blick auf den Duschvorhang falsch gedeutet.

„Der lässt sich ganz leicht entfernen und bequem ersetzen. Die Mauern sind hier alle massiv, es ist also auch überhaupt kein Problem, statt des Duschvorhangs eine Glasschiebetür zu montieren, wenn Ihnen so etwas lieber ist."

Er hatte daraufhin gegen die Wand geklopft und die Gedanken an das mögliche Kind, so plötzlich wie sie gekommen waren, wieder zum Verschwinden gebracht.

Hinter dem rechten Fenster ging jetzt das Licht an. Eine Frau erschien und sah sich um. Plötzlich tauchte hinter der Tür eine schwarz gekleidete Gestalt auf und riss die Frau zu Boden. Rauch erschrak so, dass ihr kurz der Atem stockte. Sie fing sich aber gleich wieder und tastete nach ihrer Tasche. Sie zog die Glock aus dem Holster, entsicherte und lud durch. Ein kurzes metallisches Klicken, im Lauf befand sich jetzt eine Patrone. Rauch stieg aus dem Auto und lief über die Straße.

Die Haustür war alt und sprang sofort auf, als Rauch mit der Schulter dagegen stieß. Sie hetzte hinauf in den ersten Stock, froh darüber, dass sie am Nachmittag nicht geraucht hatte. Dann stand sie vor der Wohnungstür. Von drinnen war ein dumpfes Geräusch zu hören und gleich darauf ein Klirren. Rauch wusste, dass sie keine Zeit zu verlieren hatte, und trat entschlossen die Tür ein. Kurz war es still in der Wohnung, dann war ein schweres Poltern zu hören. Wahrscheinlich hatte der Einbrecher die Frau zu Boden gestoßen, um die Hände frei zu bekommen. Da Rauch keine Ahnung hatte, ob der Mann bewaffnet war, drückte sie sich an die Wand. Dass sie die Anlage der Wohnung noch im Kopf hatte, war jetzt ein ungeheurer Vorteil. Sie erinnerte sich, dass die Zimmer alle miteinander verbunden gewesen waren. Vom Vorzimmer ging es direkt weiter ins Wohnzimmer, sie konnte sich aber auch links halten und durchs Schlafzimmer ins Wohnzimmer gelangen. Damit würde der Mann wahrscheinlich nicht rechnen. Langsam schob sie sich voran, immer an der Wand entlang, wo das Parkett nicht so laut knarzte. Der Einbrecher war da weniger vorsichtig. Sie hörte seine Schritte und dann das Quietschen eines Scharniers. Der Mann musste eines der Fenster geöffnet haben. Es war zwar ein Risiko, aus dem ersten Stock zu springen, aber ein kalkulierbares. Vier Meter würden es schon sein bis hinunter in den Garten, allerdings gab es dort unten einen Komposthaufen, der den Aufprall dämpfen würde. Rauch musste jetzt ihre sichere Deckung verlassen, wenn sie nicht wollte, dass der Einbrecher entkam. Sie stürmte ins Zimmer und sah den Mann im Fenster sitzen, sein rechtes Bein baumelte schon im Freien. Weil sie das Licht der Straßenlaterne blendete, konnte Rauch nicht erkennen, ob er eine Waffe in den Händen hielt.

„Keine Bewegung, Polizei!"

Der Mann schaute kurz hinunter in den Garten. Einen Augenblick schien er zu überlegen, ob er springen sollte, dann streckte er die Arme in die Luft und stieg zurück ins Zimmer.

„Nicht schießen, ich bin unbewaffnet!"

„Lassen Sie die Arme da oben, wo ich sie gut sehen kann! Und bleiben Sie genau, wo Sie sind!"

Der Mann machte, was sie von ihm verlangte. Er war nicht besonders groß, aber bullig. Sein T-Shirt war zerrissen und zeigte eine stark behaarte Brust. Die Waffe im Anschlag, ließ Rauch den Mann nicht aus den Augen.

„Legen Sie sich auf den Bauch, die Arme strecken Sie seitlich von sich!"

Rauch behielt den Mann im Visier und ging hinüber zu der am Boden kauernden Frau.

„Sind Sie okay? Geht es Ihnen gut?"

Die Frau brachte nur ein Stöhnen heraus, nickte aber. Beim Griff in ihre Manteltasche merkte Rauch, dass sie ihr Mobiltelefon im Auto liegen gelassen hatte.

„Wo ist Ihr Telefon?“

„Warten Sie.“

Die Frau sprach langsam und undeutlich. Entweder der Mann hatte ihr ins Gesicht geschlagen oder sie war vom Würgen noch benommen. Sie drehte sich aber um und kroch auf allen vieren ins Nebenzimmer. Rauch sah, wie sie sich am Tisch hochzog und gleich darauf mit dem Telefon in der Hand zu ihr zurückhumpelte. Rauch drückte die Nummer des Journaldienstes und gab die Adresse durch. Ein Wagen war gerade in der Gegend, länger als fünf Minuten sollte es nicht dauern, bis er da sein würde. Rauch musterte die Frau. Im Gesicht und an den Händen wies sie keine sichtbaren Verletzungen auf, zumindest war kein Blut zu sehen. Doch plötzlich sackte sie kraftlos zusammen und krümmte sich auf dem Boden wie ein Embryo. Rauch kannte das. Menschen, die gerade Opfer von Gewalt geworden waren, fiel es schwer, sich aufzurichten. Auch wenn sie keine unmittelbaren Schmerzen hatten. Bei manchen dauerte es Stunden, bis sie ihre kauernde Stellung aufgaben.

„Meine Kollegen müssen jeden Moment eintreffen. Machen Sie sich keine Sorgen. Ihnen kann nichts mehr passieren. Ich lasse Sie im Anschluss ins Krankenhaus bringen, dort werden Sie genau untersucht.“

Rauch hörte von der Straße die Sirene, die schnell lauter wurde, dann Reifenquietschen. Wenige Augenblicke später standen zwei Streifenbeamte im Zimmer. Einer der beiden nahm den Mann in Gewahrsam und führte ihn hinunter zum Einsatzwagen, der andere rief die Zentrale an. Rauch kümmerte sich in der Zwischenzeit um die Frau.

„Wo genau haben Sie Schmerzen?“

„Hier rechts, an den Rippen. Als Sie gekommen sind, hat er mich gegen die Kommode gestoßen.“

Rauch schob den Pullover der Frau hinauf. Die Haut war gelb und blau. Sie tastete die Rippenbögen ab. Gebrochen war, soweit sie das feststellen konnte, nichts.

„Fehlt Ihnen sonst irgendetwas?“

Die Frau schluckte und verzog dabei vor Schmerzen das Gesicht. Sie zeigte auf ihren Hals. Rauch schob den Rollkragen des Pullovers ein Stück herunter. Rote Würgemale kamen zum Vorschein.

„Ist außer Ihnen noch jemand in der Wohnung?“

„Meine Tochter. Sie schläft im Kinderzimmer. Ich hatte sie hingelegt und muss dabei wohl selbst eingeschlafen sein. Aufgewacht bin ich jedenfalls, weil ich aus dem Wohnzimmer ein Geräusch gehört habe. Ich bin hinausgegangen, um nachzusehen, und da war der Mann plötzlich da. Weil alles dunkel war in der Wohnung, hat er wahrscheinlich geglaubt, dass niemand zu Hause ist.“

Als sie mit der Frau hinüber ins Kinderzimmer ging, musste Rauch wieder an den Duschvorhang mit den Sauriern denken. Das kleine Mädchen schlief tief und fest und so zog ihm die Frau nur die heruntergerutschte Decke über die Schulter. Als sich ihre Augen an die Dunkelheit gewöhnt hatten, entdeckte Rauch noch ein Puppenhaus und daneben eine Tafel, auf der das Mädchen zwei unbeholfene Buchstaben gemalt hatte. Ein windschiefes A und ein O mit mehreren Dellen und dazwischen eine Zeichnung, eine Frau in einer hellblauen Jacke, soweit Rauch im Halbdunkel erkennen konnte. Dann spürte sie ein Tippen an der Schulter und folgte der Frau zurück ins Wohnzimmer. Der zweite Streifenbeamte saß dort am Tisch und notierte gerade etwas in seinen Notizblock.

„Wie ist das denn zugegangen? Ich meine, dass Sie da dazugekommen sind“, wandte er sich an Rauch.

„Alles nur Zufall. Ich bin genau in dem Moment an dem Haus vorbeigefahren, als sich der Einbrecher auf die Frau gestürzt hat.“

Rauch gab ihrem Kollegen in knappen Sätzen einen genauen Ablauf des Tathergangs. Die Frau hatte kaum mehr etwas zu ergänzen.

„Sie haben vorher gemeint, ich solle zur Untersuchung ins Spital“, wandte sie sich jetzt an Rauch.

„Das wäre ratsam.“

„Hat das nicht bis morgen Zeit? Ich will Lili nicht beunruhigen. Wenn ich jetzt ins Spital fahre, muss ich sie aufwecken.“

„Haben Sie niemanden, der kurzfristig vorbeikommen könnte, um bei Ihrer Tochter zu bleiben? Was ist mit dem Vater?“

„Der ist weit weg, und das ist gut so. Freunde habe ich zwar, aber die wohnen am anderen Ende der Stadt und ich möchte sie nicht mitten in der Nacht aus dem Bett jagen. Wenn es geht, würde ich den Spitalsbesuch lieber auf morgen verschieben. Ich habe aber ein anderes Problem. Ich halte es heute Nacht hier sicher nicht allein aus.“

„Ich kann bei Ihnen bleiben“, sagte Rauch, so schnell, dass sie selbst überrascht war.

Der Beamte klappte seinen Notizblock zu, sah sich noch einmal im Raum um und kontrollierte dann die Fenster.

„Eines der Fenster war offen. Durch das muss er gekommen sein“, sagte die Frau.

Der Beamte machte noch eine kurze Eintragung in seinem Notizblock, dann verabschiedete er sich.

Die beiden Frauen standen jetzt allein im Wohnzimmer.

„Ich werde mich zu meiner Tochter ins Kinderzimmer legen, dann können Sie in meinem Bett schlafen.“

„Ist gut. Kümmern Sie sich nicht weiter um mich. Vielleicht nehmen Sie nach der Aufregung eine Schlaftablette. Es ist jetzt wichtig, dass Sie tief und fest schlafen, dann geht es Ihnen morgen schon wieder besser.“

„Können wir uns nicht duzen? Ich heiße Anna.“

„Eva. Eva Rauch.“

„Danke für alles, Eva, und gute Nacht.“

Die Frau verschwand im Bad. Rauch hörte, wie sie sich die Zähne putzte und anschließend pinkelte. Als die Badezimmertür wieder aufging, stand Rauch immer noch am selben Fleck. Anna zeigte in Richtung Küche.

„Wenn du Hunger hast, bedien dich einfach. Brot findest du in der oberen Lade neben dem Geschirrspüler, im Kühlschrank gibt es Käse und Schinken und in der Tür müsste sogar noch eine angebrochene Flasche Weißwein stehen.“

Dann schloss Anna die Kinderzimmertür hinter sich und Rauch merkte, dass sie tatsächlich riesigen Hunger hatte, weil sie bei ihrem Treffen mit Will vor lauter Reden kaum etwas gegessen hatte. Sie ging in die Küche, machte sich zwei Brote mit Camembert und nahm auch die Weinflasche und ein Glas mit zurück ins Wohnzimmer. Das Fenster stand noch offen und ließ die angenehm milde Nachtluft ins Zimmer. Der Himmel war sternenklar, optimale Bedingungen für die Venusbeobachtung wären das gewesen, dachte sie schmunzelnd. Sie lehnte sich aus dem Fenster und schaute die Straße hinauf. Etwa hundert Meter weiter entdeckte sie ein altes Backsteingebäude mit einer grau gestrichenen Metallkuppel. Das musste die Sternwarte sein. Dort oben standen jetzt die Besucher und warteten, dass sie einer nach dem anderen ans Teleskop gelassen wurden, um in den Himmel hinaufzuschauen. Himmelskörper, die ihre Bahnen zogen, gleichgültig, was jemand über sie sagte oder schrieb, hatten etwas Beruhigendes. Rauch hatte keine Ahnung von Astronomie und so suchte sie sich einen beliebigen Lichtpunkt am Himmel aus, ernannte ihn kurzerhand zur Venus und prostete ihm zu. Dabei merkte sie, wie ihre Hand zu zittern begann, weil die Anspannung des Einsatzes langsam von ihr abfiel. Dann verschwamm ihr die Venus vor den Augen, aber Rauch stand einfach nur da und ließ den Tränen freien Lauf.

Wie ein Werwolf, der den Mond anheult, dachte Rauch. Fehlt nur noch, dass ich mich verwandle. Sie nahm noch einen Schluck. Der Wein musste schon eine ganze Weile offen sein. Er hatte zwar noch eine intensive Fruchtnote, schmeckte aber abgestanden. Was Rauch nicht weiter störte. Gar nichts störte sie. In dieser fremden Wohnung die Nacht zu verbringen war wie ein One-Night-Stand mit einem anderen Leben und das sorgte bei Rauch für eine warme, weiche und frisch riechende Zufriedenheit. Es war, als ob nichts fehlte. Ein Gefühl, das sie so nicht kannte.

Rauch setzte sich an den Tisch und aß ihre Brote. Sie ließ noch einmal die Minuten abrennen, von dem Moment, in dem sie durchs Fenster Zeugin des Angriffs auf Anna geworden war, bis zu dem Augenblick, in dem sie den Einbrecher gestellt hatte. Jetzt im Rückblick wunderte sie sich, wie professionell sie sich verhalten hatte. Die Tatort-Kommissarin im Fernsehen hätte die Sache auch nicht besser hinbekommen. Und sicherlich nicht gleich beim ersten Take.

Am nächsten Morgen wurde Rauch von einer Kinderstimme geweckt und wusste nicht gleich, wo sie war. Dann entdeckte sie durch die halb offene Tür ein Mädchen in einem gelben Kleid, das durchs Wohnzimmer tanzte und dabei ein Lied von einem Taubenschlag sang und von Vögeln, die ihre weiten Kreise über eine sonnige Wald- und Wiesenlandschaft zogen. Rauch setzte sich langsam auf im Bett und zog sich an. Dann ging sie hinüber ins Wohnzimmer, wo der Tisch schon fürs Frühstück gedeckt war. Als das Mädchen sie sah, rannte es schüchtern davon, doch gleich darauf kam Anna mit einer Kanne dampfenden Kaffees herein und hinter ihr versteckt kam auch Lili zurück ins Zimmer. Rauch erkannte Anna kaum wieder. Die völlig verstörte Frau von gestern Abend mit den zerzausten Haaren und dem vom Kampf ausgeleierten Rollkragenpullover war wie ausgewechselt. Mit ihrer schwarzen Bluse, ihrer schwarzen Hose und ihrer dunklen Hornbrille wirkte sie selbstsicher und alles andere als verängstigt. Dazu kamen ihre Haare. Die waren, was Rauch gestern Abend gar nicht aufgefallen war, von einem fast unwirklich glänzenden Schwarz. Wie die Haare eines Pinsels, die gerade in Tusche getaucht worden waren. Und mit dem fast unnatürlichen Weiß ihrer Haut, das Rauch nach dem Überfall noch für Schockblässe gehalten hatte, sah Anna aus wie eine Stummfilmdiva. Nicht ganz von dieser Welt und auf jeden Fall aus einer anderen Zeit, und zum ersten Mal in ihrem Leben wünschte sich Rauch, wie jemand anderes auszusehen.

Nach dem Frühstück brachte Rauch Lili in den Kindergarten und setzte Anna anschließend im Spital ab. Dann fuhr sie nach Hause. Als sie frisch geduscht und mit einem Espresso in der Hand ins Wohnzimmer ging, fiel ihr Blick auf den Stapel mit

Wills Büchern. Sie griff zu *Abgelegte Seiten*, dem Band mit den autobiografischen Erzählungen. Darin befasste sich Will, so der Klappentext, *mit den Jahren, bevor ich jemand war.*

Die Erzählung „Böses Scheitern" aus „Abgelegte Seiten" (2003)

Es wurde wieder einmal Sommer und ich war mit meiner Schriftstellerei an einem Punkt angelangt, an dem ich langsam die Hoffnung verlor. Ich hatte keine Lust mehr, mich länger zu quälen. Mich heute zum Schreiben zu zwingen, um morgen über das von mir Geschriebene zu verzweifeln. Was ich bis dato zu Papier gebracht hatte, war nicht nur schrecklich langweilig, es war nicht einmal zusammenhängend. Es gab keine Geschichte, nur wahllos aneinandergereihte Fragmente. Das Problem war, so sagte ich mir, dass niemand auf meine Texte wartete. Und wer ins Blaue hinein schrieb, der schrieb für die Schublade. Und nicht einmal für die Schubladen anderer, sondern nur für die eigene.

Ich versuchte, mir einen fiktiven Abgabetermin zu setzen, bis zu dem ich meine Geschichte fertig haben musste. Wenn es wieder nicht klappen sollte, dann war ich eben nicht zum Schriftsteller bestimmt und würde mir etwas anderes suchen müssen. Auch wenn ich nicht die blasseste Ahnung hatte, was dieses andere sein könnte. Jedenfalls gab ich mir drei Wochen Zeit, nicht viel, aber mit dem Rücken zur Wand oder mit der Schlinge um den Hals oder am Rand des Abgrunds bekam mein Schreiben vielleicht genau die Bedingungslosigkeit, die ihm bisher gefehlt hatte. Nach drei Tagen hatte ich zwar einen beachtlichen Stapel Seiten beisammen, aber die allergrößte Angst davor, auch nur eine Zeile davon noch einmal zu lesen. Weiter wusste ich allerdings auch nicht. Was ich bis jetzt hatte, waren die Berichte von drei Männern, die jeder für sich allein zu Hause saßen, vor sich hin grübelten und nichts miteinander zu tun hatten. Ich hatte vorgehabt, dass sich die Wege der drei auf gewitzte Weise kreuzen würden, nur schienen sich die Figuren mit Händen und Füßen dagegen zu wehren, endlich aufzustehen und ihre Wohnungen zu verlassen. Wenn sie schon nicht wollten, so ging eben ich aus dem Haus. Ziellos streifte ich umher, bis ich durch Zufall an der Stadtbücherei vorbeikam. Kurzerhand spazierte ich hinein, direkt zum Schlagwortkatalog und schaute ihn nach Einträgen zum Thema *Scheitern* durch. Es gab Dutzende von esoterischen Ratgebern, in denen Menschen, die es geschafft hatten, euphorische Loblieder auf die positive Kraft des Scheiterns sangen. Als keiner herschaute, zerriss ich die Karteikarten und warf sie in den Müll. Dann stieß ich aber auf eine Biografie William Burroughs mit dem merkwürdigen Titel *Wer nicht scheitert, wird nie nackt zu Mittag essen*. Ich schrieb die Kennzahl ab und suchte mir das Buch aus dem Regal. Es war ein großformatiger Band mit zahlreichen Schwarz-Weiß-Fotos. Eines davon zeigte Burroughs zusammen mit seinen Schriftstellerkollegen Jack Kerouac und Allen Ginsberg am Strand von Tanger. Der athletische Kerouac stand in der Badehose da, der untersetzte Ginsberg neben ihm trug kurze Hosen und ein Hemd, Burroughs aber lag bäuchlings im Sand, mit wollenem Anzug und Weste, Hut und einer dunklen Hornbrille mit breitem Rand. Wie ein englischer Lord, der beim Überqueren des Trafalgar Square gestolpert und am Strand von Tanger aufgekommen war. Burroughs war mir auf Anhieb sympathisch, schon deshalb, weil er damals ein noch viel hoffnungsloserer Fall war als ich. Ich war gerade dreißig und absolut erfolglos, Burroughs aber, so las ich, war damals schon jenseits der vierzig und nicht nur erfolglos, sondern hatte daneben auch noch seine Frau erschossen. Außerdem nutzte er die Zeit neben dem Schreiben dazu, sich bis knapp vorm Verrecken mit Drogen vollzupumpen, und war dem Tod schon mehrmals im letzten Moment von der Nadel gesprungen. So weit der Stand der Dinge, als Burroughs sich im marokkanischen Tanger niederließ und dort in einer windigen Absteige damit begann, *Naked Lunch* zu schreiben. Als ich das las, gingen mir plötzlich die Augen auf, was die ganze

Zeit über falsch gelaufen war bei mir. Ich saß am falschen Ort. Die Sicherheit meines stillen Kämmerchens, mein von Langeweile und Leblosigkeit strotzender Elfenbeinturm, kein Wunder, dass alles, was ich schrieb, blutleer und belanglos war und meine Figuren kaum von ihren Sesseln hochkamen. Tanger war mein Pflaster. Ein Sündenbabel mit Blick auf Europa, wo es laut war und heiß, wo dich jeder über den Tisch zog und man in üblen Spelunken schweißgebadete Nächte verbringen und das unmaskierte Leben beobachten konnte. Mit diesen Bildern im Kopf kratzte ich mein letztes Geld zusammen und setzte mich am nächsten Morgen in einen Zug Richtung Süden. Fünfunddreißig Stunden und vier Mal umsteigen später stand ich an der Südspitze Spaniens und sah über die Straße von Gibraltar hinüber nach Afrika. Dort drüben lag die Wiege der Menschheit und, wer weiß, vielleicht schon bald die Wiege meiner ersten wirklichen Romanfigur.

Die Überfahrt dauerte nur eine Dreiviertelstunde, es herrschte aber heftiger Seegang und so verbreitete sich auf der Fähre rasch der saure Geruch von Erbrochenem. Eine muslimische Frau schien mit ihrem Mann zu diskutieren, ob sie zum Kotzen kurz den Gesichtsschleier abnehmen oder zumindest lüften dürfe. Mit einem Blick auf mich entschied er, dass der Schleier wieder vors Gesicht musste, und gerade, als er ihn anbringen wollte, erbrach sich die Frau über seine Hand. Wo das Leben prall war, ließen die Geschichten eben nicht lange auf sich warten.

Kaum stieg ich von der Fähre, wurde ich, noch bevor ich meinen Koffer am Boden abstellen konnte, von einem ausgezehrten Araber angesprochen. Es war ein zahnloser Junkie, der mir Haschisch anbot, wahrscheinlich um sich von dem Geld stärkere Drogen kaufen zu können. Ich lehnte zwar ab, war aber dennoch begeistert, dass Tanger schon vom ersten Augenblick an seinem schlechten Ruf alle Ehre machte. Zu dem Zeitpunkt wusste ich noch nicht, dass der Mann der anscheinend einzige Überlebende aus der Sündenbabelzeit war. Schon auf dem Weg ins Hotel kam mir Tanger nämlich eher bieder als verrucht vor. Die Straßen waren sauber, die Männer ließen sich beim Kaffeetrinken die Sonne auf den Bauch scheinen und die Frauen waren nicht zu sehen. Und die ehemalige Absteige von Burroughs, in der ich unterkommen wollte, stellte sich als kleine, gepflegte Pension heraus, mit Meerblick, schneeweiß getünchten Mauern und azurblauen Fensterläden. Das Empfangszimmer war mit Berberteppichen ausgelegt, an der Wand stand eine mit geometrischen Mustern beschnitzte Holztruhe und der Hotelinhaber schenkte mir zur Begrüßung Minztee aus einer ziselierten Silberkanne ein. Wo Burroughs sich vor mehr als dreißig Jahren im Drogenrausch am Boden gewälzt oder mit arabischen Lustknaben vergnügt hatte, sah es jetzt aus wie in einem Souvenirladen. Dazu kam noch, dass über der Rezeption ein *No-Smoking!*-Schild hing, das Burroughs damals wahrscheinlich kurzerhand von der Wand geschossen hätte.

Ich brachte meinen Koffer aufs Zimmer und ließ mich dann ziellos durch die Stadt treiben. Tanger hatte keine wesentlichen Sehenswürdigkeiten zu bieten. Es gab zwar eine Altstadt, einen Bazar und ein altes Kino, aber das war es auch schon. Dafür besaß Tanger mehr Kaffeehäuser als jede andere Stadt der Welt. Auf jeden Fall konnte man keine hundert Meter gehen, ohne an einem vorbeizukommen. Das berühmteste, so hatte ich in meinem Reiseführer gelesen, war das Café de Paris. Hier sollen Tennessee Williams und Truman Capote gerne gesessen sein und nach Strichern Ausschau gehalten haben. Ich setzte mich auf einen Kaffee und hielt Ausschau nach meiner Zukunft, sah aber nur einen Platz, der so sauber und gepflegt war, als hätte die Stadtregierung für heute den Ansichtskartenfotografen bestellt. Das Wildeste hier war noch der Polizist, der laut pfeifend und mit ausladenden Armbewegungen den Verkehr regelte und eine Uniform trug, die aussah, als stamme sie noch aus der französischen Kolonialzeit.

Angesichts der trögen Szenerie fragte ich mich, wie Tanger damals eigentlich zu seinem Ruf als *Sündenbabel* gekommen war. Hatte die Stadt böse Menschen angelockt, oder ursprünglich gute Menschen in böse verwandelt? Jetzt, im Nachdenken darüber, fiel mir auf, dass das Böse in meinem Schreiben bisher nicht einmal ansatzweise eine Rolle gespielt hatte. Meine Figuren waren alle viel zu lethargisch gewesen, um auch nur auf böse Gedanken zu kommen. Und mit mir verhielt es sich ähnlich. Vielleicht lag da ja der Hund begraben.

Ich zahlte und ging die Straße Richtung Altstadt hinunter. Je näher ich dem Bazar kam, umso dichter wurde das Menschengewirr, bis ich mich schließlich von der Menge eingekesselt fand. Einer schrie mir direkt ins Ohr, ein anderer schob mich unsanft zur Seite und ein älterer Mann fuhr mir mit seinem Handkarren über den Fuß. Und dann verging nicht eine Minute, in der ich nicht angequatscht oder angeschnorrt wurde. Ich bräuchte unbedingt einen Teppich, ein Silberservice oder einen Führer durch die Stadt. Zuerst gingen mir die Menschen, die mich da bedrängten, nur auf die Nerven, dann aber begann ich die Menschen um mich herum zu hassen. Trotzdem blieb ich in der Mitte der engen Straße stehen, ließ mir weiterhin ins Ohr brüllen, mich weiterhin anrempeln und mir weiterhin auf die Füße steigen. Ich wollte wissen, was passierte, wenn dieser Hass sich immer weiter aufstaute in mir. Anfangs waren meine Gedanken noch banal. Ich stellte mir einfach vor, die Gesichter der Umstehenden mit meinen Fäusten zu traktieren. Offenbar war auch das Böse nicht davor gefeit, abgedroschen daherzukommen.

Dann bekam mein Hass aber ruhigere und überlegtere Züge. Es reichte mir in meiner Vorstellung nicht mehr, den Menschen rund um mich Schmerzen zuzufügen. Viel verführerischer schien es mir da zu sein, Angst zu verbreiten. Eine rätselhafte und namenlose, eine unbestimmte und deshalb nicht beherrschbare Angst.

Heute weiß ich, dass das meine Geburtsstunde als Schriftsteller war. Ich wollte fortan ein Unbehagen erschaffen, das weit zerstörerischer war als jede körperliche Gewalt. Ein Unbehagen, das alles in Frage stellte, was das Leben scheinbar ausmachte. Ein anderer wäre durch dieses Erweckungserlebnis in Tanger vielleicht zum Massenmörder und nicht zum Bestsellerautor geworden. Vielleicht wäre solch ein Leben auch aufregender gewesen, mit Sicherheit aber weniger luxuriös. Heute, da ich meinen vierzigsten Geburtstag hinter mir habe und Luxus immer mehr zu schätzen weiß, bin ich deshalb froh über meine damalige Entscheidung.

Diese Geschichte wollte sie Klenk zu lesen geben, sobald er morgen von seinem Seminar zurück war. Rauch wollte wissen, was er von Wills Allmachtsfantasien hielt. Wollte Will seine Leser nur ein wenig schockieren, oder gab es bei ihm möglicherweise tatsächlich eine Art Realitätsverschiebung? Konnte er vielleicht nicht mehr unterscheiden zwischen dem, was er mit seinen fiktiven Figuren, und dem, was er in der Wirklichkeit anstellte?

Als Rauch kurz vor Mittag ins Büro kam, stand Greta auf und schüttelte ihr die Hand.

„Gratuliere zur nächtlichen Heldentat. Sie sollen sich gleich beim Chef melden."

Rauch hatte nicht angenommen, dass ihr nächtlicher Einsatz sich so schnell herumsprechen würde.

„Ich rufe ihn gleich an."

„Nein, Pokorny hat dezidiert darum gebeten, dass Sie persönlich vorbeikommen."

Das fand Rauch jetzt doch wieder übertrieben. Sie hatte einen kleinen Gelegenheitseinbrecher geschnappt und keinen Serienmörder, was sollte also das Getue.

„Wenn er meint, steige ich eben hinauf in die Chefetage."

Der Leiter der Kriminalpolizei hieß Christian Pokorny und sein Büro lag im Dachgeschoß. Rauch ging das eine Stockwerk zu Fuß, weil sie Zeit brauchte, um nachzudenken. Was für einen Grund konnte es haben, dass der Chef sie persönlich sprechen wollte? Pokorny galt nicht unbedingt als umgänglich und Rückgrat besaß er auch keines. Machten Polizeichef oder Innenministerium Druck, dann gab er diesen direkt an seine Dezernatsleiter und Kommissare weiter. Pokorny war auch keiner, der sich mühsam hinaufgedient hatte, sondern von Freunden auf seinen Posten gesetzt worden war. Beim letzten Regierungswechsel hatte ihn der neue Innenminister einfach über alle Kritik hinweg aus dem Nirgendwo hinaufbefördert. Offenbar war es ihm wichtiger, einen zu hundert Prozent loyalen als einen kompetenten Mann auf diesem Posten zu haben.

Rauch betrat Pokornys Sekretariat.

„Ah ja, Frau Rauch. Einen Augenblick, bitte. Ich frag gleich nach, ob es jetzt passt."

Pokorny hatte seine eigene Sekretärin mitgebracht. Alle wussten, dass er ein Verhältnis mit ihr hatte. Wie andere ihr Geld in Immobilien oder Wertpapiere investierten, so legte Hanna Fordinal ihr Geld in Schönheitsoperationen an. Rauch wünschte ihr, dass sie mit Pokornys Geschenken all das wieder hereinbekam, was sie den kosmetischen Ärzten in den Rachen warf. Nicht, dass ihr die Frau sympathisch war, aber letztendlich musste man Hanna Fordinal dankbar dafür sein, dass sie Pokornys Hormonspiegel im Gleichgewicht hielt.

Als Rauch eintrat, stand Pokorny auf und reichte ihr die Hand. Was er sonst nie machte.

„Tolle Leistung, Frau Rauch. Wir konnten dem Mann ein gutes Dutzend Einbrüche nachweisen. Ein wichtiger Erfolg, gerade angesichts der letzten Medienberichte über die Zunahme von Eigentumsdelikten. Ich habe deshalb eine Pressekonferenz für den späten Nachmittag anberaumt. Keine Angst, Sie müssen nicht reden, das mache ich, aber die Zeitungen wollen natürlich Fotos von der Heldin. Vielleicht kommt sogar das Fernsehen."

Rauch hatte nicht die geringste Lust, ihr Gesicht vor irgendwelche Kameras zu halten, wusste aber, dass sie da nicht herauskam. Trotzdem versuchte sie es.

„Ich habe am frühen Nachmittag einen wichtigen Termin in Sachen Manuel Schall."

„Den müssen Sie natürlich verschieben. Die Pressekonferenz geht jetzt vor. Aber in der Schall-Sache wollte ich ohnehin mit Ihnen sprechen. Mir kommt vor, dass es da nicht wirklich eine Entwicklung gibt. Es ist nur eine Frage der Zeit, bis die Presse den Fall aufgreift. Sie wissen ja, wie gern die Zeitungen Bilder von hilflos aussehenden Milchbuben auf ihre Titelseiten setzen. Darüber steht dann mit großen roten Lettern VERMISST, daneben ein Bild der verheulten Mutter, und darunter in tiefschwarzen, fetten Lettern DIE POLIZEI HAT NOCH KEINE SPUR. So etwas brauche ich nicht."

Pokorny schien nachzudenken. Er zupfte an seiner schmalen, immer leicht bläulichen Unterlippe herum.

„Wissen Sie was. Wir kommen der Presse zuvor. Jetzt, wo Sie den Serieneinbrecher festgenommen haben, vertraut man Ihnen. Sie werden doch vors Mikrofon treten, ein Bild von Schall in die Kamera halten und behaupten, dass es eine heiße Spur gibt und der Fall unmittelbar vor seiner Aufklärung steht."

„Das geht nicht. Beim derzeitigen Stand kann ich überhaupt nichts sagen. Der junge Schall kann in Rio am Strand liegen oder tot im Wiener Wald. Wir haben keinerlei Anhaltspunkte. Und wenn ich jetzt behaupte, wir haben eine heiße Spur, und morgen wird seine Leiche gefunden, was dann?"

„Heute ist heute und morgen ist morgen. Hören Sie, Rauch, das ist kein Vorschlag von mir, sondern ein Befehl. Sie werden am Nachmittag bei der Pressekonferenz das Bild vom jungen Schall in die Kameras halten und sagen, dass der Fall unmittelbar vor seiner Lösung steht. Wenn Sie damit ein Problem haben sollten, finde ich mit Sicherheit einen Kollegen, den der Fall mehr interessiert als Sie."

Das war glatte Erpressung, aber Rauch hatte keine Wahl. Für sie war es undenkbar, den *Fall Will* abzugeben, oder den *Fall Schall*, je nachdem, wie man die Sache sah. Das Risiko war zwar groß, denn sollte Schall nach ihrer Ankündigung vor der Presse wirklich tot aufgefunden werden, würde Pokorny mit Sicherheit nicht hinter ihr stehen. Er hätte, davon war Rauch völlig überzeugt, nicht das geringste Problem damit, sie in diesem Fall wieder zu einer einfachen Revierinspektorin zu degradieren.

„Wo und wann findet die Pressekonferenz statt?"

„Frau Fordinal sagt Ihnen alles ganz genau. Glückwunsch noch mal zu der Festnahme letzte Nacht. Wir sehen uns dann später. Auf Wiedersehen, Frau Rauch!"

Rauch ging zurück in ihr Büro und warf wortlos die Tür hinter sich zu. Sie hatte eine solche Wut auf Pokorny, dass sie keinen klaren Gedanken fassen konnte. Sie riss das Fenster auf und atmete, um sich zu beruhigen, langsam die frische Luft ein. Eine Zigarette zündete sie an, warf sie aber nach zwei Zügen auf die Straße hinunter. In diesem Moment klopfte es und Greta steckte den Kopf zur Tür herein.

„Ein junge Frau, die Sie unbedingt sprechen möchte."

Rauch war jede Form von Ablenkung recht. Außerdem wollte sie wissen, wer da vor ihrem Büro stand. Gewöhnlich bekam sie am Dezernat nie unangekündigten Besuch.

„Sie soll reinkommen."

Es war Anna und sie trug ein Geschenk unter dem Arm.

„Was machst du hier?", fragte Rauch erstaunt.

„Ich wollte mich bedanken für gestern Abend."

Rauch bekam ungern Geschenke. Sie konnte sich nicht verstellen und die Schenker merkten es immer sofort, wenn sie mit einem Geschenk nichts anfangen konnte. Und das war meistens der Fall. Es gab ja auch niemanden, der sie gut genug kannte, um zu wissen, was ihr gefiel. Will war da mit seinem Vogelbuch die große Ausnahme gewesen. Anna hingegen wusste nichts über sie. Sie konnte mit ihrem Geschenk nur daneben liegen. Deshalb versuchte Rauch auch das Thema zu wechseln, um den peinlichen Moment so lange wie möglich hinauszuzögern.

„Was ist bei deiner Untersuchung herausgekommen?"

„Gebrochen ist nichts, das Hämatom werde ich aber sicher noch die nächsten zwei Wochen spüren."

„Hast du Zeit? Gehen wir etwas essen. Ich muss dringend hier raus."

Sie gingen in die Pizzeria, wo Rauch zu Mittag aß, wenn ihr das Kantinenmenü nicht zusagte. Als sie die Speisekarte durchschauten, griff Anna sich immer wieder an ihre Seite.

„Hast du noch Schmerzen?"

„Die Rippenprellung. Die Würgemale am Hals spüre ich dafür überhaupt nicht mehr. Der hat ja kaum angefangen zuzudrücken, da bist du schon da gewesen. Aber ohne dich hätte er mich wahrscheinlich erwürgt. Wie mir das heute im Krankenhaus bewusst geworden ist, habe ich einen Heulkrampf bekommen. Gar nicht bei dem Gedanken, dass ich jetzt eigentlich tot sein könnte, sondern als ich mir vorgestellt habe, wie Lili mich am Morgen findet."

„Ich glaube nicht, dass er dich umgebracht hätte, der wollte dich nur am Schreien hindern."

„Ich will es gar nicht so genau wissen."

Anna schluckte und Rauch sah, wie sie mit den Tränen kämpfte. Um sie abzulenken, fragte sie Anna nach ihrer Arbeit. Das half, allerdings anders, als Rauch sich das gewünscht hatte, denn Anna wischte sich mit beiden Händen übers Gesicht und griff dann zu dem Geschenk neben sich.

„Von meiner Arbeit erzähle ich dir später. Erst musst du das hier auspacken."

„Das wäre nicht notwendig gewesen, wirklich nicht."

Das Paket fühlte sich weich an, wahrscheinlich etwas zum Anziehen. Rauch drückte und schüttelte und roch sogar daran, alles nur um Zeit zu gewinnen.

„Jetzt reiß es endlich auf."

Rauch löste das Band und die Klebestreifen und rollte langsam das Geschenk aus dem Papier. Es war eine Jacke in einem seltsamen Blau, eine Art Himmelblau, in den Siebzigerjahren waren Autos in diesem Farbton lackiert worden. Rauch hätte sich dieses Blau bestenfalls für eine Müslischale einreden lassen, aber sicherlich nicht für ein Kleidungsstück. Außerdem besaß die Jacke einen seitlich versetzten Reißverschluss und Rauch hasste Reißverschlüsse. Anna bemerkte ihre Zurückhaltung.

„Sag einfach nichts und probier sie an.“

Rauch stand auf und schlüpfte in die Jacke. Keine Ahnung, wie sie damit aussah, sie passte jedenfalls wie angegossen.

„Belissimo!“

Der Kellner, der gerade die Getränke brachte, schnalzte anerkennend mit der Zunge. Das hieß gar nichts. Sie kannte Luigi seit vielen Jahren. Er hätte auch mit der Zunge geschnalzt, wenn sie in einem Jutesack dagestanden wäre.

„Geh aufs Klo, da gibt es bestimmt einen Spiegel.“

Rauch wollte Anna nicht beleidigen und gehorchte mit einem gespielten Lächeln. Am Klo war es dunkel und sie wollte zuerst gar nicht das Licht andrehen. Dann drückte sie den Schalter und war im nächsten Moment doch einigermaßen überrascht. Die Jacke stand ihr. Auch wenn sie darin wie eine Fremde aussah.

„Und?“, fragte Anna, als Rauch zurück an ihren Tisch kam.

„Schön. Sehr schön sogar. Aber, ehrlich gesagt, hätte ich die Jacke in einem Geschäft gesehen, ich hätte sie nicht einmal anprobiert.“

„Wir Schneider zeigen den Leuten eben, wer sie wirklich sind.“

„Willst du damit sagen, die Jacke ist von dir?“

Anna erzählte, dass sie Designerin sei. Eine alte Schlosserei hatte sie zu einem Atelier umbauen lassen und dort verkaufte sie ihre Sachen auch. Sie entwarf aber nicht nur Kleidung, sie ließ nach ihren Plänen auch Tische und Kästen zimmern und einmal hatte sie sogar ein Besteck entworfen, mit einem Messer, das zwei verschiedene Klingen hatte, weil sich Gemüse anders schneiden lässt als Fleisch.

„Begonnen hat aber alles mit meinem Faible für Stoffe und mit einer außergewöhnlichen Frau.“

Anna schwärmte von ihrer ehemaligen Professorin an der Kunstakademie. Deren Credo lautete, dass, wer Kleidung entwerfen wolle, zuerst einmal eine Ahnung vom Körper haben müsse. Und so verlangte sie, dass jeder ihrer Studenten die Anatomieprüfung auf der medizinischen Fakultät abzulegen habe. Den Besuch der Pathologieübung hatte sie auch empfohlen, den Studenten aber freigestellt. Der Besuch eines Massagekurses war dafür aber wieder verbindlich gewesen.

„Ich kenne niemanden, der so konsequent ist wie diese Frau. Weil jeder Körper anders ist, entwirft sie ihre Sachen immer nur als Einzelstücke für ganz konkrete Personen. Mit denen verbringt sie jedes Mal mehrere Tage und beobachtet dabei genau, wie sich diese Menschen bewegen, stehen und sitzen und welche Gesten sie ausführen. Außerdem massiert sie ihre Kunden, um ihre Körper auswendig zu lernen. Einmal hat sie etwas gesagt, das ist mir im Gedächtnis geblieben: *Die Leute glauben immer, ich ziehe sie an, dabei ziehe ich sie aus.* Und ein anderes Mal hat sie gemeint, dass ein Schneider wie ein Psychoanalytiker sei."

Der Kellner kam und brachte das Essen. Penne al'Arrabiata für Anna und für Rauch die gewohnte Quattro Formaggi. Rauch schnitt die Pizza in Ecken und aß mit der Hand. Wie immer viel zu schnell.

„Warst du damals auch im Pathologiekurs?"

„Meine Diplomarbeit war ein Totenhemd."

Der Gorgonzola war Rauchs Lieblingskäse und so hob sie sich dieses Pizzaviertel immer für den Schluss auf. Heute schmeckte er aber viel zu bitter, und so ließ Rauch, ganz entgegen ihren Gewohnheiten, den Rest der Pizza stehen. Wahrscheinlich die anstehende Pressekonferenz, dachte sie.

Als sie an diesem Abend heimkam, zog sie nicht einmal die Schuhe aus, sondern ließ sich einfach auf die Couch sinken und drehte die Stereoanlage laut auf. „… as I live and breathe, you have killed me, you have killed me, yes, I walk around – somehow –, but you have killed me, you have killed me …" Sie hasste Pokorny, sie hasste sich selbst, wusste aber nicht, wie sie aus Pokornys Erpressung herausgekommen wäre, ohne den Fall abzugeben. Trotz allem schien sie ihre Rolle überzeugend gespielt zu haben, Pokorny hatte jedenfalls beim Abschied nach der Pressekonferenz hochzufrieden gewirkt und ihr im Vorbeigehen sogar eine Gehaltserhöhung angedeutet.

Rauch wusste nicht, wie oft sie den Song schließlich im Dauerloop gehört hatte, als sie endlich ins Bad hinüberging und sich eine heiße Wanne einließ. Gedankenverloren kippte sie viel zu viel von dem Badeöl ins Wasser, sodass ihr der scharfe Geruch von Eukalyptus und Menthol in den Augen brannte, als sie sich mit einem Glas Rotwein in der Hand ins dampfend heiße Wasser sinken ließ. Sie nahm einen langen Schluck und schaffte es dann gerade noch, das Glas auf dem Boden abzustellen, bevor sie in einen fast ohnmachtsartigen Schlaf kippte.

Sie saßen in einer Tempelanlage auf einer Steinbank, Rauch und Kumiko. Die Bank befand sich am Rand eines künstlichen Teichs. Als sich die Wasseroberfläche kurz kräuselte, lehnte Rauch sich vor, um nachzusehen, ob Goldfische im Teich waren. Sie entdeckte einen karpfengroßen Fisch, weiß mit purpurroten Flecken und einer seltsamen Kopfform. Die Stirn war gefurcht und gefältelt, als würde das Tier sein Gehirn außen tragen. Der Goldfisch saugte ein Insekt von der Wasseroberfläche, dann ließ er sich wieder in die Tiefe sinken. Als sich der Wasserspiegel wieder glättete, tauchte langsam Rauchs Spiegelbild auf, zuerst noch von der sanften Wellenbewegung verzerrt, dann immer klarer und deutlicher. Da schrak sie zurück. Das Gesicht, das sie vor sich sah, zeigte nicht sie, sondern eine Japanerin

Rauch schaute auf, drehte sich zu Kumiko hinüber und erschrak zum zweiten Mal. Kumiko sah nicht nur aus wie sie, sie trug auch die himmelblaue Jacke, ihr Geschenk von Anna. Sie schien diesen Identitätswechsel nicht bemerkt zu haben oder er schien ihr egal zu sein.

„Die einzige Möglichkeit, die uns bleibt", sagte sie ernst, „ist, dass wir uns trennen. Eine von uns versteckt sich vor Will und die andere geht ihn suchen. Nur so sind wir auf alles vorbereitet, was er geplant haben mag."

Rauch war diese Frau, die da in ihrem Körper steckte, zutiefst unsympathisch. Außerdem schwelte zwischen ihnen eine nagende Eifersucht. Wahrscheinlich weil beiden klar war, dass Will sich nur für eine von ihnen entscheiden würde. Nur mit einer von ihnen würde er machen, was er wollte. Und sosehr sie Will auch fürchteten, so sehr waren sie doch auch angezogen von diesem Gedanken. Als sie überlegten, wer von ihnen Will suchen und wer sich vor ihm verstecken sollte, begannen sie deshalb auch lautstark zu streiten. Rauch tat sich immer schwerer damit, einen kühlen Kopf zu bewahren. In ihrer Verzweiflung fuhr sie sich mit beiden Händen in ihre zu einem langen Zopf gebundenen pechschwarzen Haare und versuchte, sie sich auszureißen. Ohne Erfolg. Es gelang ihr nicht einmal, ihre Frisur durcheinanderzubringen. Sie wollte aufspringen, doch da merkte sie, dass sie keinerlei Gewalt mehr über ihren Körper hatte. Dann befand sich Rauch mit einem Mal nicht mehr auf der Steinbank im Park, sondern in einem engen mit Reisstrohmatten ausgelegten und von Papierschiebetüren umgebenen Raum. Kumiko war verschwunden, dafür zeichnete sich die Silhouette eines Mannes auf den durchscheinenden Wänden ab. Der Mann flüsterte, allerdings so leise, dass Rauch nichts von dem verstehen konnte, was er sagte. Plötzlich öffnete sich eine der Türen und Will trat ein. Wortlos setzte er sich ihr gegenüber und starrte sie unverwandt, aber ohne ein Wort zu sagen, an. Dann nickte er und Rauch begann plötzlich gegen ihren Willen zu singen. Mit einer ihr völlig fremden und seltsam kehligen Stimme. Rauch verstand kein Wort von dem, was sie da sang. Intuitiv wusste sie aber, dass dieses Lied ihr Leben erzählte. Es war ihr unmöglich aufzuhören und so sang sie stundenlang vor sich hin und wunderte sich dabei, wie es ihr möglich war, diese Hunderte von Strophen im Gedächtnis zu behalten. Es musste Tage, ja Wochen gedauert haben, aus ihrem Leben dieses Lied zu machen und das dann auch noch auswendig zu lernen. Es tat ihr gut, dieses Lied zu singen, gleichzeitig fühlte Rauch aber auch, wie es sie erschöpfte. Dann kam ein Schwindel hinzu und sie glaubte, ohnmächtig zu werden. Da streckte Will plötzlich den Arm aus, legte ihr seine Hand auf die Augen und so konnte Rauch ihr Lied beenden. Mit dem letzten Ton sank sie völlig entkräftet auf die Bambusmatte zurück und spürte, wie ihr eine ungeahnte Kälte in die Glieder kroch und sie zu zittern begann.

Rauch erwachte im kalten Badewasser. Als sie auf die Uhr sah, stellte sie fest, dass es kurz vor Mitternacht war. Es schauderte sie und sie musste niesen. Als sie sich die Hände vors Gesicht hielt, geriet ihr etwas von dem Badewasser in die Augen. Es brannte höllisch und sie tappte blind nach einem Handtuch. Dabei stieß sie das Rotweinglas um, das neben der Wanne am Boden gestanden war. Das Glas zerbrach und der Rotwein rann über die weißen Fliesen. Messerscharfe Scherben, die blutrote Flüssigkeit am Boden und das kalte, abgestandene Wasser. Wie das Badezimmer einer Selbstmörderin. Rauch ließ alles liegen und stehen und stolperte hinüber in ihr Schlafzimmer, wo sie sich nackt und nass in ihre Decke wickelte und sofort wieder einschlief.

Zehn Minuten vor sechs läutete das Telefon. Das Morddezernat war am Apparat. Ein Pensionist hatte auf seinem Morgenspaziergang mit dem Hund eine männliche Leiche entdeckt. In einem Waldstück, keine fünf Kilometer vom Flughafen entfernt. Das Opfer dürfte mit einem stumpfen, schweren Gegenstand erschlagen worden sein. Weil das halbe Gesicht dadurch unkenntlich war, konnte seine Identität bisher nicht geklärt werden. Alter, Größe und Haarfarbe würden allerdings auf Manuel Schall hinweisen. Rauch ließ sich den Weg zur Fundstelle beschreiben.

„Ich bin in einer halben Stunde da. Lassen Sie in der Zwischenzeit außer der Spurensicherung niemanden in den Umkreis der Leiche."

Der Morgenverkehr hatte noch nicht richtig eingesetzt und Rauch kam zügig voran. Wenn der Mann mit dem eingeschlagenen Schädel wirklich Manuel Schall war, dann stand sie nach ihrem gestrigen medialen Großauftritt jetzt wie eine Witzfigur da. An einer roten Ampel musterte sie sich im Rückspiegel. Ihr Gesicht war eine Katastrophe. Sie war blass und ihre Augen tränten, vom Schlaf in der kalten Badewanne hatte sie sich eine Verkühlung geholt. Dafür war sie noch immer von ihrer neuen blauen Jacke begeistert. Das weiche Leder fühlte sich angenehm an auf der Haut. So als würde ihr die Jacke eine Hand auf Schulter und Arm legen. Wie ein Freund, der ihr Mut machen wollte. Es kam ihr vor, als würde sie die Jacke schon seit Jahren besitzen.

Der Flughafen lag im Südosten der Stadt und Rauch konnte beobachten, wie die Sonne hinter einem grauen Wolkenband auftauchte. Wenn der Tote nicht Schall war, würde sie auf dem Rückweg irgendwo stehen bleiben. Den Wagen abstellen, bloßfüßig durch die Wiesen laufen und sich dann in die Sonne legen und durch den Rauch ihrer Zigarette in den Himmel schauen. Wenn der Tote Schall war, würde sie mit ihrem Wagen in die Waschstraße fahren, warten, dass die blauen Rollen sich über die Scheiben senkten, nichts mehr zu sehen war, und hoffen, dass sie mitsamt ihrem Auto in dem weißen Schaum verschwand.

Drei Minuten später gab sie den Blinker raus, reihte sich rechts ein und verließ die Autobahn. *Beim Kreisverkehr links, dann etwa zwei Kilometer geradeaus, bis auf der rechten Seite ein hoher Stapel Strohballen auftaucht, von dort geht der Forstweg ab, der zum Fundort führt.* Rauch fand den Weg auf Anhieb. Schon von weitem sah sie den Einsatzwagen mit eingeschaltetem Blaulicht und den Kombi der Spurensicherung, die am Waldrand standen. Sie parkte gleich dahinter, ein Beamter kam zu ihr und sie zeigte ihm ihren Ausweis. Der Mann war blass.

„Ich nehme an, Sie sind so einen Anblick gewohnt", sagte er, während er sie zu der Fundstelle führte. „Ich habe so etwas jedenfalls noch nicht gesehen." Der Beamte war jung, und nach seiner Gesichtsfarbe zu schließen, würde er sich jeden Augenblick übergeben. Rauch sagte nichts. Sie hatte in den mehr als dreißig Jahren, die sie nun schon bei der Polizei war, Hunderte Tote gesehen. In

Autowracks eingekeilte Unfallopfer, in deren weit aufgerissenen Augen ungläubige Überraschung geschrieben stand, Ermordete mit oft nur lächerlich winzigen Einschusslöchern in der Brust und Selbstmörder, deren Unterarme mit ihrem eigenen Blut am Badewannenrand festklebten. Egal, unter welchen Umständen Rauch auf diese Leichen gestoßen war, eines blieb gleich: Die Luft schien plötzlich stillzustehen, wie kurz vor Ausbruch eines Gewitters, das dann aber nie kam. Die Spannung flirrte stumm unter der Haut, besonders in ihren Stirnhöhlen kribbelte es dann so wie bei einem beginnenden Fieber. Am Morgen nach einem Leichenfund hatte Rauch auch immer einen Kater, so als wäre ihr der Tod zu Kopf gestiegen wie zu viel Alkohol.

Sie überlegte, wie lang ihre letzte Leiche mit Kopfverletzungen zurücklag. Drei Jahre, schätzte sie. Damals war sie noch beim Morddezernat gewesen. Beim Blick auf die Leiche hatte es ihr fast den Magen ausgehoben. Das Gesicht der Frau war aber auch nur mehr eine blutige Masse gewesen. Tatwaffe: ein Baseballschläger. Tatmotiv: Eifersucht. Kein noch so abgebrühter Mafiakiller konnte so brutal morden wie ein Liebeskranker. Mafiakiller schossen ihre Opfer in den Kopf, sie wollten einfach nur, dass der Lebende, um den es ging, anschließend tot war. Da ging es um Effizienz und nicht um Emotionen. Eifersuchtsmördern ging es darum, das Gesicht und damit die Identität ihrer großen Liebe auszulöschen. Das Opfer sollte nicht nur tot sein, es sollte auch verschwinden. Es durfte nur noch als vollkommene Fantasie im Kopf des Täters existieren.

Auf der Rückbank des Einsatzwagens wurde gerade die Aussage des Spaziergängers aufgenommen. Ein weiterer Beamter stand einige Schritte daneben und hielt den Hund des Pensionisten. Die Spurensicherung hatte nur einen Mann geschickt. Der kauerte in seinem weißen Kunststoffoverall über der Leiche. Der Tote lag auf dem Bauch, das Gesicht war nach links gedreht, vielmehr das, was vom Gesicht übrig war. Der stumpfe Gegenstand musste den Mann mehrfach getroffen haben. Von einem Schlag wurde ein Schädel nicht so deformiert. Es war unmöglich, den Toten anhand des Aussehens zu identifizieren. Rauch ließ deshalb die Fotos Manuel Schalls in ihrer Tasche.

„Guten Morgen, Eva Rauch."

Sie kannte den Kollegen nicht. Der war gerade damit beschäftigt, mit seiner Pinzette irgendwelche Fasern von der Kopfhaut des Toten zu zupfen und in einen Zellophanbeutel zu verfrachten. Deshalb sah er Rauch auch nicht an, als er sie begrüßte. Der Schweiß stand ihm auf der Stirn, obwohl es jetzt am frühen Morgen noch angenehm kühl war.

„Gibt es irgendwelche Hinweise zur Identität des Toten?"

„Nein, da war nichts. Jacken und Hosentaschen waren ausgestülpt. Geld und Ausweise muss der Täter an sich genommen haben."

„Haben Sie sonst schon irgendetwas herausgefunden?"

„Die Leiche liegt länger als achtundvierzig Stunden hier. Sie ist in diese Mulde gerollt und notdürftig mit einer Erdschicht zugedeckt worden. Der Hund hat hier gegraben und so die Leiche entdeckt."

Rauch ging die Umgebung des Fundorts ab und fand wenige Schritte entfernt hinter einem Busch ein gebrauchtes Kondom. Sie holte sich die Pinzette von ihrem Kollegen und verfrachtete den Gummi vorsichtig in einen Beweismittelbeutel.

„Gibt es irgendwelche Hinweise darauf, dass das Opfer vor der Ermordung Geschlechtsverkehr hatte? Vielleicht war der Mann ja ein Stricher. Haben Sie irgendwelche Verletzungen im Analbereich feststellen können?"

„So weit bin ich noch nicht. Die Hose hatte er jedenfalls oben. Soll ich nachschauen?"

Der Mann von der Spurensicherung zog der Leiche vorsichtig die Hose hinunter und die Gesäßbacken auseinander.

„Es könnte sein. Aber nach achtundvierzig Stunden lässt sich das nicht mit Sicherheit sagen. Nicht hier zumindest. Wenn wir ihn erst einmal im Labor haben, kann ich Ihnen Auskunft über sein Sexualleben der letzten zwei Wochen geben."

Es gab genau zwei Personen, die Manuel so gut kannten, dass sie ihn anhand körperlicher Merkmale identifizieren konnten. Helga Schall und Herbert Will. Vorerst galt es aber noch abzuwarten, ob die Untersuchung des Mannes nicht eindeutige Hinweise auf seine Identität liefern würde. Dann konnte sie Helga Schall diesen Anblick ersparen. Und sich selbst ein weiteres Zusammentreffen mit dieser Frau. Will hätte sie aber gern in die Prosektur bestellt, in den langen, kalten Keller, vorbei an dem Raum mit den Kühlregalen und in das Untersuchungszimmer mit dem sterilen Neonlicht, das die Farben des Todes so richtig zur Geltung brachte. Rauch war bisher keine Situation eingefallen, die Will hätte verunsichern oder aus der Reserve locken können. Zu souverän hatte er bisher immer gewirkt. In diesem Raum vor einer Leiche zu stehen, war aber etwas ganz anderes. Der Anblick und vor allem der Geruch gingen an die Substanz, da wurde das Unbehagen körperlich, da konnte sich auch ein noch so starker Geist nicht mehr wehren gegen Ekel und Übelkeit. Nicht umsonst hieß es ja, dass man sich *die Seele aus dem Leib kotzte*. Das stimmte tatsächlich. Jemand, dem es gerade den Magen aushob, konnte auch seine Geheimnisse nicht mehr verbergen.

Rauch wollte Will deshalb unbedingt zur Identifizierung ins Leichenschauhaus vorladen. Egal, ob es sich bei dem Toten um Manuel Schall handelte oder nicht.

„Wann kann ich die Blutgruppe des Opfers haben?"

„In drei Stunden. Da kann ich Ihnen dann auch schon sagen, ob der Mann kurz vor seinem Tod Verkehr gehabt hat."

Rauch verabschiedete sich von den Beamten und fuhr zurück. Im Wagen bekam sie den süßen Verwesungsgeruch nicht aus der Nase und ließ alle Fenster herunter. Der Fahrtwind war so laut, dass sie nicht hörte, als Pokorny anrief. Sie hätte aber auch nicht abgehoben, wenn sie das Klingeln bemerkt hätte.

Aus „Die Front. Aufzeichnungen von der Grenze“ (2008)

Es ist eine einfache Welt, in der Krieg stattfindet, das macht sie so verführerisch. Der Soldat an der Front hat nicht viel, woran er denken muss. Es ist wie am zweiten Tag der Schöpfung, es gibt nur Tag und Nacht.

Wenn es dunkel wird, bevor die Sonne untergeht, hat man etwas falsch gemacht.

Simon ist dreiundzwanzig und seit acht Monaten in Afghanistan. Bevor er zur Army ging, hatte er mehrere Jobs ausprobiert. Er hatte Wertpapiere verkauft und Versicherungen. Dann hatte er von einem Tag auf den anderen gekündigt, *um etwas Ehrliches zu machen.*

Er fing in einer Gärtnerei an, wo er Blumen, Bäume und Sträucher züchtete und verkaufte. Bei der Bank war er äußerst erfolgreich gewesen. Als er dort aufhörte, erklärten ihn seine Eltern für verrückt. Seine Freundin verließ ihn sogar. Die Sache mit den Pflanzen war aber genau das Richtige für ihn gewesen. Die Hektik von früher war weg, er glaubte an die Dinge, mit denen er den ganzen Tag zu tun hatte, und fühlte sich dem Leben nah. Zwei Jahre war er glücklich.

Weil keiner mir sagte, was mir fehlte, fehlte mir auch nichts.

Dann fand ein Klassentreffen statt, die meisten seiner Mitschüler hatte er seit der Highschool nicht mehr gesehen. Einer von ihnen hatte in der Zwischenzeit im Irak gedient, war jetzt in Afghanistan stationiert und befand sich gerade auf Heimaturlaub. Er erzählte, dass er keine Ahnung gehabt hatte, wie weit er hier in den USA vom wirklichen Leben entfernt gewesen sei.

Das Haus mit Alarmanlage, die Fahrt zur Arbeit mit dreißig Meilen die Stunde, das Büro mit Klimaanlage. Du wirst gehalten wie eine Pflanze im Glashaus. Die Luft ist wohltemperiert und du wirst regelmäßig gegossen, hatte er zu Simon gesagt. Den machte der Vergleich nachdenklich, nein, mehr als das. Was sein Mitschüler erzählte, wühlte ihn auf.

Mir war, als hätte ich geschlafen und jemand hätte mich aufgeweckt. Ich hatte geglaubt, durch den Wechsel in die Gärtnerei dem Leben näher gekommen zu sein, aber jetzt hatte ich das Gefühl, mich dadurch vom Leben entfernt zu haben.

Simon wollte endlich dem Leben begegnen. Er meldete sich freiwillig und wurde nach seiner Ausbildung in den hintersten Hindukusch versetzt. Das ist jetzt zwei Jahre her. Mittlerweile hat Simon Angst. Morgens vor der Welt da draußen und abends, beim Einschlafen, vor sich.

Trotzdem bin ich noch immer davon überzeugt, dass mein jetziges Leben wirklicher ist als mein Leben daheim in den Staaten. Ich weiß jetzt aber auch, dass der Mensch nicht geschaffen ist, das wirkliche Leben zu ertragen.

Weil sie noch nicht wusste, ob es sich bei dem Toten um Manuel Schall handelte oder nicht, war Rauch in die Waschstraße gefahren. Und als sich die blauen Rollen hoben und ihr Auto zurück auf die Straße rollte, war sie weitergefahren zur nächsten Wiese und hatte dort bei einer Zigarette dieses seltsame neue Buch von Will begonnen. Offenbar kein Roman dieses Mal, sondern ein Tatsachenbericht von Soldaten im Kampfeinsatz.

Gleich elf. Das Telefon hatte die letzte Stunde noch einige Male geklingelt. Sie sah auf das Display. Fünf Anrufe *Pokorny*. Sie fand es nur gerecht, dass ihr Chef auf glühenden Kohlen saß. Wahrscheinlich überlegte er gerade gemeinsam mit seinem Pressesprecher, wie er es den Medien erklären sollte, falls es sich bei dem Toten tatsächlich um Manuel Schall handelte. Rauch konnte die Stellungnahme Pokornys schon hören. Er würde sich für die grobe Fahrlässigkeit einer Beamtin entschuldigen und den versammelten Journalisten versichern, dass sie umgehend vom Dienst suspendiert werden würde.

Rauch riss einen Grashalm aus und kaute darauf herum. Wenn der Tote beim Flughafen der junge Schall war, stand ihr kein angenehmer Tag ins Haus. Der einzige Lichtblick war die Rückkehr von

Klenk. Das Seminar ging heute zu Ende und am Abend würden sie, komme was wolle, das abgebrochene Essen von vor sechs Tagen fortsetzen. Zum ersten Mal fragte sich Rauch, ob sie eigentlich verliebt war in Klenk. Er sah gut aus, war dabei auch noch angenehm uneitel, außerdem intelligent und sympathisch und dann züchtete er auch noch Jasmin. Was aber letztendlich für ihn sprach, war, dass ihr der Gedanke, in einem, drei oder fünf Jahren noch immer mit Klenk zusammen zu sein, keine Beklemmung verursachte.

Vielleicht hatte das ja auch mit Will zu tun. Mit Will, der im Hintergrund saß, zurückgelehnt im Schatten ihrer Gedanken. Vielleicht war es gerade die Kombination aus dem einfühlsamen Klenk, den sie bei der Hand, und dem unberechenbaren Will, den sie im Hinterkopf hatte, die ihr das Gefühl gab, nichts zu vermissen. Klenk stand für Sicherheit und Will für alles andere, für all die Dinge, die sie noch nicht über sich wusste.

Rauch holte ihr Telefon aus der Jackentasche und rief Klenk an. Er hatte gemeint, dass er am Vormittag von seinem Seminar zurückfahren würde, vielleicht war er ja schon wieder in Wien. Aus Versehen wählte sie seine Büronummer und bekam Frau Markl an den Apparat. Die klang seltsam. Nicht schnippisch und abweisend wie sonst, sondern verstört.

„Doktor Klenk hatte einen schweren Unfall."

Rauch merkte, wie ihr der Atem stockte, und Frau Markl wertete ihr Schweigen als Aufforderung, weiterzuerzählen. Klenk war unmittelbar vor seinem Haus beim Überqueren der Straße von einem Wagen erfasst worden. Der Fahrer war, ohne stehen zu bleiben, weitergefahren. Ein Zeuge konnte sich zwar Autofarbe und Marke merken, nicht jedoch das Kennzeichen. Die Fahndung würde also noch eine Zeit lang dauern.

„Doktor Klenk hat schwere Kopfverletzungen erlitten, die Ärzte haben ihn in künstlichen Tiefschlaf versetzt. Er befindet sich noch in akuter Lebensgefahr. Wenn er die nächsten achtundvierzig Stunden übersteht, kann man weitersehen. Darüber, ob er bleibende Schäden davontragen wird, lässt sich aber noch gar nichts sagen."

Rauch fragte Markl nach dem Krankenhaus, in dem Klenk lag. Dann legte sie auf, ohne sich zu verabschieden, und sprang in den Wagen.

Vor der Glasscheibe zur Intensivstation sah Rauch ein älteres Ehepaar und eine bedeutend jüngere Frau. Bei dem Paar handelte es sich ganz offensichtlich um die Eltern von Klenk. Der Vater sah ihm unglaublich ähnlich, die Falten musste man sich zwar weg- und die Haare dazudenken, aber die gerade Nase, die blauen Augen und die buschigen Augenbrauen waren genau die gleichen. Von der Mutter hatte er dafür gar nichts. Und auch die junge Frau sah Klenk nicht einmal in Ansätzen ähnlich. Rauch ging hinüber und stellte sich als Arbeitskollegin vor. Die Mutter nahm Rauchs Hand und drückte sie. Sie wollte etwas sagen, die Stimme versagte ihr aber und sie verfiel in ein Schluchzen. Rauch schaute an ihr vorbei durch die Glasscheibe auf das Bett, das dort stand. Sie hatten Klenk völlig kahl rasiert. Die Verletzungen mussten sich am Hinterkopf befinden, das Gesicht wies nämlich weder Bandagen noch Verfärbungen auf. Es war einfach nur unnatürlich blass. Rauch fand Klenk auf eine rätselhafte Art schön, seltsam unwirklich und dadurch vollkommen. So als wäre er schon tot oder noch gar nicht geboren, ein Wesen befreit von der Zeit.

Rauch drückte jetzt auch dem Vater die Hand und wandte sich dann der jüngeren Frau zu, die etwa in ihrem Alter sein musste und sich als Elisabeth Klenk vorstellte. Sie begegnete Rauch abweisend, wie eifersüchtig.

„Wir sind jetzt seit fast zwei Stunden hier, ohne dass ein Arzt Zeit gefunden hätte, uns nähere Auskünfte zu geben. Vielleicht haben Sie als Polizistin ja andere Möglichkeiten, um an Informationen heranzukommen."

Elisabeth Klenks Satz klang nicht wie eine Bitte, eher wie eine ruppige Aufforderung. Klenks Mutter zog Rauch daraufhin zur Seite.

„Sie müssen meine Tochter entschuldigen, aber das mit Sebastian hat sie völlig mitgenommen. Sie meint es nicht so, Frau Rauch."

Unwillkürlich atmete Rauch auf, als sie hörte, dass diese Elisabeth Klenks Schwester war und nicht seine Frau oder Exfrau, die er ihr unterschlagen hatte. Rauch versprach, sich um die Sache zu kümmern, und machte sich auf die Suche nach einem Arzt.

Auf dem Gang sah sie niemanden und so ging sie vor zur Rezeption am Eingang der Station. Hinter dem Pult waren eine Schwester und ein Arzt gerade in ein Gespräch vertieft.

„Verzeihung, Rauch mein Name, Kriminalpolizei. Ich bin wegen meines Kollegen Sebastian Klenk hier. Der Unfall mit Fahrerflucht heute Vormittag. Ich bräuchte dringend eine nähere Auskunft zu seinem Gesundheitszustand. Wann er aus dem künstlichen Tiefschlaf geholt wird und ab wann eine Einvernahme möglich ist."

Der Arzt drückte der Schwester eine Krankenakte in die Hand und kam auf Rauch zu.

„Guten Tag, Frau Rauch, Doktor Hehn. Darf ich Sie in mein Büro bitten."

Hehns Zimmer lag am Ende des Ganges. An der Wand war ein Leuchtpult angebracht. Mehrere Magnetresonanzaufnahmen eines Gehirns waren zu sehen und Hehn deutete mit seinem Kugelschreiber auf mehrere dunkle Flecken.

„Das sind die Gehirnareale, die in Mitleidenschaft gezogen wurden."

Er umkreiste zwei besonders dunkle Stellen.

„Hier sind zwei Blutgerinnsel entstanden, die auf die benachbarten Gehirnregionen drücken. Wir versuchen, diese Gerinnsel langsam abzuleiten, dabei besteht aber die Gefahr, dass der Hirndruck zunimmt, wodurch Schlaganfälle ausgelöst werden können. Eine ganze Reihe von Schlaganfällen, wie ein Dominoeffekt. Mit letalem Ausgang. Das entscheidet sich in den nächsten achtundvierzig Stunden. Jedes Gehirn reagiert da anders, deshalb wäre es unverantwortlich, Ihnen mit irgendwelchen statistischen Erfahrungswerten falsche Hoffnungen zu machen."

„Gut, angenommen Doktor Klenk überlebt die nächsten achtundvierzig Stunden, womit ist dann zu rechnen?"

„Es tut mir leid, aber auch dazu kann ich Ihnen nichts Konkretes sagen."

„Hören Sie, Herr Doktor Hehn, ich brauche keine Zusicherungen, sagen Sie mir einfach, welche Möglichkeiten bestehen."

„Also, die möglichen Szenarien schauen folgendermaßen aus. Ich fange mit dem schlimmsten an: Doktor Klenk wacht nie wieder aus dem Koma auf. Er reagiert vielleicht mit Fingerdruck auf Fragen, öffnet aber nie wieder die Augen. Möglichkeit Nummer zwei: Er wacht auf, womöglich schon in den nächsten drei oder vier Tagen, kann sich aber an nichts erinnern. Und mit nichts meine ich wirklich nichts. Es kann sein, dass er keine Ahnung mehr hat, wer er ist. Dass er nicht mehr weiß, welchen Beruf er hat, was ihm schmeckt und wen er liebt."

„Und angenommen, seine Angehörigen erzählen ihm dann Dinge aus seinem Leben, kommt die Erinnerung dann zurück?"

„Manche Erinnerungen werden zurückkommen, andere Erlebnisse werden ihm aber völlig fremd bleiben, ganz egal, wie detailliert man ihm darüber erzählt. Sein Leben wird sich für ihn über weite Strecken wie eine freie Erfindung anhören."

„Ich hoffe, damit sind wir die gröbsten Szenarien durch und Sie können mir mit Möglichkeit Nummer drei zumindest eine kleine Hoffnung machen."

„Kann ich, es ist zwar nicht ganz so wahrscheinlich wie die bisher genannten Möglichkeiten, aber ebenso denkbar und auch schon etliche Male vorgekommen."

„Und zwar."

„Doktor Klenk schlägt in achtundvierzig Stunden die Augen auf, wundert sich, warum er nicht in der Arbeit ist, hat zwar höllische Kopfschmerzen, will trotzdem aber sofort nach Hause gehen."

Das Telefon klingelte und der Arzt zeigte entschuldigend auf den Apparat. Rauch bedankte sich, legte Hehn ihre Visitenkarte auf den Schreibtisch und bat ihn, sie über Klenk auf dem Laufenden zu halten.

„Sie können mich rund um die Uhr kontaktieren, sollte Sebastian Klenk aus dem Koma erwachen. Mir ist die Sache sehr wichtig."

Rauch gab die Neuigkeiten an Klenks Eltern und Schwester weiter und fuhr dann aufs Dezernat. Sie verzichtete auf den Lift und ging die drei Stockwerke zu Fuß zu ihrem Büro. Greta war nicht da, sie hatte aber eine Notiz hinterlassen. „POKORNY!!!" stand auf dem Zettel, der auf ihrem Computermonitor klebte. Mit großen roten Buchstaben und drei Rufzeichen. Rauch griff zum Telefon, wählte aber die Nummer der Rechtsmedizin.

Der Arzt teilte ihr mit, dass der Tote mit dem eingeschlagenen Schädel die Blutgruppe von Manuel Schall hatte.

„Bei jeder anderen Blutgruppe würde das nicht viel bedeuten, aber AB ist die mit Abstand seltenste Blutgruppe. Außerdem können wir mit Sicherheit sagen, dass der Mann regelmäßig und bis kurz vor seinem Tod Analverkehr gehabt hat."

Rauch war ungeduldig und das machte sie ungehalten.

„Ich brauche Sicherheiten. Nachdem Manuel Schall als vermisst gemeldet wurde, sind in Wills Wohnung Spuren gesichert worden. Unter anderem wurde auf Schalls Leintuch ein Blutfleck sichergestellt. Die Probe muss ja noch irgendwo sein. Und wenn Sie diese Probe mit dem Blut des Mordopfers abgleichen, muss sich ja wohl rasch und eindeutig sagen lassen, ob der Tote Schall ist oder nicht."

„Hören Sie, Frau Rauch. Ich bin mit dem Fall Schall nicht weiter vertraut. Mir wurde gerade eine Leiche zur Untersuchung vorgesetzt. Dass es da Proben gibt, die es abzugleichen gilt, höre ich jetzt zum ersten Mal."

„Jetzt wissen Sie jedenfalls, worum es geht, und können mir hoffentlich innerhalb der nächsten Stunde sagen, wer der Tote ist, der da vor Ihnen liegt."

Rauch schaffte es gerade noch aufzulegen, dann brach sie in Tränen aus, eine Mischung aus Trauer und Wut. Sie ließ Tränen und Gefühlen, Rotz und Wasser einfach ihren Lauf. Zehn Minuten, dann hatte sie sich beruhigt. Sie tupfte sich die Augen trocken, schnäuzte sich und schoss das feuchte Taschentuch durch ihr Büro.

Rauchs Hoffnung, dass es sich bei dem Toten nicht um Schall handelte, begann immer mehr zu bröckeln. Was, wenn die ganze Geschichte Wills über das literarische Projekt reine Erfindung war? Was, wenn er sich Schall, trotz aller anderweitigen Beteuerungen, ganz einfach und banal als Lustknaben gehalten hatte? Dann hatte es einen Streit gegeben. Manuel wollte mehr Geld oder hatte einen anderen, ein Wort ergab das andere, ein schwerer Gegenstand lag zufällig in Reichweite, und das war es dann auch schon. Auch ein Will war vor seinen Affekten nicht gefeit.

Das würde aber bedeuten, dass diese Beziehung, die Will zu ihr aufgebaut hatte, also alle die langen Gespräche und auch das geschenkte Buch ausschließlich Taktik und Verstellung gewesen waren. Ihm wäre es dann gar nicht um sie als Person gegangen, sondern ausschließlich darum, sie in Sicherheit zu wiegen. Rauch hasste diesen Gedanken. Um sich abzulenken, holte sie Wills Buch aus ihrer Handtasche, lehnte sich in ihrem Sessel zurück und legte die Füße auf den Tisch.

Aus „Die Front. Aufzeichnungen von der Grenze“ (2008)

Wir sind wie Tiere. Aber nur in unseren guten Momenten. Über die anderen Momente möchte ich gar nicht reden.

So weit Dan. Dan ist seit drei Jahren hier im Norden Afghanistans. Nach einem Jahr durfte er für einen Monat seine Familie besuchen. Als seine Frau ihn am Sonntagmorgen weckte, sie flüsterte ihm dazu ein paar Anzüglichkeiten ins Ohr, hätte Dan sie fast umgebracht. Nicht absichtlich. Im Lager waren sie mit lauten Schreien geweckt worden. Leise Geräusche, das hatten sie nach kürzester Zeit gelernt, bedeuteten Gefahr. Von dem Zeitpunkt an hatte seine Frau ihn mit anderen Augen angesehen. In ihrem Blick war jetzt Angst.

Die Angst war immer da. Sie schaute mich nicht mehr normal an. Und Menschen, die man angsterfüllt anstarrt, werden über kurz oder lang zum Fürchten. Mich hat nicht die Zeit in Afghanistan, sondern die Zeit zu Hause zur Bestie gemacht. Zumindest war es auch die Zeit daheim. Auf jeden Fall war ich froh, wieder im Kampfeinsatz zu sein, unter Kameraden, die mich normal ansahen. Drei Tage nach meiner Rückkehr kamen die Scheidungspapiere mit der Post.

Das Telefon klingelte und Rauch legte das Buch zur Seite. Es war die Rechtsmedizin. Die Blutgruppen waren nicht identisch. Beide waren AB, der Tote hatte aber Rhesusfaktor positiv und der Blutfleck von Manuel Schalls Leintuch war Rhesusfaktor negativ.

„Danke für die schnelle Auskunft", sagte Rauch und nach einer Pause fügte sie hinzu: „Und entschuldigen Sie bitte meine ruppige Art vorhin."

„Schon vergessen. Einen schönen Tag noch."

„Warten Sie. Folgende Sache noch: Es gibt da einen Verdächtigen, dem ich den Toten gerne zeigen würde. Nur um ihm ein wenig Druck zu machen. Wann sind Sie denn mit Ihren Untersuchungen fertig? Ich wäre mit dem Mann nämlich gern allein. Wir brauchen auch nicht viel länger als vielleicht fünf Minuten."

„Jetzt ist es halb drei. Ich würde mal sagen, wenn Sie um fünf da sind, passt mir das gut. "

Rauch fiel ein Stein vom Herzen. Sie rief Pokorny an. Der wollte sie anfahren, weil sie stundenlang nicht erreichbar gewesen war, als er jedoch hörte, dass der tote Stricher vom Flughafen nicht Schall war, schien er die Sache vergessen zu haben und legte einfach auf.

Rauch wählte Wills Nummer.

„Eva Rauch hier. Herr Will, heute früh wurde in der Nähe des Flughafens ein Mann mit eingeschlagenem Schädel gefunden. Der Personenbeschreibung und der Blutgruppe nach deutet alles darauf hin, dass es sich bei der Leiche um Manuel Schall handelt.

Ich muss Sie bitten, heute um fünf in der Rechtsmedizin vorbeizukommen, um den Toten zu identifizieren."

Will versprach zu kommen. Entweder er hatte sich gerade sehr überzeugend verstellt oder er war wirklich schockiert gewesen über die Neuigkeit. Jedenfalls hatte Rauch ein leichtes Zittern in seiner Stimme festgestellt. In einer Stimme wie der von Will, die sonst vor Selbstsicherheit nur so strotzte, war so eine Veränderung auch kaum zu überhören.

Drei Minuten nach fünf parkte Rauch ihren Wagen vor dem Gebäude. Will wartete schon. Er sah ungewohnt angespannt aus.

„Sind Sie schon lange hier?"

„Ist nicht Ihre Schuld. Ich bin schon vor einer Stunde das erste Mal hier vorbeigekommen. Nach Ihrem Anruf konnte ich nicht mehr ruhig sitzen, an Schreiben war ohnehin nicht mehr zu denken. Ich bin zu Fuß hergekommen."

„Da sind Sie ja quer durch die ganze Stadt gegangen."

Will nickte. Er war nur ein Schatten seiner selbst. Nichts von der gewohnten Ruhe und Überlegenheit, die er bisher ausgestrahlt hatte.

Rauch meldete sie beim Portier an. Der Mann war offensichtlich neu und dementsprechend übergründlich. Er ließ sich ihren Dienstausweis und einen Lichtbildausweis von Will aushändigen und vermerkte die Daten handschriftlich in seinem Dienstbuch. Der Mann stellte sich an, als gelte es einen Schönschreibwettbewerb zu gewinnen, und Rauch war nahe daran, die Geduld zu verlieren. Dann war er endlich fertig, gab ihnen die Ausweise zurück und ließ sie durch. Rauch kannte den Weg und ging voran. Der Keller der Rechtsmedizin sah genau so aus, wie man sich so einen Ort vorstellte. Boden und Wände waren weiß gekachelt, an der Decke waren über die gesamte Länge Neonröhren verteilt, die den Raum in ein gleichmäßig grelles, steriles Licht tauchten. Im Untersuchungszimmer war der Rechtsmediziner gerade damit beschäftigt, mit einer Pinzette Maden aus den Augenwinkeln der

Leiche zu entfernen. Dann richtete er sich auf und murmelte etwas in sein Diktiergerät. Stille und wissenschaftliche Akribie herrschten hier. Rauch hatte noch nie erlebt, dass einer der Ärzte hier am Obduktionstisch einen makabren Witz gemacht hätte. Nicht einmal die Anfänger lachten, um sich abzulenken. Dafür standen die Augen der meisten Toten auch viel zu weit offen.

Rauch ging auf den Mann im weißen Arbeitsmantel zu, begrüßte ihn und stellte ihm zur Entschuldigung für ihre Entgleisung am Telefon eine Flasche Rotwein ins Regal. Der Mann schmunzelte. Er schien nicht weiter nachtragend zu sein. Rechtsmediziner waren ein eigener Menschenschlag. Naturwissenschaftler durch und durch. Was für andere menschliche Katastrophen waren, war für sie der Lauf der Dinge. Statt einer unsterblichen und unwandelbaren Seele gab es für sie nur die flirrende Bewegung unter dem Mikroskop. Die Bewegungen des Bewusstseins und die Bewegungen einer Made standen da gleichrangig nebeneinander. Wahrscheinlich waren die Bewegungen der Made sogar logischer und nachvollziehbarer als jene des menschlichen Bewusstseins. Rauch konnte sich zumindest gut vorstellen, dass der Mann nach ihrem Wutanfall vorher am Telefon froh gewesen war, es den Großteil des Tages nicht mit Menschen, sondern mit Maden zu tun zu haben.

„Ich lasse Sie jetzt allein", sagte er, zog sich die Gummihandschuhe aus und versenkte sie in einer speziellen, dicht schließenden Mülltonne. Dann verließ er den Raum. Will war die ganze Zeit über auffallend im Hintergrund geblieben. Als Rauch sich jetzt nach ihm umdrehte, hielt er sich gerade ein Taschentuch vor den Mund.

„Ich weiß, es ist nicht leicht, Herr Will. Darf ich Sie jetzt trotzdem bitten, einen Blick auf die Leiche zu werfen."

Will kam nur langsam näher, so langsam, als hinge von der Identität des Toten sein eigenes Leben ab. Er ging um den Tisch herum, um der auf der Seite liegenden Leiche ins Gesicht sehen zu können. Aber noch bevor er dort ankam, hellte sich sein Blick auf.

„Das ist nicht Manuel."

„Warum sind Sie sich da so sicher?"

„Manuel hatte diese Narben auf dem linken Handrücken. Er und seine Freunde haben sich Zigaretten auf der Haut ausgedrückt. Wer die meisten Zigaretten schaffte, hatte gewonnen. Manuel hatte drei mal drei weinrote Punkte auf seinem Handrücken. *Alle Neune*, hat er mir ganz stolz erzählt, weil er die Mutprobe damals anscheinend gewonnen hatte."

Will ging dennoch zum Kopfende des Alutisches weiter. Es schien, als habe er seine gewohnte Sicherheit wiedergewonnen. Doch dann verschwand plötzlich schlagartig die Farbe aus seinem Gesicht, Will schien zu wachsen oder sich aufzubäumen, für Sekundenbruchteile, dann knickte er plötzlich wie ein Strohhalm ab und übergab sich über die Fliesen, kotzte hinaus in das grelle Neonweiß. Rauch ging hinüber zu dem Spender mit den Papierhandtüchern, der neben dem Eingang an der Wand hing, zog gleich einen ganzen Stapel heraus und brachte sie Will.

Der nickte nur zum Dank, wischte sich den Mund ab und richtete sich dann langsam auf.

„Hat mein Hemd etwas abbekommen?"

„Lassen Sie mich sehen."

Rauch kauerte sich hin und zog das Hemd an einigen Stellen straff.

„Nein, alles in Ordnung."

„Ich brauche dringend etwas Hochprozentiges."

Auch Rauch war nach einem Glas Whisky. Weil ihr Klenk eingefallen war, der vielleicht gerade um sein Leben kämpfte. Davon würde sie Will aber kein Wort erzählen.

Sie verließen die Rechtsmedizin und gingen die Straße hinunter. Gleich an der nächsten Ecke fanden sie ein unscheinbares Lokal. Drinnen waren nur wenige Tische belegt und sie setzten sich an einen Platz am Fenster. Beide bestellten sie einen doppelten Scotch.

„Ihre Gesichtsfarbe kommt langsam zurück."

„Ich kann mich gar nicht erinnern, wann ich das letzte Mal gekotzt habe. Das muss noch in meinen Dreißigern gewesen sein. Wahrscheinlich damals auf meiner Marokko-Reise.“

„In Tanger.“

„Alle Achtung, Frau Rauch. In Sachen gründlicher Recherche macht Ihnen keiner etwas vor.“

„Wie geht es eigentlich Ihrem Buch?“

„Bis zu Ihrem Anruf vorhin bin ich eigentlich ganz gut vorangekommen.“

„Was passiert dort jetzt eigentlich mit Manuel Schall?“

„Das weiß ich doch nicht. Da warte ich genauso gespannt wie Sie darauf, welche Entwicklung uns die Wirklichkeit bringen wird.“

„Aber wenn Schall derzeit nicht vorkommt in Ihrem Buch, worüber schreiben Sie dann?“

„Genaues kann ich Ihnen nicht erzählen, Sie wissen schon, alter Schriftstelleraberglaube. Aber es gibt da neue Figuren und neue Nebenhandlungen. Auch sehr interessant.“

Unfallprotokoll Sebastian Klenk – Zeugenaussage Hans Falber, 42

Der Zeuge gibt an, gerade im Begriff gewesen zu sein, die Römergasse auf Höhe Nummer 74 zu überqueren, als ein Wagen aus der Degengasse kommend mit überhöhter Geschwindigkeit einbog. Laut Zeugen handelte es sich um ein silbernes Fahrzeug, aller Wahrscheinlichkeit nach ein Ford Mondeo. Obwohl der Zeuge die Fahrbahn bereits betreten hatte, machte der Wagenlenker keine Anstalten, die Geschwindigkeit zu vermindern oder auszuweichen. Der Zeuge konnte nur durch einen Sprung zwischen die parkenden Autos zurück vermeiden, von dem Fahrzeug niedergestoßen zu werden. Das Kennzeichen konnte der Zeuge nicht feststellen, dafür gelang es ihm, einen kurzen Blick auf den Fahrer zu werfen. Der Zeuge beschreibt den Lenker als Mann Mitte, Ende zwanzig, mit kurzen, dunklen Haaren, buschigen Augenbrauen und schmalen Lippen. Dem Zeugen fiel der starre Blick des Fahrers auf. Er gab außerdem an, dass das Autoradio sehr laut aufgedreht und Rap-Musik zu hören gewesen sei. Laut Zeugen hat sich Sebastian Klenk zu diesem Zeitpunkt etwa fünfzehn Meter weiter die Römergasse hinunter in der Fahrbahnmitte befunden und wurde von dem Wagen mit dem rechten Teil der Kühlerhaube erfasst, wobei der rechte Scheinwerfer zu Bruch ging. (Die Spurensicherung konnte die Scherben sicherstellen.) Anschließend wurde er gegen die Windschutzscheibe und dann über das Dach geschleudert. Beim Aufkommen auf dem Boden schien er bereits bewusstlos gewesen zu sein, da er den Aufprall, so der Zeuge, nicht mit den Händen zu dämpfen versucht hatte. Der Verunglückte kam mit verdrehten Gliedmaßen zu liegen, seine Augen waren geschlossen, aus einer Kopfwunde, die der Zeuge nicht weiter lokalisieren konnte, trat Blut aus. Der Zeuge versuchte den Verunglückten anzusprechen, bekam aber keine Antwort. Da der Zeuge über keinerlei medizinische Kenntnisse verfügt, leistete er keine Erste Hilfe, sicherte aber die Unfallstelle ab und verständigte dann mit seinem Mobiltelefon umgehend die Polizei. Die Einsatzleitzentrale kümmerte sich um eine Verständigung von Notarzt und Rettung, die sieben Minuten später eintrafen.

Rauch löste das mit einer Büroklammer befestigte Phantombild des Wagenlenkers von den kopierten Seiten und spürte, wie ihr ein Kälteschauer den Rücken hinaufkroch. Das mit Bleistift skizzierte Gesicht ähnelte Manuel Schall. Sie schaute auf, hinüber zu Klenk, der mit seinem Kopfverband unter einer zeltartigen, transparenten Plane lag, weil die kleinste Infektion für ihn lebensbedrohend sein konnte. Ihr Blick wanderte weiter, von Klenks blassem Gesicht, das seltsamerweise zu lächeln schien, seinen Arm hinunter bis zu seiner linker Hand, in der eine Kanüle steckte. Sie konnte sich beim Anblick der wächsernen Haut nicht vorstellen, dass sich diese Hand jemals wieder würde bewegen können. Sie konnte sich auch nicht vorstellen, dass sich diese Hand jemals bewegt hatte. So als ob der Mann da im Bett nur ein Abguss von Klenk wäre, während der wahre Klenk wahrscheinlich gerade in seinem Glashaus stand und seinen Jasmin goss.

Immer wieder betrachtete Rauch das Phantombild. Es ergab keinen Sinn. Was konnte aus dem naiven, furchtsamen und nicht sehr hellen Manuel Schall einen kaltblütigen Killer gemacht haben? Und warum hätte Manuel Schall versuchen sollen, Klenk umzubringen? Was hätte Schall denn für ein Motiv gehabt? War er untergetaucht und hatte Angst bekommen, dass Rauch ihn mit Klenks Hilfe aufspüren könnte? Oder wollte er sie einschüchtern? War sie ihm zu nahe gekommen? Aber warum hatte Schall dann nicht gleich versucht, sie umzubringen? Die andere Möglichkeit war, dass Manuel Schall gar nicht aus eigenem Antrieb Klenk über den Haufen gefahren hatte. Es war ja gut möglich, dass er nur Handlanger war, ein willfähriger Erfüllungsgehilfe für einen Mann im Hintergrund. Dann blieb aber nur Will als Anstifter und Auftraggeber.

Rauch erschrak, als sich die Tür des Krankenzimmers langsam öffnete. Es war Elisabeth Klenk. Sie reagierte erstaunt, fast verärgert, als sie Rauch entdeckte, die nur im Schein der Nachttischlampe im ansonsten dunklen Zimmer saß.

„Was machen Sie noch hier?“

„Der Fall hat mir keine Ruhe gelassen. Wie geht es Ihnen?“

„Ich werde die Nacht hier verbringen. Ich habe die Schwestern gebeten, mir ein Bett ins Zimmer zu stellen. Das sollte gleich kommen."

Elisabeth Klenk stand auffordernd da, so als würde sie darauf warten, dass Rauch ging.

Dann kam eine Nachtschwester, die ein frisch gemachtes Bett ins Zimmer schob.

Zu Hause schlüpfte Rauch nur aus ihren Schuhen und ihrer blauen Jacke und ließ sich dann angezogen aufs Bett fallen. Der tote Stricher im Wald, Klenks Unfall und Wills halber Zusammenbruch in der Rechtsmedizin, war das alles heute gewesen? Wieder einmal wunderte sich Rauch, dass sie immer dann am besten funktionierte, wenn alles drunter und drüber ging. An diesen Tagen schien sie nicht nachdenken zu müssen, alle ihre Entscheidungen trafen sich wie von allein. Diese Tage kamen ihr im Rückblick aber auch jedes Mal vor wie nur geträumt.

Blaues Neonlicht flackerte an der Zimmerdecke. Kein Einsatzwagen, sondern die defekten Leuchtbuchstaben eines Spielzeuggeschäfts, die an der Fassade vor ihrem Schlafzimmerfenster angebracht waren. Der alte Familienbetrieb war schon vor Monaten in Konkurs gegangen, die Buchstaben leuchteten aber immer noch in die Nacht. Statt GLEICHE, dem Namen des Firmenbesitzers, war da jetzt allerdings nur mehr GLEICH zu lesen, weil das E mittlerweile den Geist aufgegeben hatte. Als würde Herr Gleiche seine Kunden in alle Ewigkeit auf später vertrösten.

Gleiche, dachte Rauch, hatte seine Entscheidungen wahrscheinlich erst nach langem Nachdenken getroffen, wahrscheinlich hatte er immer gemeint, sich unter Kontrolle zu haben, und wahrscheinlich waren ihm seine Tage im Rückblick nie wie Träume vorgekommen. Trotzdem war er mit seinen Entscheidungen offenbar weit weniger richtig gelegen als Rauch mit den ihren. Das war Rauchs letzter Gedanke für den Tag. Danach schwappte die Erschöpfung wie eine Woge über sie, sodass sie es nicht einmal mehr schaffte, das Licht auf dem Nachtkästchen abzudrehen, bevor sie einschlief.

„Kommst du? Das Essen ist fertig."

„Gib mir noch drei Minuten."

Rauch legte den Deckel noch einmal zurück auf den Topf und beobachtete Klenk durchs Fenster, wie er draußen im Glashaus welke Blätter von seinem neuen Jasmin entfernte.

Fünf Minuten später saßen sie sich am Esstisch gegenüber. Klenk war euphorisch wegen einer neuen Pflanze, die er heute von einem Züchter bekommen hatte. Rauch beneidete ihn ein wenig um sein Hobby. Sie hatte die letzten eineinhalb Stunden in der Küche verbracht, nur bereitete ihr das Kochen nicht annähernd so viel Befriedigung wie ihm die Pflege seines Jasmins.

„Schmeckt hervorragend."

Rauch nickte, gab aber nicht allzu viel auf Klenks Kompliment. Wenn er von seinen Pflanzen kam, hätte sie ihm ein Butterbrot hinstellen können und er hätte es in den Himmel gelobt.

Klenk schien Rauchs Anspannung zu bemerken und griff hinüber zu ihrer Hand.

„Alles in Ordnung, Anna?"

Rauch spürte, wie ihr Kopf zuerst heiß wurde und dann zu platzen schien. Sie starrte ihn fragend an. Klenk sah ihr tief in die Augen. Er musste doch wissen, wen er da vor sich hatte.

„Du wirkst angespannt. Hast du Probleme, deine neue Kollektion zeitgerecht fertig zu bekommen?"

Rauch stand auf, ganz langsam und beiläufig, so als ob nichts wäre, und verschwand im Bad. Sie machte das Licht an und stellte sich ans Waschbecken. Sie brauchte einen zweiten Blick, um zu glauben, was sie im Spiegel sah. Die schwarzglänzenden Haare, der blasse Teint, die dunkle Hornbrille. Sie war Anna.

„Kommst du, Schatz, dein Essen wird kalt."

Sie betrachtete ihre Hände. Annas Hände. Weil das Fläschchen mit der Wimperntusche dastand, öffnete sie es und begann sich zu schminken. Sie stellte sich geschickter an als sonst, viel geschickter. Aber wer war da eigentlich geschickt? War das noch Anna oder war das schon sie? Das brachte Rauch gleich darauf auf eine noch viel wesentlichere Frage. Wen liebte Klenk und wenn ja, warum?

Jetzt hörte sie eine Stimme aus dem Nebenzimmer. Da redete jemand im Schlaf. Es war die Stimme eines kleinen Mädchens. Sie ging hinüber und öffnete vorsichtig die Tür. Ein schmaler Lichtkeil fiel auf ein Kinderbett, in dem ein Mädchen sich die Augen rieb und dann blinzelte. Es war Lili.

„Ich kann nicht schlafen, Mama."

Rauch schreckte hoch und starrte auf ihre Hände. An der rechten fand sich zwischen Daumen und Zeigefinger ihre alte Narbe, ein Überbleibsel aus der Kindheit. Sie beruhigte sich, schaffte es aber nicht, wieder einzuschlafen. Die Minuten und Stunden bis zur Dämmerung schoben sich seitlich an ihr vorbei, runzelten dabei die Stirn und starrten sie an wie eine Wahnsinnige. Sobald es hell war, stand sie völlig gerädert auf und setzte sich im Bademantel in die Küche. Bei offenem Fenster rauchte sie eine Zigarette und wartete, dass die kühle Morgenluft sie ein wenig wachrüttelte. Aber der Grauschleier, der über ihren Augen lag, verging nicht, die Welt nahm keine Farbe an, die Gegenstände blieben ohne Ränder. Der Espresso wirkte auch nicht, der zweite verursachte ihr dafür Herzrasen, ohne dass er sie aus ihrem tranceartigen Zustand gerissen hätte. Die Zeit lag da wie Ausschussware in einem Wühlkorb. In rauen Mengen, aber nicht zum Anschauen. Um acht rief sie im Dezernat an und meldete sich krank.

Sie wusste nicht, wie lange sie so apathisch dagesessen war, bis sie endlich aufstand und, einer plötzlichen Eingebung folgend, ihren Badeanzug und ein Handtuch in eine Tasche packte und zu Fuß ins nahe Hallenbad ging.

Früher war sie fast täglich hier gewesen. Frühmorgens, gleich nach dem Aufsperren, war sie als eine der Ersten an der Kassa gestanden und hatte dann im fast menschenleeren Becken in Ruhe ihre Bahnen ziehen können. Jetzt ließ sie sich einfach auf dem Rücken im Wasser treiben und starrte dabei nach oben. Das Bad war an die hundert Jahre alt, ein typischer Jugendstilbau. Es gab eine Galerie mit einem gusseisernen, grün lackierten Geländer und Pflanzenornamenten an der Decke. Rauch genoss die Schwerelosigkeit. Das Wasser hatte genau Körpertemperatur und fühlte sich deshalb an wie Luft. Mit Verwunderung stellte sie fest, dass am Ende der Galerie ihr Vater auftauchte und freudestrahlend auf jemanden zuging. Er begrüßte den Mann mit Handschütteln und einem freundschaftlichen Schulterklopfen, als der sich dabei leicht zur Seite wandte, erkannte Rauch, dass es Will war. Dann verschwanden die beiden aus ihrem Gesichtsfeld, dafür tauchte Anna auf, die gerade dabei war, Kumiko neu einzukleiden, ihr ein gänzlich neues Aussehen zu verpassen. Nicht nur ein neues schwarzes Kleid, auch die blaue Lederjacke, die Anna eigentlich ihr geschenkt hatte, gab sie Kumiko zum Anprobieren. Dann verschwanden auch die beiden Frauen und Stern tauchte auf. Nicht mehr getrieben, nicht mehr auf der Flucht, sondern ganz entspannt unterhielt er sich mit Klenk über Urwaldvögel, von denen niemand wusste, woher sie kamen. Plötzlich brannten Rauch die Augen, der Geruch von Chlor stieg ihr in die Nase und sie hustete das Wasser aus, das ihr in den offenen Mund geschwappt war.

Zu Hause legte Rauch sich gleich wieder hin und diesmal schlief sie tief und fest bis zum späten Nachmittag. Als sie aufwachte, sah sie, dass Doktor Hehn schon mehrmals versucht hatte, sie zu erreichen. Sie rief sofort zurück.

„Sebastian Klenk wird leben. Das Abrinnen des Blutgerinnsels hat wesentlich kürzer gedauert als erwartet und es hat dabei keinerlei Komplikationen gegeben. Das ist die gute Nachricht. Wie er leben wird, darüber kann ich Ihnen allerdings noch gar nichts sagen. Ich will Ihnen keinerlei Hoffnung machen. Es kann noch immer sein, dass er den Rest seines Lebens im Koma verbringt."

„Gibt es irgendetwas, das ich tun kann?"

„Jede Form von Stimulation ist jetzt hilfreich. Körperberührungen, Erzählungen aus seinem Leben, oder auch Musik, die er gerne gehört hat und die Erinnerungen bei ihm auslösen könnte."

Klenk war allein in seinem Zimmer, als Rauch eintrat. Das transparente Kunststoffzelt war entfernt worden, seine Haut glänzte fettig und es roch nach Körperlotion. Rauch ging hinüber ins Schwesternzimmer und fragte nach heißem Wasser. Auf dem Weg ins Krankenhaus hatte sie in einem Chinarestaurant dem Kellner eine Dose Jasmintee abgekauft. Den brühte sie jetzt auf und hielt Klenk die Tasse unter die Nase. Dabei beobachtete sie genau sein Gesicht. Einmal bildete sie sich ein, ein kurzes Zucken des rechten Augenlids zu bemerken, sicher war sie sich allerdings nicht. Für gewöhnlich hasste Rauch Krankenbesuche, dieses betretene Herumsitzen in einer deprimierenden Zeitlosigkeit aus abgestandener Luft und lebensunfähigen Körpern. Mit Klenk war das etwas anderes. Klenk schlief. Sie wartete nicht darauf, dass er langsam gesund wurde, sondern dass er plötzlich aufwachte.

Trotz aller Nähe, die sie für ihn empfand, hatte Rauch Klenk noch nicht berührt. Mehrmals hatte sie versucht, seine Hand zu nehmen, eine Unsicherheit oder Beklemmung hatte sie aber jedes Mal zurückgehalten. Als sie sich schließlich doch überwand und vorsichtig über seinen Handrücken streichelte, fühlte sich seine Haut merkwürdig glatt an. Wie Plastik, und als sie versuchte, seine Hand hochzuheben, war die unglaublich schwer. Es dauerte dann noch einmal eine ganze Weile, bis Rauch es schaffte, Klenk anzusprechen. Und dann flüsterte sie auch nur. Viele gemeinsame Erlebnisse gab es ja nicht, von denen sie ihm erzählen konnte. Auch wenn es ihr vorkam, als würde sie Klenk schon eine ganze Weile kennen, waren sie sich tatsächlich doch nur dreimal begegnet. Diese drei Treffen schilderte sie Klenk dafür so genau, wie ihre Erinnerung es zuließ. Als die Nachtschwester das nächste Mal ins Zimmer kam, um Klenks Werte zu kontrollieren, war es zwei Uhr morgens. Rauch fragte sie nach einem Bett.

„Wenn wir für den Drachen ein Bett gehabt haben, dann haben wir für Sie auch eines."

Offenbar hatte Elisabeth Klenk nicht nur bei Rauch einen bleibenden Eindruck hinterlassen.

Als Rauch am nächsten Morgen aus dem Krankenhaus auf die Straße trat, kam sie sich vor wie eine Touristin. Sie überließ sich diesem angenehmen Gefühl des Fremdseins, und anstatt sich auf den Heimweg zu machen, zu duschen und sich umzuziehen, suchte sie sich ein Lokal, in dem sie frühstücken konnte. Sie fand ein altes Kaffeehaus mit schmutzstarrenden Fensterscheiben, knarzendem Parkettboden und zerschlissenen Sitzbänken und bestellte ein weiches Ei, eine Buttersemmel und einen doppelten Espresso. Dann rief sie den Ober noch einmal zurück und fragte, ob er Zigaretten habe. Im Lokal gab es zwar keine, der Mann zog aber die eigene Packung aus seiner Westentasche und hielt sie Rauch hin. Und als er gleich darauf das Frühstück brachte, setzte er sich zu ihr. Er zündete sich eine Zigarette an und sog den Rauch langsam und genussvoll ein.

„Sie sind der einzige Gast, da kann ich mir eine kleine Pause gönnen."

Rauch bemerkte, dass der Mann ganz rote Augen hatte.

„Wenig geschlafen letzte Nacht?"

„Ich habe seit Tagen kaum geschlafen, weil ich die ganze letzte Woche ein Filmteam hier gehabt habe. Heute Nacht um zwei Uhr sind sie endlich fertig geworden. Sie haben einen Fernsehkrimi gedreht, in dem der Besitzer des Lokals ermordet wird. Meine Frau wollte zuerst gar nicht, dass ich das Kaffeehaus für so einen Film vermiete. Der Teufel schläft nicht, hat sie gemeint, und ich soll nicht mit dem Schicksal spielen. Man weiß nie, ob solche ausgedachten Geschichten nicht wahr werden können und ich dann plötzlich selbst abgestochen in meiner Küche liege. Ich habe ihr vorgerechnet, dass mit einer Woche Dreh mehr Geld hereinkommt als mit dem regulären Kaffeehausbetrieb in drei Monaten, und da hat sie dann nachgegeben."

„Und: Haben Sie auch eine Rolle bekommen?“

„Ich habe einen Ober gespielt, der dem Mörder kurz vor der Tat einen Kaffee serviert. Ich habe sogar etwas sagen müssen. Die Regisseurin war sehr zufrieden. Wenn sie wieder einmal einen Ober brauchen, hat sie gesagt, wird sie sich bei mir melden.“

Jetzt kam ein Gast zur Tür herein. Der Kaffeehausbesitzer entschuldigte sich und ging hinüber. Nicht ohne Rauch, mit einem Augenzwinkern, noch eine Zigarette neben ihre Mokkatasse zu legen.

Aus „Die Front. Aufzeichnungen von der Grenze“ (2008)

D*ie Übergriffe auf Zivilisten sind keine Unfälle.*

Es war eine dieser ruhigen Minuten, in denen Dan mir das sagte. In diesen ruhigen Minuten sanken Dans mächtige Schultern langsam nach unten, seine Züge entspannten sich, jegliche Mimik verschwand aus seinem Gesicht. Sein Mund bewegte sich auch kaum mehr, wenn er sprach, er kam mir vor wie ein Bauchredner, und seine Stimme klang ganz anders.

Es sind keine Missverständnisse, wenn immer wieder Zivilisten getötet werden, wiederholte Dan. *Es geschieht, weil wir ihre Blicke nicht ertragen. Sie starren uns an und sagen uns damit Dinge über uns, die wir nicht wissen wollen. Die Blicke erzählen auch von einer Welt ohne Krieg, in der wir nichts verloren haben.*

Dan stand plötzlich auf, begann mit seinen schweren, hohen Schuhen im Zelt herumzutänzeln und verteilte Faustschläge in der Luft. Er steigerte sich richtig hinein, seine Schläge wurden immer schneller, er bekam einen roten Kopf und geriet richtig außer Atem. Dann schien sein fiktiver Gegner zu Boden gegangen zu sein. Dan kauerte sich jedenfalls nieder, griff zu seinem Gürtel, zog sein Messer und rammte es in den steinigen Boden.

Ich habe aufgehört, für diese Welt ohne Krieg zu kämpfen. Ich kämpfe nur mehr dafür, dass der Krieg weitergeht. Der Krieg ist meine einzige Existenzberechtigung.

Danach stand Dan auf, ging zum Pissen hinaus, und als er zurückkam, stieß er mir ohne Vorwarnung seine Faust in den Bauch und warf mich aus seinem Zelt.

Rauch ging durch den Stadtpark Richtung Büro, als ihr Mobiltelefon klingelte. Es war das Kommissariat. Bei einer zufälligen Verkehrskontrolle war ein Mann aufgehalten worden, der in einem silbernen Ford Mondeo unterwegs war. Der rechte, vordere Scheinwerfer war eingedrückt, die Windschutzscheibe wies einen Sprung auf und auf dem Autodach fanden sich mehrere Dellen. Es bestand der dringende Verdacht, dass es sich um den Wagen handelte, mit dem Klenk niedergestoßen worden war. Der Fahrer des Wagens hatte keine Papiere bei sich, weder einen Zulassungs- noch einen Führerschein. Seine Identität konnte bisher noch nicht geklärt werden, er befinde sich aber auf dem Kommissariat und könne jederzeit einvernommen werden.

Als Rauch zum Vernehmungsraum kam, drückte ihr ein Beamter einen DNA-Test in die Hand, der soeben fertig geworden war. Die Spurensicherung hatte auf der Kühlerhaube Blutspuren sichergestellt, die mit Sicherheit von Sebastian Klenk stammten. Damit stand fest, dass der Mann, dem sie gleich gegenübersitzen würde, der Unfalllenker war.

Rauch trat ein. Der Mann saß mit dem Rücken zu ihr und drehte sich auch nicht um, als er das Öffnen der Tür hörte. Rauchs Blick wanderte kurz hinüber zur Wand, an der unsinnigerweise Tierposter hingen. Eine Gruppe Löwen, die in der Sonne lagen, und gleich daneben eine Herde Elefanten, die durch die Steppe streifte. Der Verdächtige lehnte mit den Armen auf dem Resopaltisch in der Mitte des Raumes und Rauch setzte sich ihm gegenüber. Den Manuel-Schall-Akt mit dessen Foto obenauf legte sie vor sich. Sie musterte den Burschen. Jetzt, in der direkten Gegenüberstellung, wies sein Gesicht kaum mehr Ähnlichkeiten mit Schall auf. Der hatte dunklere Haare und ein runderes Gesicht. Außerdem war Schalls Nase kleiner. Gerade einmal die Form des

Mundes war ähnlich. Rauch wollte trotzdem auf Nummer sicher gehen.

„Legen Sie bitte Ihre Hände auf den Tisch?“

Der Mann antwortete nicht, legte seine Hände aber verschränkt vor sich auf die Tischplatte. Rauch bemerkte, dass seine linke Hand bandagiert war.

„Sie haben sich verletzt?“

Der Mann nickte, sagte aber noch immer nichts.

„Es scheint Ihnen hier zu gefallen, denn wenn Sie weiterhin Ihren Mund nicht aufbekommen, dürfen Sie gerne länger hierbleiben.“

„Die Hand ist verstaucht“, sagte der Mann.

„Darf ich sehen.“

„Der Arzt hat sie gerade frisch verbunden.“

„Wenn er das einmal geschafft hat, dann wird er das auch ein zweites Mal schaffen.“

Der Mann löste den Klebestreifen vom Verband und wickelte seine Hand betont langsam aus. Als er die letzte Lage vorsichtig von der Haut löste, verzog er vor Schmerzen den Mund. Dann hielt er Rauch seine tatsächlich geschwollene und blaugrün verfärbte Handfläche hin.

„Könnten Sie die Hand bitte umdrehen.“

Der Mann zögerte erst, machte dann aber, was Rauch von ihm verlangte. Auf dem Handrücken befanden sich keine der Brandnarben, die Will in der Rechtsmedizin erwähnt hatte. Der Mann, der vor ihr saß, war mit Sicherheit nicht Manuel Schäll.

„Also zum Unfall. Warum haben Sie den Mann über den Haufen gefahren?“

„Das habe ich doch schon Ihrem Kollegen gesagt. Davon weiß ich nichts. Das Letzte, woran ich mich erinnern kann, ist, dass ich in einem Lokal war. Dort muss mir irgendjemand etwas in mein Bier geschüttet haben.“

Rauch hatte sich vom Kaffeeautomaten einen Espresso mitgenommen. Beim Umrühren war der Kaffee übergeschwappt und so stand der mittlerweile leere Becher in einer Kaffeepfütze. Rauch zog damit langsam Kreise auf der glatten Tischplatte.

„Sie sind in einem silbernen Ford Mondeo gesessen, als Sie aufgehalten wurden."

„Ich habe keine Ahnung, wie ich zu dem Auto gekommen bin. Außerdem möchte ich jetzt einen Arzt sehen. Mir ist schwindlig. Ich fühle mich, als würde ich gleich ohnmächtig werden."

Der Mann war tatsächlich kreidebleich und würde sich wahrscheinlich gleich übergeben. Als Rauch sicherheitshalber ein wenig zurückrückte, klopfte es und ein Beamter kam herein. Er drückte Rauch einen Laborbefund in die Hand. Bei der Blutuntersuchung des Verdächtigen waren hohe Rückstände einer neuen Designerdroge festgestellt worden. Sie lief unter der Bezeichnung *Liquid X*, war aber auch als *Soap* oder *Salty Water* bekannt. Das Zeug stellte eine gefährliche Mischung dar. Es putschte einen auf, sodass man achtundvierzig Stunden auf den Beinen bleiben konnte, gleichzeitig machte es einen aber auch völlig empfindungslos. Hemmschwellen waren dann so gut wie nicht mehr vorhanden. Wer zu viel von dem Zeug abbekommen hatte, wusste nicht mehr, was er tat, und später nicht mehr, was er getan hatte. Jemanden, der dieses Zeug intus hatte, konnte man nicht mehr gezielt als Killer einsetzen. Klenk war, so banal das auch sein mochte, Opfer eines dummen Unfalls geworden.

Eine Stunde später war auch Hans Falber, der Augenzeuge, da und identifizierte den Mann eindeutig als den Unfalllenker.

Rauch ging zurück in ihr Büro. Am offenen Fenster rauchte sie eine Zigarette und starrte auf die Straße hinunter. Es war so warm, dass die meisten Leute nur in T-Shirts oder Hemden unterwegs waren. Auf der Bank in dem Wartehäuschen der Busstation gegenüber fiel ihr ein Mann auf. Sein Oberkörper war vornübergebeugt, so als wäre er eingenickt. Für einen Obdachlosen war er aber viel zu gut angezogen. Der Mann richtete sich etwas auf und Rauch erkannte, dass er ein Heft auf seinen Knien liegen hatte. Jetzt hob der Mann den Kopf und schaute in ihre Richtung. Rauch traute ihren Augen nicht. Es war Will. Jetzt hatte auch er sie entdeckt und winkte ihr zu. Auf die Entfernung konnte sie seinen Gesichtsausdruck nicht genau erkennen, er schien aber zu grinsen. Dann beugte er sich wieder über sein Heft und schrieb weiter. Rauch ließ ihn nicht aus den Augen. Eine Zigarette nach der anderen rauchte sie am Fenster, während Will abwechselnd schrieb und zu ihr heraufstarrte. Was wusste Will über den Fortgang der Ermittlungen, über Klenks Unfall und den Junkie, der in einer der Zellen im Keller saß? Wo hatte Will seine Informationen her, dass er da drüben auf seiner Bank wie ein Gerichtsschreiber die Ereignisse mitdokumentieren konnte? Oder war er gar nicht auf dem Laufenden und schrieb einfach seine eigene Version dieser Geschichte? Dann war er der Wirklichkeit vielleicht nicht hintennach, sondern schon voraus. Vielleicht stand bei Will sogar schon auf dem Papier, wie Rauch den Abend verbringen oder wie der Fall ausgehen würde.

Als sie zwanzig Minuten später aus dem Dezernat kam, war von Will nichts mehr zu sehen. Auf der Heimfahrt sah Rauch immer wieder in den Rückspiegel, ob ihr jemand folgte, konnte aber nichts Auffälliges bemerken. Daheim duschte sie und legte sich dann im Bademantel auf die Couch. Alles war wie immer und doch, kam ihr vor, stimmte etwas nicht. Es war, als würden die Dinge nicht einfach liegen, wo sie lagen, oder stehen, wo sie standen, oder hängen, wo sie hingen, sondern als hätte Will sie an ihre Stellen hingeschrieben. In einem Kapitel, an dem er vielleicht jetzt gerade arbeitete. Rauch kam sich beobachtet vor, mehr noch als das, sie fühlte sich wie eine Marionette. Als wären nicht nur die Dinge von Will an ihre Stellen hingeschrieben worden, sondern auch sie selbst. So als hätte sie gar nicht aus freiem Willen geduscht und sich auf ihre Couch gelegt, sondern weil das Teil einer Geschichte war. Rauch stand auf und ging hinüber zu ihrem großen Esstisch aus massivem Kirschholz. Zuerst richtete sie nur die

Blumen, die dort in einer Vase standen, dann nahm sie jedoch die ganze Vase und stellte sie hinüber auf die Ablage. Die Blumen verdeckten jetzt halb das Bild, das dort hing, und Rauch hängte es kurzerhand ab. Es war die Titelseite einer Modezeitschrift aus den Fünfzigerjahren und zeigte eine Frau in einem gelben Badeanzug mit silberner Gürtelschnalle und einer türkisen Badehaube, die mit einem weißen Plastikband unter ihrem Kinn befestigt war. Rauch sah sich um, auf der Suche nach einem neuen Platz für das Bild. Schließlich ließ sie es einfach in der Schublade mit den Servietten verschwinden. Trotzdem blieb das Gefühl, dass nicht sie es war, die hier die Entscheidungen traf. Rauch ging entschlossen in die Küche hinüber, räumte das saubere Geschirr aus den Kästen und begann, es abzuwaschen. Wenn Will vorhatte, sie zu einer Figur zu machen, würde sie sich dagegen wehren. Sie würde Dinge tun, die nicht nachvollziehbar waren, Dinge, die ein Autor seiner Figur niemals durchgehen lassen würde.

Aus „Die Vogelwelt Südamerikas"

Der Riesenturako besitzt ein fast metallisch glänzendes, bunt schillerndes Gefieder. Der Kamm ist rot, die Brust smaragdgrün und der Schwanz kobaltblau. Die Farben der Federn sind jedoch wasserlöslich, sodass sie bei Regen ausgewaschen werden und verblassen. Die Wissenschaft rätselt, ob sich die Tiere nach einem Regenguss trotz ihres fremden Aussehens wiedererkennen.

Rauch verbrachte auch diese Nacht wieder bei Klenk. Er sah unverändert aus und heute hatte Rauch auch keine Skrupel mehr, ihn zu berühren oder anzusprechen. Ganz im Gegenteil. Sie verspürte sogar einen richtigen Drang, Klenk von ihrem Tag zu erzählen. Ihre Version des Tages. Sie musste auch gar nicht überlegen, es sprudelte nur so aus ihr heraus. Die ganzen Geschehnisse der letzten Stunden liefen wie ein Film vor ihrem geistigen Auge ab und Rauch schilderte einfach, was sie da sah. Fast hatte sie Schwierigkeiten, mit dem Erzählen nachzukommen, weil dieser innere Film unerwartet detailreich war und auch Dinge zeigte, die ihr im Moment gar nicht aufgefallen waren.

Von da an verbrachte Rauch jede Nacht bei Klenk. Seine Schwester hatte sich, jetzt, da sein Zustand stabil war, anscheinend darauf beschränkt, ihn untertags zu besuchen. Jedenfalls waren sie sich nicht mehr begegnet. Die Zeit vor dem Einschlafen nützte Rauch auch weiterhin dazu, Klenk ihre Tage zu erzählen. Eine Tasse mit frisch aufgegossenem Jasmintee stand dabei immer knapp neben seinem Bett und verströmte einen exotischen Duft.

Klenk zeigte zwar keinerlei Reaktionen, trotzdem wurde er für Rauch immer lebendiger. Er war zum Hüter ihrer Wirklichkeit geworden und weil er im Koma lag, war er der Einzige, den Will mit Sicherheit nicht beeinflussen oder manipulieren konnte. Bei ihm lag ihr Leben in guten Händen.

Eines Morgens, sie hatte es sich zur Gewohnheit gemacht, bei Klenk zu frühstücken und ihm dabei aus der Zeitung vorzulesen, wurde sie auf einen Veranstaltungshinweis aufmerksam. Der Journalist Oliver Englert, bekannt für seine Interviews mit berühmten Schriftstellern, hatte ein Buch mit seinen besten Gesprächen veröffentlicht und würde am Abend im Literarischen Quartier daraus lesen. Anschließend war eine Diskussion mit einem Literaturwissenschaftler über die Kunst der Gesprächsführung geplant.

Aus „Die Front. Aufzeichnungen von der Grenze“ (2008)

Gestern ist eine Einheit zu einer Patrouille in die Berge aufgebrochen. Ich habe wieder eine Erklärung unterschrieben, dass im Falle meiner Verwundung oder meines Ablebens keinerlei Schadensersatzforderungen an die U.S. Army gerichtet würden. Damit war die Sache erledigt und ich durfte mit der Einheit mitziehen. Als einziger Zivilist unter zwölf GIs. Dan ist auch mit dabei. Dan, der mir vor drei Tagen wortlos seine Faust in die Magengrube gerammt hat, sodass ich in die Knie gegangen bin, und der mich am nächsten Morgen beim Frühstück am freundlichsten von allen begrüßt hat. Der Auftrag der Patrouille lautet, das Gebiet bis zum nächsten Stützpunkt zu kontrollieren. Straßen gibt es hier oben keine mehr, das Land liegt im Schnitt zweitausendfünfhundert Meter über dem Meeresspiegel und man kommt hier ausschließlich zu Fuß weiter.

Ich konnte gerade mithalten mit den Soldaten, hatte aber auch nur die Hälfte von dem zu schleppen, was sie trugen. Außerdem störte mich kein vor der Brust baumelndes Sturmgewehr in meinem Gehrhythmus. Wir durchquerten Kiefernwälder und es roch eigentlich genau so wie im Sommer in den Alpen. Die Luft war die gleiche und die Stille auch. Eine Stille wie ein Vakuum, das an den Ohren saugt. Brad ging längere Zeit neben mir. Er ist gut zehn Jahre älter als die anderen, ich schätze ihn auf Mitte dreißig, er ist aber trotzdem nur ein gewöhnlicher Soldat.

Brad hat sehr zarte Finger. Mittlerweile sind sie zwar rau und aufgeschunden, man sieht ihnen aber an, dass er den Großteil seines Lebens am Schreibtisch verbracht hat.

„Was hast du gemacht, Brad, bevor du zur Army gegangen bist?"

„Ich bin Professor für Kunstgeschichte, spezialisiert auf die europäische Renaissance. Meine Doktorarbeit habe ich über Dante und seine *Göttliche Komödie* geschrieben."

„Und was machst du dann hier?"

Brad erzählte, dass seine Frau vor zwei Jahren an Krebs gestorben war, was ihn völlig aus der Bahn geworfen hatte. Er trennte sich daraufhin von allem, was ihn an sie erinnerte. Zuerst nahm er sich nur eine neue Wohnung, dann suchte er sich auch einen anderen Job, weil seine Frau an derselben Universität unterrichtet hatte wie er. Schließlich verließ er sogar die Stadt und ging an eine kleine Hochschule im Mittleren Westen. Dennoch wurde er die Schatten der Vergangenheit nicht los. Eines Tages fiel ihm Dante ein, der in die Unterwelt gestiegen war, um seine verstorbene Geliebte Beatrice zu finden. Sie heilte ihn dann mit einem Bad in der Lethe, im Strom des Vergessens, von seinen quälenden Erinnerungen. Von da an hatte Brad die fixe Idee, dass es zum Vergessen seiner Frau die Unterwelt brauchte. Und was für Brad der Unterwelt am nächsten kam, war der Krieg.

„So bin ich hier gelandet."

„Und funktioniert es?"

Statt einer Antwort zitierte Brad ein paar Zeilen, die ich nicht verstand. Es war ein vom amerikanischen Slang in die Breite gezogenes Italienisch, wahrscheinlich ein Abschnitt aus der *Göttlichen Komödie*. Dann brach er plötzlich ab und kickte mit seiner Stiefelspitze einen Stein aus dem Weg.

„Wirklich besser geworden ist es erst, als ich meinen ersten Feind erschossen habe. Ich bin jetzt jemand, den meine Frau nicht mehr lieben könnte, selbst wenn sie noch leben würde."

Bis zum Stützpunkt gab es keinerlei Vorkommnisse und die fünf GIs, die dort die Stellung hielten, erzählten, dass schon seit gut zehn Tagen alles ruhig sei.

Ich legte mich früh hin an diesem Abend, und die Anstrengungen des Tages und die frische, klare Luft ließen mich schlafen wie ein Stein. Am nächsten Morgen wachte ich dafür bereits um fünf auf und trat gleich hinaus vor die Baracke, um den Sonnenaufgang zu beobachten. Es war ein prächtiger Tag, der Himmel war von einem unwirklich tiefen Blau und völlig wolkenlos. Wieder war es völlig still, so als hätte jemand den Lautstärkeregler der Welt auf null gedreht. Die Dinge schienen nicht mehr in der Lage zu sein, auch nur das leiseste Geräusch von sich zu geben. Dann hörte ich doch etwas. Brad und Dan, die sich trotz ihrer recht unterschiedlichen Persönlichkeiten ganz gut zu verstehen schienen, kamen gemeinsam aus der Baracke und stellten sich links und rechts von mir auf. Keiner sagte ein Wort, unsere Blicke lagen schweigend auf dem Horizont. Dann stachen die ersten spitzen Strahlen der Sonne hinter einer kiefernbewachsenen Anhöhe hervor und zauberten ein zufriedenes Lächeln in unsere Gesichter. In diesem Moment zerriss ein Schuss die Stille. Es war tatsächlich wie ein Riss. Allerdings kein Riss in der Wirklichkeit, sondern ein Riss, der die Wirklichkeit zum Vorschein brachte, so als wäre bis zu diesem Zeitpunkt ein Schleier vor ihr gehangen. Dan fiel um wie ein Baum, ansatzlos, ohne auch nur einen Ton von sich zu geben. Zu hören war nur der dumpfe Aufschlag seines schweren Körpers auf dem steinigen Boden. Brad und ich gingen hinter der niedrigen Steinmauer in Deckung. Dann fielen weitere Schüsse, Kiesel und Sand stoben rund um uns auf und ich wusste nicht, sollte ich mir die Ohren zuhalten oder mir die Hände schützend vors Gesicht drücken. Wo geschossen wird, verändert sich die Materialität der Welt. Die Luft wird dann fest: eine gläserne Glocke, die in Tausende Scherben zerspringt, die scharfkantig auf einen herunterprasseln.

Die GIs erwiderten aus der Baracke heraus das Feuer. Zu sehen war zwar niemand, der Angriff konnte aber nur von der kiefernbewachsenen Anhöhe kommen, hinter der die Sonne aufgegangen war. Von einer anderen Stelle aus war das Lager nicht einsehbar.

Eine Minute später befahl der Kommandant, das Feuer einzustellen. Zwei Soldaten zerrten Dan in Deckung, der Sanitäter fühlte seinen Puls, doch da gab es nichts mehr zu erspüren. Die Kugel hatte seinen Schädel durchschlagen, war über seinem rechten Auge eingetreten und an der linken Seite des Hinterkopfes wieder ausgetreten.

„Er sieht aus, als hätte er gerade zum Reden angesetzt. So als hätte er noch etwas sagen wollen."

Brad und ich starrten hinunter auf Dans Gesicht. Mit den vom Sanitäter zugedrückten Augenlidern und den ganz leicht geöffneten Lippen.

„Dan und ich, wir hatten einmal eine seltsame Unterhaltung. Was ihm am Tod die meiste Angst mache, meinte er damals, seien nicht die möglichen Schmerzen oder die Vorstellung, plötzlich nicht mehr da zu sein, sondern dass es vielleicht so schnell gehen würde, dass keine Zeit mehr blieb für seine letzten Worte. *Ich will langsam sterben,* hat Dan gesagt."

Brad hatte Dan gefragt, was er denn loswerden wolle, und warum er nicht einfach gleich jetzt all die Dinge aufschreibe, die ihm am Herzen lagen. Dan hatte Brad verwundert angesehen. Natürlich wisse er jetzt noch nicht, was er im Augenblick seines Todes wissen würde. Er sei aber überzeugt, dass jedem Menschen angesichts seines Todes die große Erkenntnis zukomme. *Wer stirbt*, hatte Dan gesagt, *der kann sein Leben erklären.*

Brad hatte seine Zweifel daran geäußert, dass er in so einem Augenblick überhaupt ein Wort herausbringen würde, und wenn doch, dass es nichts wäre, was als Resümee seines Lebens taugen würde.

„Dan war aufgebracht darüber, dass ich nicht an seine Theorie der großen letzten Worte glaubte. Ich nahm schon an, er würde mir gleich seine Faust in den Bauch rammen, wie er es bei solchen Gelegenheiten schon mehrmals getan hatte, er ging aber nur wortlos davon."

Das Literarische Quartier war in den ehemaligen Gewölben eines Armenhospitals untergebracht. Es war ein langgezogener Raum mit unverputzten Ziegelmauern, in dem sich knapp hundert Menschen tummelten. Oliver Englert hatte diese unkonventionelle Art, Fragen zu stellen, und dann noch das gewisse Etwas, um seinen Gesprächspartnern auch sehr intime Antworten herauszulocken. Dafür schätzte ihn neben der Literaturkritik offenbar auch ein breites Publikum.

Das Gespräch auf dem Podium kam dann erstaunlich schnell auf Will. Wahrscheinlich, weil er als einer der schwierigsten Schriftsteller galt. Er gab selten Interviews und wenn, dann ließ er sich nur wenig herauslocken. Oliver Englert schien da die einzige Ausnahme zu sein.

„Ich bereite mich gewöhnlich sechs Wochen auf ein Interview vor. Bei Will gehe ich aber zum Gespräch, ohne mir auch nur eine einzige Frage überlegt zu haben."

„Und wie sieht so ein Treffen zwischen Ihnen aus?"

„Da Will ein leidenschaftlicher Koch ist, frage ich ihn am Anfang meist, was er zu Mittag gegessen hat. Oder ich frage ihn, ob er mir einen Wein empfehlen kann."

„Und damit kommt das Gespräch schon in die Gänge?"

„Meistens. Und wenn nicht, frage ich ihn, was seine neue Romanfigur am liebsten isst."

„Sie halten das Gespräch gerne lebensnah?"

„Herbert Will reagiert allergisch auf Journalisten, die sich beim Interview profilieren möchten. In so einem Fall dauert das Gespräch auch höchstens fünf Minuten und seine Antworten beschränken sich auf *ja* und *nein* und *das habe ich mir so noch nicht überlegt*."

„Sie geben sich im Gegensatz dazu eher zurückhaltend?"

„Schauen Sie, mich interessieren meine Interviewpartner eigentlich nicht. Ich finde mich selbst meist weit interessanter. Und wenn ein Narzisst wie Will das spürt, dann buhlt er nur so um meine Aufmerksamkeit. Je lahmer meine Fragen sind, mit umso mehr Verve kommen seine Antworten daher."

Was die Selbstverliebtheit anging, stand Englert Will um nichts nach. Rauch war die Überheblichkeit des Mannes zuwider, dennoch ging sie nach der Veranstaltung nach vorne.

„Darf ich Sie etwas fragen, Herr Englert? Was ist eigentlich der Grund dafür, dass Sie sich so eingehend mit Herbert Will beschäftigt haben?"

„Will hat mich von Anfang an fasziniert. Schon sein erster Roman hatte etwas Abgründiges, und diese Atmosphäre ist von Buch zu Buch stärker geworden. Es gibt da etwas, das ich unbedingt herausfinden möchte, obwohl ich instinktiv spüre, dass ich ohne dieses Wissen besser leben würde. Aber sympathisch ist mir der Mann nicht, wenn Sie darauf hinauswollen. Nie gewesen. Ich gehe vor zum Buffet, darf ich Ihnen etwas mitbringen?"

„Ein Glas Rotwein, bitte."

Englert war ein schwerfälliger Mann, steuerte aber mit der Ruhe eines Ozeandampfers durch die dicht gedrängten Reihen. Er wurde mehrmals angesprochen, blieb aber nicht stehen, sondern vertröstete die Fragenden offenbar auf später. Gleich darauf kam er mit dem Wein zurück.

„Bitte schön."

Er reichte Rauch ein Glas und stieß mit ihr an.

„Darf ich fragen, was Sie zu meiner Buchpräsentation geführt hat?"

„Ich bin Buchhändlerin", log Rauch, „Ihr Buch steht bei mir im Schaufenster."

„Sie sehen nicht aus wie eine Buchhändlerin."

„Wie sehen Buchhändlerinnen denn aus?"

„Bemüht intellektuell."

„Und wie sehe ich aus?"

„Intellektuell, aber nicht bemüht. Eher beiläufig intellektuell."

Rauch konnte sich vorstellen, warum Englert bei seinen Interviews so erfolgreich war. Er hatte ein gutes Auge und fand die richtigen Worte für das, was er sah. Wo Menschen mit plötzlichen Wahrheiten über ihre Person konfrontiert wurden, kamen sie unter Zugzwang. Wenn Rauch einen guten Tag hatte, gelang ihr das auch in ihren Verhören. Nicht oft. Nicht mit der Selbstverständlichkeit von Oliver Englert. Das musste sie zugeben.

„Ich bin Kriminalbeamtin."

„So. Jetzt wird es interessant. Zwei Ermittler unter sich."

„Sie glauben, dass unsere Jobs etwas gemeinsam haben?"

„Wenn wir Berufe tauschen würden für einen Tag, würde es niemand merken. Nicht einmal wir selbst."

„Das wäre einen Versuch wert."

„Sind Sie aus beruflichem Interesse da?"

„Ja. Um von Ihnen zu lernen, wie man richtig Verhöre führt."

„Danke für die Blumen, aber ich glaube Ihnen kein Wort."

„Da kann man dann wohl nichts machen."

„Ich habe gehört, dass Herbert Will mit der Polizei zu tun hatte. Es soll um das Verschwinden eines jungen Mannes gehen."

„Was Sie alles wissen."

„Man hat so seine Kontakte. Und von mir wollen Sie jetzt wissen, ob ich Will ein Verbrechen zutraue."

„Sie kennen ihn schon lange. Sie waren schon öfter bei ihm zu Hause. Vielleicht ist Ihnen dabei ja die eine oder andere Leiche im Keller aufgefallen."

„Dass Leichen Wills Weg pflastern, das stimmt auf jeden Fall. Nicht Leichen im eigentlichen Sinn zwar, aber jedenfalls völlig kaputte Menschen. Ich habe mit einigen von denen gesprochen, die Will als Romanfiguren missbraucht hat, und alle haben einen mehr oder weniger schweren Schaden davongetragen. Die hatten teils wirklich schlimme Identitätsprobleme. Was Will über sie geschrieben hat, war mehr, als sie selbst über sich gewusst hatten. Und dann mussten sie sich auch noch eingestehen, dass alles stimmte, was da in seinen Büchern stand. Und mit so einer Situation müssen Sie erst einmal umgehen können. Die meisten konnten es, wie gesagt, nicht."

„Der junge Mann, der bei Will gewohnt hat, ist aber nicht verrückt geworden, er ist verschwunden."

„Ja. Wie die Lisa in Wills Erstling *Herbst und Nacht*."

In dem Moment trat ein Mann an Oliver Englert heran, schüttelte ihm die Hand, gratulierte ihm zu dem Buch und stellte eine Frage zu einer Autorin, die Englert unmittelbar vor ihrem kürzlich erfolgten Selbstmord als Letzter interviewt hatte. Diesmal entschuldigte sich Englert bei Rauch und begann ein Gespräch mit dem Mann.

Rauch wollte zuerst nach vorne gehen ans Buffet, um sich noch ein Glas Wein zu holen und dann zu warten, bis Englert wieder Zeit für Sie hatte. Dann zwang sie ihre Ungeduld jedoch zum Aufbruch. Sie musste heim zu ihrer Couch und Wills Erstling *Herbst und Nacht*.

Aus „Herbst und Nacht“ (1998)

Die Uhren sind eckig geworden, die Zeiger können nicht mehr die Kurve kratzen und die Zeit hängt auf ihnen als triefender Lumpen in der feuchten Luft zum ewigen Trocknen.

Es hatte zahlreiche Züge in die fremde Stadt gegeben. Er hätte den Tag über durchfahren können oder die Nacht. Dann aber fand er einen Zug, der um Punkt Mitternacht ankommen würde. Null Uhr, fand er, wäre ein passender Zeitpunkt, denn immerhin wollte er ja ein neues Leben beginnen. Dann hatte der Zug aber Verspätung, nicht viel, es war gerade null Uhr sieben, als er auf den Bahnsteig trat. Wie es aussah, hatte sein neues Leben bereits ohne ihn angefangen.

Am Bahnhof war nicht mehr viel los. Auf einer Bank saß ein Begrüßungskomitee in Gestalt dreier Obdachloser, die einen Doppelliter Wein zwischen sich hin und her gehen ließen. Einer von ihnen schnorrte ihn um Geld an und weil sich das in der fremden Sprache unerwartet sympathisch anhörte, drückte er ihm zwei Münzen in die offene Handfläche, bemüht, den völlig verdreckten Mann dabei nicht zu berühren. Er war nicht abergläubisch, die Segenswünsche, die der Obdachlose ihm daraufhin hinterherschickte, gaben ihm aber das Gefühl, sein Neubeginn stehe unter einem guten Stern.

War er früher mit Lisa unterwegs gewesen, hatte sie sich immer um alles Organisatorische gekümmert. Ohne Lisa war er jetzt auf sich allein gestellt. Es tat ihm leid, dass sie nicht da war, aber sie hatte es so gewollt. Er trat hinaus vor den Bahnhof und ging weiter zu einer großen Bushaltestelle, wo er einen Stadtplan entdeckte. Es war gar kein Problem, den Bus herauszufinden, der ihn zu seiner kleinen Pension bringen würde. Er kam also auch gut allein zurecht. Lisa hatte geglaubt, er könne nicht ohne sie. Wie sich herausstellte, hatte sie sich da geirrt.

Die Pension, in der er sich einmietete, war perfekt für ihn. Geführt wurde das Haus von einer gutgläubigen, alten Witwe. Die Geschichte, die er sich zurechtgelegt hatte, würde sie ohne weiteres schlucken.

Die Sache kam Rauch verdächtig vor. Diese Hauptfigur hatte offensichtlich etwas zu verbergen. Der Umzug in die fremde Stadt schien eine Flucht zu sein. Und dann war da noch die Erwähnung dieser Lisa, offensichtlich die Exfreundin des Mannes, von der er sich aber im Streit getrennt zu haben schien. Rauch überflog die Zeilen auf der Suche nach Hinweisen über den Verbleib dieser Frau, und wirklich wurde von Seite zu Seite immer augenscheinlicher, dass etwas Schlimmes mit ihr passiert sein musste. Rauch blätterte das ganze Buch durch und auch wenn es nirgendwo explizit gesagt wurde, bestanden am Ende kaum noch Zweifel daran, dass der Mann seine Lisa umgebracht hatte. Hatte nicht auch Wills Freundin aus seiner Studentenzeit Lisa geheißen? Zumindest hatte er sie in seinem autobiografischen Erzählband *Abgelegte Seiten* so genannt. Das war diejenige, die Will Selbstvertrauen und Kraft verpasst hatte, um dann selbst, ausgelaugt und energielos, von ihm verlassen zu werden.

Ohne sich um die Uhrzeit zu kümmern, es ging auf Mitternacht zu, packte Rauch ihre Sachen und fuhr aufs Kommissariat. Über ihren Computer im Büro hatte sie Zugang zu allen Datenbanken der Stadtverwaltung. Sie gab Wills Namen ein und ließ sich alle Adressen heraussuchen, an denen er jemals gemeldet war. Einschließlich der Adresse, die er heute noch bewohnte, waren es nur drei. Unten auf jeder Seite gab es jeweils einen Link zu den etwaigen Mitbewohnern. In der ersten Wohnung war Will allein gemeldet gewesen. In die zweite war er zuerst auch allein übersiedelt, ein knappes Jahr später war aber eine gewisse Lisa Hämmerle bei ihm eingezogen. Ihrer beider Meldung endete zeitgleich. Sie mussten gemeinsam ausgezogen sein, diese Lisa war aber nicht in die neue Wohnung mit eingezogen. Und dann stutzte Rauch. Diese Lisa war auch sonst nirgendwo gemeldet. Es gab zwar insgesamt vier Lisa Hämmerle, alle aber mit einem anderen Geburtsdatum. Wills Lisa hingegen tauchte fortan einfach nicht mehr im Melderegister auf.

Rauch lehnte sich zurück und zündete sich eine Zigarette an. Sie bemerkte ihr Spiegelbild im Monitor, Wills Name flimmerte mitten auf ihrer Stirn. Sie nahm einen langen, nachdenklichen Zug. Dann drückte sie die Zigarette plötzlich aus und beugte sich wieder über ihren Computer. Sie wechselte von der Datenbank des Meldeamts zu der des Standesamts. Und tatsächlich: Nur ein halbes Jahr, nachdem Will sich offensichtlich von ihr getrennt hatte, gab es da einen Eintrag. Lisa Hämmerle hatte geheiratet und den Namen ihres Mannes, Steininger, angenommen. Als Lisa Steininger schien sie dann auch wieder im Melderegister auf, das halbe Jahr dazwischen musste sie irgendwo ohne Meldung gewohnt haben. Rauch hatte erwartet, enttäuscht zu sein, weil sie nun wieder nichts gegen Will in der Hand hatte. Tatsächlich war sie aber froh darüber, dass sich ihr Verdacht als falsch herausgestellt hatte. Wahrscheinlich, weil es in ihrem Duell mit Will schon lange nicht mehr um ein Verbrechen ging. Zumindest nicht um eines, mit dem sich die Polizei zu befassen hatte.

Rauch wachte erst spät am Vormittag auf, mit Heißhunger auf etwas Süßes. Sie ging in die Küche und durchsuchte die Kästen nach Keksen oder einem Stück Schokolade, allerdings ohne viel Hoffnung, auch fündig zu werden. Im Supermarkt machte sie immer einen großen Bogen um die Regale mit den Süßwaren. War etwas Süßes in Reichweite, kannte sie nämlich keine Hemmungen. Es war wie mit dem Rauchen, nur dass Zigaretten schlank machten und Schokolade dick. Wäre es umgekehrt gewesen, würde sie vielleicht nicht mehr rauchen und dafür eine Tafel Schokolade nach der anderen essen.

Als sie eine Konservendose zur Seite schob, hörte sie jedoch das Rascheln von Zellophan. Sie nahm die Dose aus dem Regal und entdeckte dahinter eine angebrochene Packung mit Vollkornkeksen. Offenbar hatte sie sich die einmal als müden Kompromiss durchgehen lassen. Als sie ein Keks aus dem Zellophan holte, kam ihr das allerdings in Begleitung zweier aufgeregt flatternder Lebensmittelmotten entgegen. Sie warf die Packung in den Müll und ging ins Wohnzimmer. Vielleicht fanden sich in ihrer Handtasche ja zumindest ein paar saure Drops. Als Rauch sie öffnete, entdeckte sie da jedoch zuallererst die Schlüssel zu Klenks Wohnung. Die hatte sie beim letzten Besuch im Krankenhaus im Nachtkästchen entdeckt und eingesteckt. Sie hatte vorgehabt, CDs aus der Wohnung zu holen, weil Doktor Hehn gemeint hatte, dass es Klenk helfen könnte, wenn er bekannte Musik hörte. Nachdenklich ließ sie die Schlüssel um ihren Finger kreisen, dann stand sie auf, zog sich an und fuhr hinüber zu Klenks Wohnung. Als sie aufsperrte, kam Rauch sich wie eine Einbrecherin vor. Ganz langsam und leise drehte sie den Schlüssel im Schloss herum und ließ dabei die beiden Nachbarwohnungen nicht aus den Augen. Als sie dann aber die Tür hinter sich ins Schloss gedrückt hatte, fühlte sie sich auf eine seltsame Art zu Hause. Sie streifte auch ganz nach ihrer Gewohnheit die Schuhe mitten im Vorzimmer ab und ließ sie dort liegen. Weil ihr Appetit auf etwas Süßes nicht vergangen war, ging sie als Erstes in die Küche. Dunkle Schokolade wäre jetzt ganz nach ihrem Geschmack gewesen. Sie sah sich um und öffnete dann intuitiv einen der Küchenkästen. Es war der richtige. Neben Schnitten und einer Packung mit Fruchtgummis fand sich eine Tafel Fair-Trade-Schokolade aus dem Amazonas-Regenwald. Ihr fiel der Riesenturako aus Wills Buch ein und sie stellte sich vor, wie das Tier mit seinen vom Regen ausgewaschenen Federn auf dem Kakao-Baum saß und mit seinem Schnabel eine der Früchte aufhackte. Eine Bohne nach der anderen schluckte der Vogel, gerade so, als würde er aus Frust fressen, weil ihn keiner mehr erkannte. Rauch nahm die Schokolade und machte es sich im

Wohnzimmer auf der Couch bequem. Plötzlich hatte sie das Gefühl, gar nicht aus freien Stücken da zu sein. Wie schon vor einigen Tagen daheim kam es ihr wieder so vor, als würde sie einem fremden Plan folgen. Als würde Will an seinem Schreibtisch jetzt gerade alles das aufschreiben, was sie selbst zu entscheiden und zu tun glaubte. Da fiel ihr Blick auf Klenks Laptop, der aufgeklappt auf dem Couchtisch stand. Sie fuhr das Gerät hoch, öffnete das Textverarbeitungsprogramm und dann ein neues Dokument. Zuerst langsam und dann immer manischer begann sie alles zu beschreiben, was sie getan hatte, seit sie vor zwanzig Minuten Klenks Wohnung betreten hatte. Zunächst ging ihr das leicht von der Hand und sie wunderte sich selbst, wie es nur so aus ihr heraussprudelte. Als sie dann jedoch noch einmal darüber las, kam ihr alles künstlich und hölzern vor. So, wie das geschrieben war, würde es keiner lesen wollen. Jeder würde, wenn er die Wahl hatte, zu Wills Version der Geschichte greifen. Rauch begann den Text zu überarbeiten. Sie kämpfte mit jedem Satz, strich Wörter aus und ersetzte sie durch andere, die dann aber auch nicht lange stehen blieben. Irgendwann begann sie, sich die Sätze laut vorzusagen. So ging es besser. Der Klang machte den Unterschied. Der Klang entschied darüber, ob eine Szene sich wirklich anhörte oder nur ausgedacht.

Einmal verlor sie die Nerven und schlug mit der flachen Hand auf die Tastatur. Sie hatte Glück. Es war nur die Raute-Taste, die daraufhin in hohem Bogen auf den Boden sprang. Sie kannte niemanden, der jemals die Raute-Taste verwendet hätte, und ließ das Kunststoffteil einfach am Boden liegen.

So arbeitete Rauch den ganzen Nachmittag durch. Als sie den Computer am frühen Abend schließlich zuklappte, war sie mit dem Ergebnis einigermaßen zufrieden. Zwischen den Wörtern lagen keine leeren Kilometer, sondern gerade so viel Zeit, wie man vom einen zum nächsten brauchte. Der Raum zwischen zwei richtig gesetzten Wörtern, stellte sie fest, war eigentlich der perfekte Aufenthaltsort für ungeduldige Menschen wie sie. Und noch etwas fiel ihr auf. Obwohl sie die ganze Zeit über gegen Will angeschrieben hatte, hatte sie sich ihm doch auch nahe gefühlt.

In ihre Gedanken hinein läutete ihr Mobiltelefon. Anna war dran. Sie wisse, es sei etwas knapp, aber ob Rauch Zeit und Lust hätte, heute noch etwas zu unternehmen.

„Zuerst ein gepflegtes Abendessen, dann vielleicht ein, zwei bunte Cocktails in einer schicken Bar, und irgendwann später könnten wir vielleicht auch noch tanzen gehen. Vorausgesetzt, wir sind dazu betrunken genug."

Rauch gefiel die Idee. Und als Anna meinte, dass sie Appetit auf etwas Asiatisches habe, schlug Rauch das indische Restaurant vor, in das Will sie damals eingeladen hatte.

Anna war schon da, als Rauch das Lokal betrat. Sie hatte einen Tisch am Fenster gefunden und studierte gerade die Speisekarte. Als sie die Tür hörte, schaute sie auf und winkte Rauch zu.

„Die Speisekarte hört sich ja hervorragend an. Woher kennst du das Lokal?"

„Ein Freund hat es mir empfohlen", sagte Rauch ohne viel nachzudenken.

Aus den Lautsprechern kamen Sitar-Klänge und Rauch war es, als sei es diese Musik, die den intensiven Geruch von Zimt und Kardamom verströmte. Dann trat die Kellnerin zu ihnen an den Tisch. Sie schien Rauch wiederzuerkennen, jedenfalls lächelte sie verschmitzt, so als ob sie und Rauch ein gemeinsames Geheimnis hätten. Anna wollte nur ein Glas vom Hauswein, Rauch hielt sie aber zurück und ließ sich die Weinkarte bringen. Sie schaute nicht einmal auf den Preis, als sie eine Flasche Cabernet Sauvignon bestellte.

Bei der Auswahl des Essens konnten sich die beiden Frauen lange nicht entscheiden. Schließlich fand Rauch hinten in der Karte eine Spezialitätenseite mit mehreren Menüs, die aus den verschiedensten Gerichten bestanden. Anna schluckte, als sie den Preis sah, und blätterte gleich wieder nach vorn. Rauch ignorierte das und als die Kellnerin zurück an ihren Tisch kam, bestellte sie das Maharadscha-Menü für zwei Personen. Anna schaute betreten zu ihr herüber, aber Rauch lächelte.

„Du bist eingeladen. Ich bin in Feierstimmung heute."

„Verdient man so gut bei der Polizei?"

„Wenn man keinen Mann und keine Kinder zu versorgen hat, kommt man über die Runden. Was ist mit dir? Unterstützt dich Lilis Vater?"

„Er ist Künstler und wir kannten uns gerade einmal fünf Tage, als uns Lili passierte. Ich war auch nicht begeistert, habe die plötzliche Schwangerschaft aber als eine spannende Herausforderung empfunden. Für ihn war es aber eine einzige Katastrophe. Er sah seine freien Denkräume gefährdet, die er ganz dringend für seine künstlerische Arbeit brauchte, und wollte das Kind unbedingt abtreiben lassen. Das kam für mich aber nicht in Frage. Genau zu diesem Zeitpunkt hat er ein Stipendium für die USA gewonnen. Ich war damals so froh, dass ich den Typen los war, dass ich ihn von allen Verpflichtungen entbunden habe."

„Und seitdem bist du allein?"

„Sagen wir so: Ich habe da zwei, drei gute Freunde, die nichts voneinander wissen und alle nur sporadisch Zeit haben. Die brauchen auch alle ihre freien Denkräume, aber das ist auch von vornherein klar gewesen so. Außerdem sind mir die freien Denkräume mittlerweile selbst sehr wichtig geworden. Und was ist mit dir und den Männern?"

Rauch erzählte von Klenk. Dass er Psychologe sei, dass sie sich bei der Arbeit kennengelernt hätten und dass er mit Leidenschaft Jasmin züchte.

„Wir leben zwar nicht zusammen, aber es ist trotzdem etwas Fixes. Er ist jemand, auf den man sich hundertprozentig verlassen kann."

Dass Klenk im Koma lag, erwähnte Rauch nicht. Es schien in ihrer Beziehung zu ihm auch keine Rolle zu spielen. Als Anna dann plötzlich das Thema Sex aufbrachte und recht unverfroren nachfragte, musste Rauch allerdings etwas erfinden. Das fiel ihr aber leicht und es kam ihr, kaum hatte sie zu Ende erzählt, auch gar nicht mehr wie erfunden vor.

Bald darauf brachte die Kellnerin das Essen auf einem riesigen Silbertablett. Mit Minze gewürzte Linsen, feuerrot mariniertes Hühnerfleisch, Schafkäse in Spinat, Lammcurry mit viel Kreuzkümmel und ein äußerst scharfes Kichererbsengericht. Dazu Reis mit Zimt und Rosinen. Es schmeckte wieder hervorragend und sogar der Rotwein war ein außergewöhnlicher Tropfen, was in einem asiatischen Restaurant keine Selbstverständlichkeit war. Als es schließlich ans Zahlen ging, beglich Rauch die dreistellige Rechnung ohne Reue und mit einem zufriedenen Lächeln.

„Die Cocktails gehen dafür auf mich", sagte Anna, als sie zu Fuß durch die Stadt spazierten.

„Lass gut sein. Ich genieße den Abend, ich fühle mich so entspannt wie schon lange nicht mehr. Betrachte die Einladung also einfach als Dankeschön dafür, dass du die Idee hattest, auszugehen."

In der Innenstadt war es dann Anna, die ein Lokal vorschlug. Sie führte Rauch eine schmale, kopfsteingepflasterte Straße hinunter zu einem unscheinbaren Haus. Nichts deutete darauf hin, dass es hier im ersten Stock eine Bar gab, die sich von ihrer Einrichtung her genauso gut in Downtown Manhattan hätte befinden können. Hinter der Theke war in der Wand ein Aquarium eingelassen, in dem es keine Fische gab, nur Seegras, das sanft in der Strömung wogte. Der schwarze Barkeeper stand davor und mixte im weißen Hemd und mit unbewegter Miene einen Drink. Die Eiswürfel klickten laut im chromsilbernen Shaker, dann stellte der Mann ihn genau in dem Moment ab, als ein hypnotisierendes Trompetensolo aus den mahagoniverkleideten Lautsprecherboxen zu wehen begann.

Die beiden Frauen fanden einen Platz direkt an der Theke und der Barkeeper begrüßte Anna auf Englisch. Rauch nickte in Richtung des Mannes, lehnte sich dann aber zurück und blätterte durch die Cocktailkarte. Sie hatte es nicht mit Fremdsprachen, nie gehabt, und wollte vermeiden, angesprochen zu werden. Mehr als ein peinliches Stottern hätte sie nämlich nicht herausgebracht. Sie hörte aber gerne zu, wenn andere Englisch sprachen, und so genoss sie die Unterhaltung der beiden und stellte dann doch überrascht fest, dass sie fast jedes Wort verstand.

„Entschuldige bitte. Ich habe mich wohl kurz verplaudert mit Kenneth."

Anna hatte sich ihr wieder zugewandt.

„Und? Weißt du schon, was du trinkst, oder soll ich dir etwas empfehlen?"

Rauch klappte die Karte zu und schob sie zur Seite.

„Ja, bestell du. Ich bin keine große Expertin in Sachen Cocktails."

Anna machte Kenneth ein stummes Zeichen, dann flüsterte sie ihm etwas ins Ohr. Der Mann zog die Augenbrauen hoch und grinste dann breit.

„Was hast du zu ihm gesagt?"

„Ich habe uns einen Drink bestellt, der gerüchteweise eine aphrodisische Wirkung haben soll, und ich habe ihm gesagt, dass er ihn stark machen soll."

Rauch merkte, dass Anna schon etwas betrunken war. Sie schien nicht viel zu vertragen, denn mehr als die halbe Flasche Wein hatte sie im *Agra* nicht getrunken. Anna brachte dann wieder das Thema Sex auf den Tisch. Rauch hätte sich nicht als bieder bezeichnet, spürte aber, wie sie über Annas ungeschminkten Schilderungen rot wurde. Und dann hakte Anna auch noch nach und wollte mehr über Rauchs Liebesleben mit Klenk wissen. Rauch faselte nervös etwas von einem sensiblen Liebhaber, führte aber nicht weiter aus, was es mit Klenks Sensibilität auf sich hatte.

Anna verdrehte die Augen, warf Rauch mit einem provokanten Grinsen Prüderie vor und stand auf.

„Das ist mir zu wenig. Ich gehe jetzt aufs Klo und wenn ich zurückkomme, will ich die ganze Wahrheit wissen."

Rauch hatte angenommen, dass Anna auf ihrem Weg zum Klo deutlich wanken würde, sie durchquerte den Raum aber gerade und mit sicherem Schritt. Anna war kaum in der Toilette verschwunden, als ihr Mobiltelefon, das neben ihrem Cocktailglas lag, zu vibrieren begann. Wäre das Telefon dadurch nicht langsam auf die Thekenkante zugerutscht, hätte Rauch gar nicht hingegriffen. So aber fiel ihr Blick auf das leuchtende Display. Und das zeigte den Namen *Herbert Will.* Rauch glaubte ihren Augen nicht zu trauen. Woher kannte Anna Will? Gut, vielleicht war das Ganze ein Zufall, eine Namensgleichheit, Herbert Will gab es sicherlich ein Dutzend Mal in Wien. Und selbst wenn es *der* Herbert Will war, konnte es immer noch sein, dass Anna ihn geschäftlich kannte. Vielleicht war Will ja Kunde bei ihr. Aber warum rief er dann noch spätabends bei ihr an?

Das Telefon hörte auf zu vibrieren und Rauch legte es an seinen ursprünglichen Platz zurück. Gleich darauf kam Anna vom Klo.

„Dein Telefon hat geläutet."

„Nicht so wichtig, das ist unser Abend. Egal, wer das war, wir lassen uns nicht stören."

Hatte Anna gerade für einen kurzen Moment nervös die Augenbrauen hochgezogen oder hatte Rauch sich das nur eingebildet? Annas Stimme war jedenfalls völlig ruhig. Trotzdem war ihr Verhalten verdächtig. Sie hatte nicht einmal einen Blick auf das Display geworfen. Eine Mutter, die ihr Kind bei einem Babysitter gelassen hatte, würde sofort nachsehen, wenn das Telefon klingelte. Außer sie wusste ganz genau, wer da angerufen hatte.

„Schau ruhig nach, wer es war. Vielleicht ist es ja wichtig."

„Du bist ja so was von streng. Also gut."

Anna drückte auf ihrem Telefon herum.

„Rufe ich eben kurz zurück."

Anna wollte aufstehen und zum Telefonieren hinausgehen.

„Bleib ruhig da, es stört mich nicht, wenn du hier deinen Anruf machst."

„Passt schon. Ich gehe vor die Tür. Ich will dich nicht mit meinen Angelegenheiten langweilen."

„Und was, wenn mich dein Gespräch ganz und gar nicht langweilen würde?"

„Was meinst du?"

Anna versuchte sich herauszuwinden, machte ihre Sache aber schlecht. Rauch hatte ihr ganz beiläufig, in einer vermeintlich freundschaftlichen Geste, die Hand auf den Unterarm gelegt und spürte genau, wie Annas Haut leicht zu schwitzen begann.

„Anna, woher kennst du Herbert Will?"

„Wieso willst du das wissen? Was hast du mit Herbert Will zu schaffen?"

„Verkauf mich nicht für blöd. Wie du ganz bestimmt weißt, ist er der Hauptverdächtige in meinem aktuellen Fall."

„Woher soll ich über deine Fälle Bescheid wissen. Ich kenne Will gerade ein paar Tage. Er ist in mein Atelier gekommen. Gleich am Tag nach dem Einbruch. Er hat sich die Kleider angesehen und mich dabei in ein Gespräch verwickelt. Ich kenne ja zwei seiner Bücher und mag sie auch sehr gern, und was er mir von seiner Schriftstellerei erzählt hat, war auch interessant. Auf jeden Fall meinte er, dass er gerade an einem Kriminalroman arbeite und dass darin ein Einbruch vorkommen würde. Und weil er in der Zeitung gelesen habe von dem Einbruch bei mir, hätte er sich gedacht, ob ich ihm nicht schildern könne, was da passiert war."

„Und das hast du getan?"

„Warum nicht? Ich habe nichts dabei gefunden."

„Und natürlich hast du ihm auch von mir erzählt."

„Über den Einbruch zu reden, ohne dich zu erwähnen, geht wohl kaum."

„Und warum ruft er dich jetzt spätabends noch an?"

„Keine Ahnung."

Rauch glaubte Anna kein Wort. Ganz offensichtlich steckte sie mit Will unter einer Decke. Sie ließ ihren Kopf sinken, schloss die Augen und massierte sich die Schläfen. Will hatte ihr tatsächlich Anna als Spitzel geschickt. Rauch dachte den Satz stumm vor sich hin. Wieder und wieder, so als könnte sie ihn dadurch abschleifen und auf eine erträgliche Größe bringen. Als sie ihre Augen schließlich wieder öffnete, fiel ihr Blick auf Annas Handtasche, die an einem Haken unter der Theke hing. Einem Instinkt folgend griff sie nach der Tasche und öffnete sie. Anna war so überrascht, dass sie nichts dagegen tat. Rauch fand auch gleich, was sie suchte. Sie hielt Anna ein kleines Diktiergerät, das nicht viel größer als eine Streichholzschachtel war, unter die Nase. Das Gerät war zwar nicht eingeschaltet, aber das bedeutete gar nichts. Anna konnte die Aufnahme jederzeit mit einem kurzen Griff in die Tasche gestoppt haben. Triumphierend löschte Rauch mit wenigen Tastendrucken sämtliche Aufnahmen auf dem Gerät.

„Mit Dank zurück. Jetzt musst du auf dein Gedächtnis zurückgreifen, wenn du Will Bericht erstatten willst."

Anna starrte sie völlig verständnislos an.

„Eva, was ist? Was meinst du?"

Rauch reagierte nicht, sondern wandte sich zum Barkeeper.

„Die Dame zahlt. Die hat bestimmt ein Spesenkonto für den Abend."

Dann verließ sie, ohne eine weiteres Wort zu verlieren, die Bar. Sie war jetzt hellwach. Die plötzliche Einsicht, dass der ganze Abend mit Anna von Will eingefädelt war, hatte sie eiskalt getroffen.

Als Rauch vor das Haus trat, standen dort einige Männer auf der Straße. Sie hatten Bierflaschen in der Hand und riefen ihr Obszönitäten hinterher. Als sie nicht reagierte und weiterging, hörte sie, wie knapp hinter ihr Glas zersplitterte. Rauch drehte sich nicht um, sie erschrak nicht einmal, sondern folgte einfach der Straße zu einer alten Kirche. Von dort führte eine Treppe hinunter zum Kai. Auf dem Wasser spiegelten sich die Lichter eines gläsernen Hochhauses, das kürzlich auf der anderen Seite des Kanals errichtet worden war. Rauch wollte nicht nach Hause. Sie war viel zu aufgewühlt, um an Schlaf auch nur zu denken. Sie brauchte Bewegung und frische Luft und stieg die Stufen hinunter zum Wasser. Unter einer Brücke hatten Jugendliche mehrere scheinwerfergroße Taschenlampen am Boden aufgestellt und arbeiteten in ihrem Licht an einem riesigen Graffiti. Einer von ihnen hätte der junge Schall sein können, aber Rauch machte sich nicht einmal die Mühe, den dreien ins Gesicht zu sehen. Rauch beneidete Manuel Schall darum, dass er einfach weg und verschwunden war. Wie weit musste man gehen, um Will zu entkommen? Vielleicht verschwand sie ja für Will, wenn sie aufhörte zu denken. Sie versuchte es, schaffte es jedoch nicht, die Gedanken, die ihr wild im Kopf herumschwirrten, anzuhalten. Rauch erinnerte sich an eine Entspannungsübung, von der ihr der Yogalehrer einmal erzählt hatte. Dabei musste man sich die Dinge, die man gerade sah, laut vorsagen. Es durften darin aber keine Assoziationen, Erinnerungen oder Vorstellungen enthalten sein. Nichts. Es ging nur um die reine Wahrnehmung. *Ein graues Haus. Vier Stockwerke. Im zweiten Stock, im dritten Fenster von rechts, brennt Licht. Im Zimmer hängt ein Kristallluster. Neben dem Hauseingang ist ein Kaugummiautomat angebracht. Die dunkelbraune Farbe des Eingangstors blättert ab. Ein schwarzes Auto. Ein rotes Auto. Ein silbernes Auto. Ein silbernes Auto. Noch ein silbernes Auto.*

Es schien zu funktionieren. Je länger Rauch nichts dachte, umso besser fühlte sie sich. Ihr Kopf hörte auf zu dröhnen und der Druck in ihren Schläfen ließ nach. Sie ging einfach weiter, ohne auf die Richtung zu achten oder ein Ziel anzusteuern. Einmal verschreckte sie ein Pärchen, als sie in einem Park hinter einen Busch pinkeln wollte. Sonst passierte nichts, zumindest nichts, woran sie sich erinnern konnte, als es zu dämmern begann. Sie sah sich um und bemerkte, dass sie nur wenige Straßen von Wills Haus entfernt war. Kurz entschlossen steuerte sie darauf zu. Sie schaute gar nicht auf die Uhr, sondern läutete einfach. Will meldete sich erstaunlich schnell, und als er hörte, dass es Rauch war, ließ er sie auch gleich hinauf.

Er stand im Bademantel in der Tür. Sein Gesicht war aber nicht vom Liegen zerknautscht. Überhaupt sah er nicht aus, als ob sie ihn gerade aus dem Schlaf gerissen hätte.

„Um diese Zeit etwas überraschend, aber letztendlich macht das die Freude nur umso größer. Kommen Sie bitte herein, Frau Rauch."

Will führte sie die Wendeltreppe hinauf in die Wohnküche und bot ihr einen Platz an.

„Frühstücken wir gemeinsam?"

„Die Polizei klingelt bei Ihnen in aller Früh und Ihre einzige Frage ist, ob ich mit Ihnen frühstücken möchte. Wollen Sie gar nicht wissen, warum ich da bin? Vielleicht habe ich ja einen Haftbefehl gegen Sie in der Tasche."

„Solche Banalitäten lassen Sie ja wohl Ihre Kollegen erledigen."

„Vielleicht will ich mir die Genugtuung nicht entgehen lassen, Sie persönlich zu verhaften."

„Nein, Frau Rauch, so primitive Gelüste kennen Sie nicht."

„Hören Sie auf, mir zu erzählen, wie ich ticke. Sie haben keine Ahnung, wer ich bin und was ich denke und was ich die letzten sechs Stunden gemacht habe."

„Ich weiß, dass Sie mit Anna in einer Bar waren. Sie hatten einen netten Abend, sind dann aber plötzlich wie von der Tarantel gestochen aufgesprungen und haben Anna beschuldigt, mein Spitzel zu sein, bevor Sie sich davongemacht haben."

„Und? Was stimmt daran nicht?"

„Ich hatte keine Ahnung, dass Sie mit Anna unterwegs waren. Es stimmt zwar, dass ich sie vor ein paar Tagen aufgesucht habe, um sie zu den Ereignissen der Einbruchsnacht zu befragen, aber mit dem gestrigen Abend habe ich nichts zu tun. Dass ich gestern noch spätabends bei Anna angerufen habe, hat mit einem Detail der Einbruchsnacht zu tun, das mich noch interessiert hat."

„Jetzt können Sie mich ja fragen."

„Ausgezeichnet. Was haben Sie an dem Einbruchsabend gegessen. Ich liebe diese Szene nämlich, wie Sie allein in dem fremden Wohnzimmer sitzen, in dem Sie gerade noch einen Einbrecher gestellt haben, und sich einen kleinen mitternächtlichen Imbiss genehmigen."

„Es war nur eine Kleinigkeit. Brot und Wein und etwas Käse. Ich hoffe, das passt in Ihr Bild."

„Wunderschön. Besser hätte ich es mir nicht ausdenken können."

„Weil ich jetzt eine Frage guthabe: Haben Sie ein Verhältnis mit Anna?"

„Anna ist eine interessante Frau.“

„Und äußerst gut aussehend.“

„Kommen wir zum Frühstück: Was darf ich Ihnen denn anbieten? Mein Vorschlag wäre, ich presse uns erst einmal zwei Gläser Orangensaft und koche uns einen starken Kaffee.“

Will ging hinüber zum Kühlschrank, öffnete die Tür und sah die Fächer durch.

„Zum Essen kann ich uns ein Omelette mit Steinpilzen machen, ein Beef Tatar und eine kleine Käseplatte. Oder essen Sie zum Frühstück lieber etwas Süßes?“

„Was, das wissen Sie gar nicht?“

„Natürlich weiß ich es. Aber wenn es Sie so verunsichert, dass ich Sie so gut kenne, stelle ich mich eben dumm.“

Rauch sah Will in die Augen. Ohne etwas zu sagen. Dann drehte sie sich um und setzte sich an den Tisch.

„Also bitte! Ich lasse mich überraschen.“

Eine Stunde später lagen sie nebeneinander im Bett. Der Staub tanzte in den Strahlen der Morgensonne. Zu *O Fortuna* aus Orffs *Carmina Burana*. Zumindest war es das, was Rauch in ihrem Kopf hörte. Es roch nach Sommer und die Blätter der Kastanie vor dem Fenster bewegten sich ganz leicht im Wind. Rauch hatte die Arme hinter ihrem Kopf verschränkt und fühlte sich angenehm erschöpft. Nur der Magen drückte sie ein wenig, weil sie so viel gegessen hatte.

„Wandert das in deinen Roman?“

„Es wäre doch eine Schande, wenn gerade das fehlen würde.“

„Was soll das alles?“

„Was meinst du?“

„Unser seltsames Katz-und-Maus-Spiel die letzten Wochen, ist das alles nur für dein Buch passiert?“

„Was heißt da *nur*?“

„Und der Sex, den wir gerade gehabt haben, den hat es nur gegeben, damit du jetzt darüber schreiben kannst?“

„Um ehrlich zu sein, habe ich das, was wir gerade erlebt haben, schon vor zwei Tagen geschrieben. Bei manchen Kapiteln fehlt mir einfach die Geduld, um auf die Wirklichkeit zu warten. Aber was ganz anderes: So wie es aussieht, werde ich das Manuskript diese Woche abschließen. Aus diesem Anlass werde ich am Freitagabend ein rauschendes Fest veranstalten. Ich hoffe, du hast Zeit und kannst kommen."

Die nächsten Tage verbrachte Rauch fast ausschließlich bei Klenk. Sie hatte ihm gleich davon erzählt, was zwischen Will und ihr vorgefallen war. Ohne auch nur die Spur eines schlechten Gewissens. Will und Klenk befanden sich in zwei verschiedenen Welten und zwischen denen schien es keinen Grund für Eifersucht zu geben. Was seltsam war, denn sonst waren diese zwei Welten auf jede nur erdenkliche Weise miteinander verknüpft. Ansonsten sagte Rauch nicht viel. Der Erzählstrom der letzten Tage war abgerissen und so saß sie jetzt meist schweigend neben Klenk, versuchte an nichts zu denken und hörte mit ihm gemeinsam die Jazz-CDs, die sie aus seiner Wohnung mitgebracht hatte. Mit jeder Stunde an Klenks Bett wuchs für Rauch aber die Vertrautheit, die sie ihm gegenüber empfand. Wenn er aufgewacht wäre, hätte sie ihm einen Heiratsantrag gemacht.

Greta hatte sie schon mehrmals angerufen und gefragt, wo sie sei. Und beim letzten Mal hatte sie gemeint, dass Pokorny langsam ungeduldig würde. Dabei hatte sich ihre Sekretärin seltsam angehört. So, als würde sie sich Sorgen machen um sie. Rauch war das egal.

Dann kam der Freitagabend. Als Rauch eben im Begriff war, Klenks Krankenzimmer zu verlassen, blieb sie in der Tür stehen und drehte sich noch einmal um. Dann ging sie zurück zu ihm und umarmte ihn. Lange hielt sie ihn so, obwohl sie spätestens morgen früh wieder da sein wollte. Ihre Augen wurden feucht und dann musste sie mehrmals schlucken. Sie wusch sich das Gesicht mit kaltem Wasser, bevor sie hinunter auf die Straße ging.

Auf der Fahrt fiel ihr das Gespräch ein, das sie mit Will geführt hatte, an diesem frühen Morgen vor drei Tagen. Sie hatte ihn gefragt, ob er wirklich glaube, dass die Literatur der Wirklichkeit überlegen sei.

„Wie war das denn damals in Afghanistan, als neben dir die Kugeln einschlugen? Da hast du doch ganz offensichtlich Angst gehabt. Und so eine Angst lässt sich mit einem Buch doch gar nicht hinbekommen. Da hinkst du mit dem Schreiben doch immer hinterher."

„Ich gebe dir schon recht, dass ich diese Erfahrung gebraucht habe. Ich musste diese Angst am eigenen Leib spüren, um später darüber schreiben zu können. Und in dem Moment damals, als Dan erschossen wurde, da habe ich sie auch ganz genau gespürt. Wie mir plötzlich die Hitze in den Unterbauch und in die Hoden gefahren ist und wie mir gleich darauf das Gemächt zu kribbeln begonnen hat. Aber verstanden, was Angst ist, habe ich erst später beim Schreiben darüber. Erst da ist mir aufgefallen, dass es ein und dasselbe Gefühl ist, wenn dir der Schrecken und wenn dir die Lust ins Fleisch fährt. Und dieses Kribbeln fühlt sich an, als würden wir herausgelöst aus etwas. Dann geht die Vergangenheit flöten und die Zukunft, und damit alles, was wir Identität nennen. Und ich glaube, sosehr uns dieser Zustand verängstigt, so sehr sehnen wir uns auch nach ihm."

Will hatte ausnahmsweise einmal nicht ironisch geschmunzelt, während er das sagte, sondern ganz ernst, ja fast melancholisch zur Decke gestarrt. Und dann hatten sie noch einmal miteinander geschlafen.

Rauch musste mehrmals um den Block fahren, bis sie einen Parkplatz fand. Es war schließlich kurz nach sieben, als sie aus dem Auto stieg. Die Luft war noch immer angenehm warm. Wie schon den ganzen Tag über war keine Wolke am Himmel zu sehen. Diesmal musste sie zweimal läuten, bevor Will ihr öffnete. Als sie aus dem Lift stieg, stand er aber bereits in der Tür.

„Schön, dass du da bist. Ich habe schon auf dich gewartet."

Sie küssten sich zur Begrüßung auf die Wangen. Dann stiegen sie gemeinsam die enge Wendeltreppe hinauf. Von oben waren zahlreiche Stimmen zu hören.

„Es scheinen schon einige da zu sein."

„Du bist die Letzte. Mit dir sind wir jetzt vollzählig."

„Kenne ich eigentlich irgendjemanden?"

„Du kennst alle. Na ja, fast alle."

Als Rauch oben ankam, traute sie ihren Augen nicht. Da stand Ilse und unterhielt sich angeregt mit Simon Eisner. Rauch ging zu ihnen hinüber.

„Ilse, was machst du hier?"

„Hallo Eva! Ja, ich war genauso überrascht, als gestern das Telefon klingelte und Herbert Will mich zu seiner Feier einlud. Zuerst wollte ich auch gar nicht kommen, aber als er gemeint hat, dass auch andere aus der Branche da sind und du auch kommst, habe ich mir gedacht, warum nicht."

Rauch begrüßte Simon Eisner, der sie spitzbübisch angrinste.

„Unsere neue Will-Expertin. Ich wollte Sie ohnehin schon fragen, ob wir Ihren Abschlussbericht für unseren Pressespiegel haben dürfen."

„Dafür müsste der Fall erst einmal abgeschlossen sein."

In diesem Moment kam ein Mann aus dem Klo. Er sah genau so aus wie auf dem Foto, nur trug er statt der Hip-Hopper-Kluft ein schwarzes Hemd und eine Jeans. Auf seinem rechten Handrücken erkannte Rauch neun kreisförmige Brandnarben. Er steuerte quer durch den Raum auf den Kühlschrank zu. Rauch sprach ihn an, als er gerade dabei war, sich ein Bier aufzumachen.

„Herr Schall?"

„Ja?"

„Ich bin Kommissarin Eva Rauch. Vielleicht haben Sie es ja schon gehört. Wir haben Sie gesucht."

„Ja, hat man mir gesagt. Ist eine blöde Sache. Eine, wie sagt man, Verknüpfung unglücklicher Umstände. Zuerst hat es diesen Streit mit Will gegeben. Ich bin davongerannt und dann hat man mir zuerst mein Handy und ein paar Tage später auch noch meine Geldbörse gestohlen. Ich war aber zu stolz, um gleich zu Will zurückzugehen und meine Niederlage einzugestehen, und zu meiner Mutter wollte ich auch nicht. Also habe ich mich allein durchzuschlagen versucht. Zuerst habe ich dann bei meinen Freunden im *Bronx* mein Glück versucht."

Manuel Schall nickte in Richtung Couch und tatsächlich sah Rauch dort *Desperado* sitzen, zusammen mit einem anderen Hip-Hopper, wahrscheinlich *Sheriff*.

„Ich habe *Desperado* nach einem Platz zum Schlafen gefragt, er war aber gerade an den Turntables beschäftigt. Während ich gewartet habe, spricht mich einer an, den ich einmal auf einer Comic-Messe kennengelernt habe. Wir kommen ins Reden und er lädt mich ein, ein paar Tage bei ihm zu wohnen. So war das dann."

Rauch nickte nur. Die Geschichte hörte sich falsch an. Wie von jemand anderem geschrieben und dann auswendig gelernt. Rauch fragte gar nicht nach Einzelheiten. Die würde sie in Bälde nachlesen können. Wills Buch würde ja in wenigen Wochen erscheinen. Da tippte sie jemand von hinten an. Es war Helga Schall.

„Ich habe schon mit ihm geschimpft, Frau Rauch. So was! Sich einfach nicht zu melden. Aber jetzt haben Sie ihn ja selbst erlebt. Man kann ihm einfach nicht böse sein."

„Nein", sagte Rauch, „kann man nicht."

Dann drehte sie sich weg, so als hätte Helga Schall eine schlimme Krankheit und Rauch Angst davor, sich anzustecken. Sie ging zu Will hinüber, der gerade dabei war, eine Flasche Rotwein aufzumachen. „Na, ist das nicht wunderbar, dass Manuel wiederaufgetaucht ist."

„Ja. Großartig. Und so überraschend."

Will zog mit einem lauten Ploppen den Korken aus der Flasche.

„Der wird dir schmecken."

Dann schaute Will an Rauch vorbei und lächelte.

„Ah, du kommst im richtigen Moment. Ich habe gerade eine neue Flasche Wein aufgemacht."

Rauch drehte sich um, um zu sehen, wen Will da angesprochen hatte. Es war Anna, die langsam näher kam. Sie sah Rauch ernst an. Will reichte den beiden Frauen die Gläser.

„Ich lasse euch dann besser allein."

Rauch wartete, bis Will sich einige Schritte entfernt hatte.

„Es tut mir leid. Ich war an dem Abend völlig durch den Wind."

„Glaubst du mir also?"

Rauch nickte und hob ihr Glas.

„Können wir die Sache vergessen?"

„Klar!"

Sie stießen an. Ein Klang, der Rauch an den Gong erinnerte, den der Yoga-Lehrer immer schlug, um die Schüler aus der Meditation aufzuwecken. Sie nahm einen langen Schluck. Wie sie nicht anders erwartet hatte, war der Wein vorzüglich. Mehr als das. Es war mit Sicherheit der beste Wein, den sie jemals getrunken hatte. Er schlich sich mit einer Vanillenote an, überwältigte dann mit dem Geschmack reifer Waldbeeren und verabschiedete sich schließlich mit einem Hauch Eichenfass.

„Ich hoffe, es war nichts Wichtiges drauf auf deinem Diktiergerät."

„Einige Ideen für Entwürfe. Aber alles so frisch, dass ich mich noch daran erinnern konnte."

„Gut so. Da bin ich erleichtert."

„Ach ja, du solltest noch einen Blick hinüber in die Bibliothek werfen. Da sind noch andere Bekannte von dir."

Rauch ging hinüber, überzeugt davon, dass sie jetzt nichts mehr aus der Fassung bringen konnte. Doch dann entdeckte sie, an die Bücherwand gelehnt, ihren Vater, der sich gerade angeregt mit Greta unterhielt. Als er sie sah, winkte er ihr freundlich zu. So freundlich, wie er es schon seit Ewigkeiten nicht mehr getan hatte.

„Frau Greta hat mir gerade von deiner Arbeit erzählt. Ist ja hochinteressant, was du so alles erlebst und leistest."

Er legte den Arm um sie und drückte ihren Kopf an seine Schulter. Rauch ließ es geschehen, müde lächelnd. Sie kam sich vor wie in einer Laientheateraufführung. Egal. Will würde der Szene die Peinlichkeit schon austreiben oder er würde sie unter den Tisch fallen lassen.

„Da kann man schon stolz sein auf so eine Tochter“, sagte der Vater mit Blick zu Greta. Die beugte sich kurz zu Rauch.

„Ich habe Pokorny angerufen und ihm gesagt, dass Sie Manuel Schall gefunden haben. Er hat sofort eine Meldung an die Zeitungen hinausgegeben und für Montag eine Pressekonferenz angekündigt. Sie müssen nicht dabei sein. Pokorny reicht es, wenn er am Montag in der Früh Ihren Bericht auf seinem Schreibtisch liegen hat. Und, ja, ich soll Ihnen seine Gratulation ausrichten.“

Rauch lächelte so, wie es von einer Heldin beim Happy End erwartet wurde. Dann schaute sie in die Runde auf der Suche nach Will. Sie entdeckte ihn, wie er in einem Winkel lehnte und sich auf einem Zettel Notizen machte. Als er merkte, dass sie ihn beobachtete, grinste er und winkte ihr mit seinem Kugelschreiber zu. Mittlerweile brachte Will sie nicht mehr durcheinander. Im Gegenteil. Es beruhigte sie, wenn er mitschrieb. Rauch drückte sich sanft aus der Umarmung ihres Vaters und ging hinüber in die Küche. Sie nahm die Rotweinflasche und stieg die Wendeltreppe hinunter in Wills ehemalige Studentenwohnung. Auf der Party würde ohnehin nichts passieren, was sich nicht irgendwann später nachlesen ließ. Sie setzte sich an Wills Schreibtisch und schenkte sich ein. Er hatte ihr verraten, dass er hier unten schrieb. Nicht oben in seinem Luxusdomizil, sondern noch immer hier, wo schon sein erster Roman entstanden war. Hier entstand die Welt, Wort für Wort, Satz für Satz, Seite für Seite und Buch für Buch. Sie fühlte sich wohl hier. Als würden Wirklichkeit und Fiktion hier zusammengezählt, und das Ganze war ja bekanntermaßen mehr als die Summe der einzelnen Teile. Ein Rotwein ist ein Rotwein ist ein Rotwein, dachte Rauch und nippte dazu dreimal von ihrem Glas.

Rauch erwachte, weil sie jemand sanft an der Schulter berührte. Will stand über sie gebeugt und lächelte.

„Du hast die Party verschlafen."
„Sind schon alle weg?"
„Die Letzten sind gerade gegangen."
Er half ihr auf und stieg dann vor ihr die Wendeltreppe hinauf. Bildete sie sich das ein oder ging er langsamer als sonst? Mit einem seltsam getragenen Schritt. Wie ein Pfarrer bei einer Prozession. Nein, eher wie der Priester einer archaischen Religion, der zu einem Opferritual schreitet.

Sie lagen nebeneinander im Bett, Rauchs Kopf in Wills Armbeuge.
„Würde im Buch jetzt nicht eine CD laufen?", fragte Rauch.
„Ich weiß nicht", sagte Will.
Er starrte an die Decke und schien nachzudenken.
„Nein", sagte er, „keine CD. Sie liegen stumm nebeneinander und hören der Musik in ihren Köpfen zu. Dort laufen aber zwei ganz unterschiedliche Stücke."
„Und sonst? Das Wetter? Auch so eine laue und sternenklare Sommernacht oder doch lieber Regen?"
„Nein, kein Regen. Es muss ganz ruhig sein. So ruhig, dass die Stille zu rauschen beginnt in ihren Ohren."
Rauch hob die Decke und sah an sich hinunter. Eine gute Minute lang, dann fragte sie Will, ohne den Blick von sich abzuwenden: „Sehe ich in deinem Roman genau so aus, wie ich aussehe?"
Will nickte mit einem breiten Grinsen und dann musste Rauch plötzlich laut lachen. Es war wie ein innerer Drang, der sich nicht steuern ließ. Es lachte aus ihr heraus, sodass sie richtig außer Atem kam und ihre Bauchdecke zu kribbeln begann. Will lachte mit und dann schlug er die Bettdecke über Rauchs Gesicht, so wie man ein fertig gelesenes Buch zuklappt.

Vorsichtig streckte ich einen Fuß aus der Decke heraus. Wie einen letzten Satz, von dem Will keine Ahnung hatte.

Danksagung (in alphabetischer Reihenfolge)

Robert Buchschwenter
Sonja Franzke
Ludwig Paulmichl
Joe Rabl
Herbert Will

Bibliografie Herbert Will

Herbst und Nacht (1998)
Japan, glaube ich (2000)
Abgelegte Seiten (2003)
Flüchten vor Godot (2007)
Die Front. Aufzeichnungen von der Grenze (2008)
Rauch und Schall (2012)